ELON F. LIMA

Silhuetas da ilusão

© Elon Freitas Lima, 2024
Todos os direitos desta edição reservados à Editora Labrador.

Coordenação editorial Pamela J. Oliveira
Assistência editorial Leticia Oliveira, Jaqueline Corrêa
Projeto gráfico Amanda Chagas
Diagramação Estúdio dS
Capa Heloisa d'Auria
Preparação de texto 3GB Consulting
Revisão Renata Alves
Imagem da capa realizada pelo Autor, com tratamento feito por Heloisa d'Auria; Freepik

CIP - Catalogação na Publicação

L732s   Lima, Elon F.
Silhuetas da ilusão / Elon Freitas Lima. – São Paulo: Labrador, 2024.
336 p.; 16x23 cm.

ISBN 978-65-5625-543-9
ISBN 978-65-5625-545-3 (e-pub)

1. Literatura Brasileira 2. Romance 3. Suspense 4. Ficção I. Título

CDU 821.134.3(81)-31
CDD B869.3085

Bibliotecário: Elon Freitas Lima CRB-7/5783

Labrador

Diretor-geral Daniel Pinsky
Rua Dr. José Elias, 520, sala 1
Alto da Lapa | 05083-030 | São Paulo | SP
contato@editoralabrador.com.br | (11) 3641-7446
editoralabrador.com.br

A reprodução de qualquer parte desta obra é ilegal e configura uma apropriação indevida dos direitos intelectuais e patrimoniais do autor.
A editora não é responsável pelo conteúdo deste livro.
O autor conhece os fatos narrados, pelos quais é responsável, assim como se responsabiliza pelos juízos emitidos.

À minha amiga Isabella e o ao meu amigo Ermires, que acreditaram no meu potencial e estiveram desde o início da história me dando apoio e incentivo para continuar.

E a todos os meus amigos que me aguentaram e me aguentam até hoje.

"Muitos tentaram, mas sempre falharam
Quiseram matar-me, mas sei reinventar-me
...
Segue um conselho porque
estás com ar de quem precisa
A vida é muito curta para andares indecisa
Só eu sei aquilo que eu já vivi
Faço aquilo que eu quero
Não o que querem de mim
..."
Futura
Malhoa, Ana — 2016

GLOSSÁRIO

$ — Dinheiro
ACInc. — Andrômeda Corporation Incorporation
Add — Adicionar
Aff — Expressão que surgiu na internet, o termo "Aff" (ou "affe") é usado como uma onomatopeia para expressar uma reação de negação ou de descontentamento sobre algo. Estima-se que a sua origem esteja ligada à expressão nordestina "Ave-Maria". Com o tempo, o termo foi reduzido para "ave", e se popularizou no resto do país como "aff"
AndroDoc.B — Software usado na ACInc.
Bjs — Beijos
Blz — Beleza
Boomer — "Tiozão/Tiazona", pessoas entre 30 e 50 anos de idade
C — Você
Cê — Você
Cmg — Comigo
Crl — Caralho
Ctg — Contigo
Ctn — Continua
Daora — Algo muito louco, legal, divertido e gostoso
Deprê — Depressão ou depressivo
Dnd — De nada
Dnv — De novo
Dps — Depois
Grrr — A reação pode ser usada para demonstrar raiva ou total desaprovação com o conteúdo publicado
Guapisima — Palavra do espanhol que significa lindíssima
Hj — Hoje
Hobby — Atividade exercida exclusivamente como forma de lazer, de distração e/ou passatempo
Inc. — Incorporação
Kkkk — Serve para imitar a onomatopeia da risada; no espanhol, costuma-se escrever "jajajaja"
Magina — Imagina
Mds — Meu deus
Migo — Amigo

Msm — Mesmo
N — Não
Ñ — Não
Net — Internet
Ngm — Ninguém
Niver — Aniversário
Ns — Não sei
Null — Da expressão "não foi informado" ou "ausência de valor"
Obg — Obrigado(a)
ONU — Operações das Nações Unificadas, organização fundada em 2025 que reúne vários países para o fomento da paz mundial, na qual teve sua origem na antiga ONU (Organização das Nações Unidas)
Oxe — Tem origem em estados do Nordeste brasileiro. É uma interjeição de susto, dúvida ou indignação
Pnc — Expressão de xingamento, palavra ofensiva
Pq — Porque / porquê / por que
Pqp — Puta que pariu
Q — Que
Rlx — Relaxa
Rssss — Risada debochada
Sdd — Saudade
Stories — Publicação em redes socias que desaparece das visualizações em 24 horas
Tava — Estava
Tb — Também
Tbm — Também
Tô — Estou
Tpm — Tensão pré-menstrual
UPA — Unidade de Pronto-Atendimento Médico
Vc — Você
Vidona — Vida boa ou vida ganha, sem muita preocupação
Vish/Vixe — Espanto
Wicca — Religião neopagã

INTRODUÇÃO

Ano Estelar: 20.2508.2046
Ano Terrestre Ocidental: 2026 d.C.
Era Astrológica: Constelação de Aquário

Numa Terra pós-pandemia o Brasil já não é o mesmo. Fronteiras foram alteradas e cidades conhecidas no início deste século já não existem. Nessa realidade distópica, uma grande empresa multinacional domina todo o conhecimento da humanidade, do entretenimento à educação, e todos são vigiados constantemente.

O mundo aparentemente voltou ao seu ritmo normal, porém só na aparência. No dia a dia as pessoas andam cansadas, exaustas, e falta afeto entre elas.

E aqui no Brasil, os grandes extremos entre as classes sociais aumentaram de tal forma que o abismo existente cresceu ainda mais. A miséria se alastrou pelo país a tal ponto que as pessoas fazem qualquer coisa para saírem desse inferno. Os golpes virtuais se proliferaram, principalmente nos grandes centros urbanos, onde a classe dominante vive.

No meio desse caos, ainda existem pessoas sensíveis que se apaixonam, se envolvem em sentimentos inexplicáveis, e pessoas que se aproveitam disso para sobreviver. Assim é a história de Roberto e Indyara.

Mas todo cuidado é pouco para não cairmos nas silhuetas da ilusão.

CAPÍTULO 1

25.08.2025

Biiiiip, Biiiiip, Biiiip...
 O smartphone de Roberto Villard avisa que tem uma notificação no TweederGram. Ele pensa:
 Quem será a esta hora?
 Roberto deixou o smartphone tocando e foi tomar banho.
 Se for algo importante a pessoa envia outra mensagem, preciso de um banho agora, pensou.
 Roberto não estava muito disposto a atender; teve um dia cansativo na Andrômeda. Só queria tomar um banho e descansar. O cansaço invadia sua vida de uma forma nunca vista e sentida. A vida voltava à rotina após um longo período de trabalho remoto devido a uma crise sanitária que em pouco tempo virou pandemia, obrigando as pessoas e as empresas a aderirem ao trabalho remoto. Porém, esse período de quarentena forçada já havia terminado — já fazia três anos que a ONU decretara o fim da pandemia. Só havia pontos endêmicos em lugares isolados onde a vacina não tinha chegado.
 Roberto ainda não se sentia bem na volta à realidade. Tudo estava muito, mas muito pesado. Para ele, parecia que a rotina voltara três vezes pior do que era antes da pandemia.
 Antes de continuarmos, precisamos nos situar. Nova Morgade está localizada no Sudeste brasileiro, é uma cidade quente quase o ano inteiro. Dependendo da época do ano, a temperatura pode passar dos 40°C, apesar de Roberto morar numa ilha, a Ilha de Ponteaneiras, onde sempre a brisa do mar se faz presente. Mas aquela noite estava abafada e muito quente.
 Após um banho frio, pois naquela tarde de agosto fazia muito calor em Nova Morgade, Roberto conseguiu relaxar do dia cansativo e finalmente ver quem insistia tanto naquela noite. Ele pega o smartphone, deita em sua cama macia e aconchegante e abre o TweederGram.

[19:46 || Indyara]
Boa Noite, Amore! Saudades! 😍😍😍

Roberto percebe que já havia passado uma hora desde que Indyara enviara um boa-noite todo apaixonado.

Indyara é uma garota linda e sedutora, no auge de seus vinte anos, caloura da faculdade de Direito. Ela é tão encantadora que tem o poder de seduzir apenas com o olhar. Foi assim que envolveu Roberto, com seu rosto angelical e voz hipnotizante. Apesar da distância entre os dois, eles se comunicavam todos os dias e o dia inteiro, praticamente. Sim, ela mora bem longe de Roberto. No interior do Nordeste, em uma cidade chamada São Pedro de Urabá.

Roberto responde à mensagem:

[20:46 || Roberto]
Boa noite! ☾

Ela responde um tempo depois.

[23:49 || Indyara]
Boa noite, querido. Pensei que não ia me responder hj. Estava jantando e resolvendo umas coisas, desculpe pela demora. Vc tbm demorou pra me responder, então estamos quites. Ok?

[23:50 || Roberto]
Tranquilo, amor.

[23:50 || Indyara]
Amor, vc sabe que adoro suas fotos que vc posta no feed do TweederGram. Vc poderia me passar algumas inbox. Seu trabalho com fotos é divino!

No início e durante toda a pandemia, Indyara somente curtia suas fotos, não havia diálogo entre os dois. Só depois de quase três anos que ela tinha tomado a iniciativa de algum diálogo com Roberto.

[23:55 || Roberto]
Pode deixar, te envio sim. Muito obrigado pelo elogio.

Roberto e Indyara haviam se conhecido no mundo virtual por meio de outra pessoa, Cynthia Noguerès. Cynthia pertence ao mesmo sindicato trabalhista que Roberto frequenta e é vizinha de Indyara.

Para continuarmos, precisamos descrever a rede social do momento, utilizada por grande parte da população, sendo o Brasil o país com maior número de usuários. Ela ganhou força durante a pandemia de 2019. A TweederGram é um misto de mensageiro pessoal, álbum de fotos (o qual as pessoas compartilham com seus seguidores), notícias (a maior parte delas sendo *fake news*), fofocas e muito mais.

Não podemos esquecer da Andrômeda Corporation Inc. (ACInc.), empresa com capital misto (público e privado) e controladora de grande parte das universidades particulares brasileiras e internacionais, e com enorme influência em órgãos governamentais. De tal ponto que parte de seus funcionários é de contratos temporários ou terceirizados e a outra parte é contratada via concurso público. A Andrômeda também é detentora de quase 100% da TweederGram. Atualmente é administrada pelo magnata da educação, professor doutor Frederico Fernandes Loures, e é nessa empresa que trabalha Roberto Muñoz Villard, bibliotecário e fotógrafo amador nas horas vagas.

Mas o que nos interessa nesta história é Roberto e Indyara. Foi a partir desse diálogo do dia 25 de agosto de 2025 que os dois começaram a ter intimidade — até então eram só curtidas nas fotos e um oi de vez em quando.

26.08.2025

[00:14 || Roberto]
Ultimamente tenho postado fotos antigas, devido à falta de tempo pra tirar novas fotos, o trabalho tem me ocupado muito tempo. Foto pra mim é hobby, passatempo. Minha profissão é outra.

[00:16 || Indyara]
Ah, entendi.

[00:16 || Roberto]
Gosto muito de viajar e tirar fotos. Mas este ano não deu. Então fui recuperar fotos antigas.

[00:17 || Indyara]
Tá sendo bem difícil mesmo. Você é de onde?

[Até então ela não tinha perguntando em qual cidade do Sudeste Roberto morava.]

[00:19 || Roberto]
Ilha de Ponteaneiras, fica em Nova Morgade, capital.

[00:19 || Indyara]
Que massa, amore!

[00:19 || Roberto]
É vc é de onde?

[Ele também não sabia de onde ela era, só sabia que era do interior do país.]

[00:20 || Indyara]
Sou de São Pedro de Urabá, no interior do Nordeste.

[00:22 || Roberto]
Que legal, tenho amigos que foram morar na capital Urabá. Mas nunca fui. Do Nordeste só conheço as cidades de Precipitada e Goboatá.

[00:22 || Indyara]
Poxa!

[00:23 || Roberto]
Eu estava planejando ir a Altamar em março desse ano, mas não deu.

[00:25 || Indyara]
Também :(

Apesar de Indyara morar relativamente perto de Altamar, em torno de 98 km de distância, ela raramente ia lá.

A cidade de Altamar é a capital do estado de Ayamonte. Altamar é conhecida nacionalmente por suas belas praias e povo acolhedor, além de ser uma das maiores cidades do Nordeste brasileiro, tanto em população quanto em infraestrutura. Já São Pedro de Urabá é uma cidade do interior de Ayamonte, com população pequena e pobre, onde a violência dita as regras. A estrutura da cidade é tão precária que boa parte dos jovens busca melhores oportunidades de vida em Ayamonte, ou indo em direção às cidades do Sudeste (principalmente as cidades de Santo Alonso, a maior do Brasil, e Nova Morgade, a segunda maior).

[00:26 || Roberto]
E se não planejar não dá pra ir. Passagem daqui para o Nordeste é muito cara. Tem que comprar com antecedência.

[00:26 || Indyara]
Imagino, viu.

[00:27 || Roberto]
Eu fui pra Precipitada em 2014 a trabalho, deu mais de 3.000$ ida e volta. Sorte que foi a empresa que pagou. Rssssss

    [Roberto orgulha-se desse feito.]

[00:29 || Indyara]
Hahaha, sorte msm. Vc é professor?

[00:29 || Roberto]
Não. Bibliotecário.

[00:29 || Indyara]
😊😊😊
Minha paixão. Literatura, livros...

    [Encanta-se Indyara, e, empolgada na conversa, ela continua...]

[00:30 || Roberto]
Foto é nas horas vagas.

[00:30 || Indyara]
Tu só pode ser sagitário.

    [Indyara ignora o que Roberto diz.]

[00:30 || Roberto]
😅 Não sou sagitário

[00:31 || Indyara]
Aff kkk

[00:32 || Roberto]
♓

[Ele põe o símbolo de peixes, tentando demostrar algum interesse ou conhecimento em signos e horóscopo.]

[00:32 || Indyara]
Nossa, ñ imaginei kkkkkk

[00:33 || Roberto]
Não acredito nesse negócio de signos. Respeito quem acredita.

[Ele já estava cansado desse papo de signos.]

[00:33 || Indyara]
☹

[00:34 || Roberto]
😐

[00:36 || Indyara]
Quer dizer que vc não é emotivo e romântico?

[00:37 || Roberto]
Precisa acreditar em signos pra ser emotivo e romântico? 💡

[00:38 || Indyara]
Características suas, meu bem. Eu não me encaixo. Enfim. Vc ñ acredita. Eu sou fanática por astrologia. Hahaha

[00:39 || Roberto]
Até que me prove ao contrário. ☺

[Provoca-a.]

[00:40 || Indyara]
♀

[Indyara põe o símbolo de Vênus, que também simboliza o sagrado feminino.]

[00:41 || Roberto]
😄 Como eu disse, posso mudar de opinião.

[Sendo sarcástico e irônico.]

[00:45 || Indyara]
Já fiz muita gente mudar kkkkkkk

[00:46 || Roberto]
Como bibliotecário leio vários livros de vários assuntos. Um que li na época da faculdade que gostei foi Estava Escrito nas Estrelas, da escritora Maria Shaw. Ela fala de astrologia também.

[Roberto tentando minimizar sua descrença.]

[00:51 || Roberto]
Este vc vai gostar.

[00:51 || Indyara]
Já quero. Brigada pela indicação. ☺

[00:52 || Roberto]
De nada. Boa noite. Durma em paz, Indyara.

[00:52 || Indyara]
Vc tbm, amore!

  E assim termina o primeiro diálogo, de fato, com Indyara. Roberto já estava encantado com a beleza que ela irradiava nas fotos em seu perfil. E agora pôde ter um diálogo, estava feliz. Uma felicidade que não sentia havia muito tempo. A felicidade de fazer uma nova amizade e quem sabe algo a mais. Assim ele dormiu, cansado, mas feliz. Tipo uma felicidade de adolescente que viu o amor pela primeira vez. Algo que não sentia fazia mais ou menos 22 anos.

CAPÍTULO 2

--- 01.09.2025 ---

Passaram-se cinco dias da última conversa, e Roberto nem percebeu a passagem do tempo. Era tanto trabalho acumulado, trânsito para chegar ao trabalho, chefe exigindo relatórios e reuniões inúteis...

Nesse dia o trabalho de Roberto estava mais tranquilo e, coincidentemente, ele recebeu uma mensagem de Indyara.

[18:10 || Indyara]
Boa tarde, amore! Fala, sumido!

[18:10 || Roberto]
Boa noite, Indyara! Eu sumido?! Kkkkkkkkkk

[18:10 || Indyara]
Amore, aqui na minha cidade ainda é de dia devido ao fuso horário. Vc deve ter matado as aulas de Geografia. Kkkkkkkkk

[18:12 || Roberto]
Ham?! Ih! É mesmo, esqueci do fuso horário. Kkkkkkk Mas como vc está? Desculpa se não percebi o tempo passar, estive muito atarefado nos últimos dias.

[18:12 || Indyara]
Perdoado, amore! Vc tem mais fotos? Amo fotos do pôr do sol. São lindas.

[18:12 || Roberto]
Tenho sim, vou te passar.

[18:12 || Indyara]
Fico no aguardo. 😊😊😊

[18:20 || Indyara]
Amei as fotos! Obrigada por enviar. Boa noite, querido! E bom fim de expediente.

[18:20 || Roberto]
Obrigado! E boa noite.

Roberto era meio desligado com os fatos fora de seu trabalho. Ainda não tinha percebido, ou entendido, por qual motivo uma garota vinte anos mais nova que ele tinha se interessado pelo simples fato de ele ser fotógrafo amador e gostar de livros. As fotos não eram tão boas, algumas eram, mas a maioria, não.

Ele também não percebeu que o tempo passava. Mas dessa vez passou-se quase um ano. Nesse período a vida dele se tornava mais cansativa no trabalho, e isso também afetava seu relacionamento em casa. Roberto já estava casado havia mais de quinze anos. Sim, Roberto estava no segundo casamento; o primeiro fora um casamento feito na cegueira da paixão jovial. Recém-formado na época, loucamente apaixonado por uma colega de turma. Com quem casou, mas não durou mais que nove meses, mesmo tendo namorado por quase oito anos. Assim era a vida amorosa de Roberto Villard, às vezes um caos e às vezes uma calmaria. Tão calma estava atualmente que ele nem sentia que realmente ainda continuava casado.

Ele também era uma pessoa descrente de quase tudo, principalmente de signos (do zodíaco) e horóscopos, destinos e coisas do tipo. Roberto na faculdade era muito estudioso e lia muito, mas recentemente quase não tinha tempo de ler o jornal diário. O excesso de trabalho do dia a dia fez com que ele esquecesse que os povos antigos acreditavam que existia o *factum*, o que hoje em dia se pode traduzir como destino. Destino bom ou ruim, dependendo do rumo que escolhêssemos no presente. Simplesmente ele não percebeu o que estava acontecendo e que rumo tomaria a sua vida. E assim seguiram os dias de Roberto Villard.

CAPÍTULO 3

20.05.2026

Mais uma vez a cena se repetia, o smartphone de Roberto tocava um som estridente dizendo que tinha uma nova mensagem.
Biiiip, Biiiip, Biiiip...
Ele olha pelas notificações do aparelho e vê que é Indyara. Tinha até esquecido momentaneamente quem era. Mas a mente dele trouxe de volta a lembrança de uma garota de vinte anos que gostava de fotos e morava no interior. Ele também não tinha percebido que nesse quase um ano ela não tinha mais curtido suas fotos no feed do TweederGram nem enviado mensagens.

[11:00 || **Indyara**]
Bom dia, amore!

[11:05 || **Roberto**]
Bom dia, Indyara! Tudo bem?

[11:05 || **Indyara**]
Não. ☹

[11:05 || **Roberto**]
O que foi, Indyara?

[11:05 || **Indyara**]
Amore, eu perdi o emprego recentemente e preciso fazer um exame.

Silêncio de uns minutos. Roberto não respondeu nada nesse período pois estava atarefado, como sempre.

[11:11 || **Indyara**]
Amore, se vc não puder ajudar, eu vou superentender.

[Ela quebra o silêncio e continua.]
Nem tem pq ajudar, não me conhece pessoalmente ☹

[11:19 || Roberto]
Dependendo do valor eu posso te ajudar, ou com uma parte. Mas qual seria o exame?

[11:20 || Indyara]
150$ vc poderia? O exame é uma ultrassonografia transvaginal.

[11:20 || Roberto]
Este seria o valor total?

[11:21 || Indyara]
Não. Mas se puder ajudar com isso... O valor total é 300$. Mas de qualquer forma, vai ajudar.

Roberto pede um minuto e nesse tempo ele pensa: *ela está precisando de ajuda, por que não ajudar? Já me ajudaram tantas vezes, está na hora de ajudar quem precisa.*

[11:27 || Roberto]
Indyara me passa seus dados que irei te passar o valor total. Só te peço um favor, depois me passa o comprovante de pagamento do exame.

[11:28 || Indyara]
Passo sim. Posso mandar a chave de transferência bancária instantânea?

[11:29 || Roberto]
Pode ser.

[11:33 || Roberto]
Só pra confirmar, qual o seu nome completo?

[11:33 || Indyara]
Indyara Lorhan Queiroz

[11:33 || Roberto]
Indyara, não é esse sobrenome que está no seu perfil no TweederGram

[11:35 || Indyara]
Não kkkkkkkk Coloquei Gonçalves quando era menorzinha e tá até hoje. Sempre gostei desse nome, Gonçalves.

[11:40 || Roberto]
Okay, Indyara. Transferência concluída com sucesso. Fico no aguardo da nota do exame.

[11:40 || Indyara]
Eu espero um dia poder te retribuir de alguma forma. Muito obrigada de todo coração. Vc é um anjo, obrigada 😊 😊

[11:40 || Roberto]
De nada. Estamos aqui pra ajudar o próximo. Fiz umas perguntas por motivos de segurança, pra ter certeza se é você mesma.

[11:43 || Indyara]
Eu entendo. Que Deus te abençoe grandemente.

Depois dessa conversa, Roberto se sente feliz por ter ajudado alguém mesmo sem conhecer pessoalmente.

Mais uma vez o tempo passa. Quase quinze dias depois dessa conversa, Roberto sente falta de Indyara. Queria saber como ela estava. Mesmo com esse sentimento, não busca saber. E se passam mais dez dias. Nesse período, estranhamente, o código de segurança do perfil dela no TweederGram muda umas quatro vezes. Como se ela tivesse mudado de smartphone quatro vezes em menos de um mês (isso vem como notificação do TweederGram). Mais uma vez, como sempre, Roberto não percebe que tem algo de estranho. E nem percebe que o *factum* (destino) estava sendo traçado com uma simples ajuda, e coisas estranhas estavam para acontecer.

CAPÍTULO 4

20.06.2026

O dia de Roberto começa meio angustiado, queria muito conversar com Indyara. *Mas como iniciar uma conversa?*, ele pensava.

Hum, tive uma ideia. Enviar uma foto aleatória de pôr do sol.

No álbum de fotos de seu smartphone, encontrou uma muito linda, e foi essa que enviou para Indyara à espera de uma resposta. Não demora muito, Indyara responde. Dessa vez o smartphone de Roberto nem fez o tradicional *biiiip*, pois o TweederGram já estava aberto esperando a resposta dela.

[11:00 || Indyara]
Eu amo 😊😊😊 Muito, muito linda.

[11:05 || Roberto]
Editor de fotos ajuda. Aqui, pra observar o horizonte, só indo pra praia ou nos topos dos edifícios

[Diz Roberto, lembrando dos arranha-céus da avenida principal de Nova Morgade.]

Nesse misto de ansiedade e expectativa por parte de Roberto, querendo saber mais de Indyara, ele recebe um áudio dela. *Opa!*, foi a reação dele ao receber o áudio. Foi uma reação tão espontânea que acabou chamando atenção de seus colegas de trabalho. Ele procura desesperadamente um fone de ouvido para, enfim, escutar a voz de quem ele aguardava havia um tempo.

Ao escutar o áudio enviado por ela, ficou completamente sem reação. A mensagem era meio enigmática, mas ele ficou tão encantado com a voz que não percebeu o teor do áudio. Uma voz feminina aveludada com sotaque carregado do interior. Cujo conteúdo ele simplesmente ignorou. Era uma voz sedutora e excitante. Podemos dizer que Roberto estava apaixonado por alguém que não conhecia pessoalmente, somente por fotos, mensagens escritas e agora por uma voz sedutora dizendo que finalmente encontrara o que ela mais esperava.

E nessa conjuntura de fatos estranhos em que todas as constelações do universo conspiravam para esse momento mágico e envolvente a ponto de abrir um portal para um mundo paralelo, onde tudo pode acontecer, mesmo assim Roberto, uma pessoa totalmente descrente de quase tudo, não percebeu que os ponteiros do relógio em seu pulso marcavam 11:11, hora em que os povos antigos acreditavam que se abriam portais para outros mundos. Que não necessariamente eram lugares bons e maravilhosos; às vezes mundos trevosos se abriam, e de lá saíam demônios disfarçados de pessoas gentis e educadas.

Em meio a esse momento de transe agudo no qual Roberto estava envolvido, estranhamente o código de segurança do perfil de Indyara mudava várias vezes, de forma tão aleatória que não fazia o mínimo sentido. Roberto não reparou, e também não percebeu que havia passado mais de um mês.

CAPÍTULO 5

═══════════ **26.07.2026** ═══════════

Roberto não consegue ou não sabe explicar como o tempo passou. Para ele hoje ainda era 20 de junho, mas o calendário em seu smartphone e no seu desktop apontava 26 de julho. Seus colegas de trabalho já estavam planejando as férias de fim de ano, pois faltavam menos de cinco meses para o fim daquele 2026. E ele simplesmente não entendia como havia passado um mês e ele não tinha percebido.

Enquanto ele tenta entender o que está acontecendo, os dias continuam passando, e o seu smartphone notifica algo: *Biiiip!* Ele olha no visor e vê que é Indyara, e observa a data: 12 de setembro. Isso, para ele, já não fazia mais sentido.

═══════════ **12.09.2026** ═══════════

[17:00 || **Indyara**]
Olá, amore! Vc sabia que vc é a pessoa mais linda e formosa do mundo?

[17:20 || **Roberto**]
Obrigado.

Roberto somente agradece com um obrigado digitado de forma automática e sem emoção.
E ela continua escrevendo...

[17:22 || **Indyara**]
Como vc está, amore? 😊😊😊😊😊😊

[17:22 || **Roberto**]
Estou bem e vc?

[17:23 || **Indyara**]
Estou ótima, falando com vc melhor ainda. Queria conversar mais ctg meu bem, mas cê parece n gostar muito de papo kkkkkkk

[17:27 || **Roberto**]
Engano seu. Rsssss

[17:33 || **Indyara**]
Kkkkkkkk Mude minha percepção então.

[17:40 || **Roberto**]

[17:41 || **Roberto**]
Lá pra noite a gente conversa melhor. Estou um pouco ocupado agora

[Digita Roberto mexendo nuns papéis sobre a mesa de trabalho.]

[17:41 || **Indyara**]
Tá certo. Beijos, querido.

[17:42 || **Roberto**]
Pode deixar que não vou esquecer. Lá pras 21h eu te dou um oi.

[17:45 || **Indyara**]
Tá bom ♥

 Roberto sai do trabalho totalmente envolvido por Indyara. Ele estava apaixonado, mas não queria assumir. E nessa paixão ele ficou mais cego para as coisas que aconteciam à sua volta. Sua esposa estava muito ocupada com o trabalho e acabava não percebendo que o marido não estava bem.
 Roberto chegou em casa sendo levado pelas nuvens da paixão. Tomou um banho, jantou e foi pra cama falar com sua ninfa encantadora. Nessa noite sua esposa tinha ido dormir cedo, pois estava muito cansada com o dia superagitado.

CAPÍTULO 5 ½

É isso mesmo que você leu, capítulo cinco e meio. Será o meio do caminho para o Capítulo 6. Ainda não é o 6, pois está entre o 5 e o 6. Nesta segunda parte, o diálogo continua até o amanhecer do dia seguinte, e assim será nos diálogos dos próximos dias. Você, meu caro leitor, tenha um pouco de paciência.

Como prometido, ele envia uma mensagem para ela:

12.09.2026

[20:41 || Roberto]
Olá! Boa noite!

Depois de um tempo, ela responde:

[20:51 || Indyara]
Boa noite, bem!

[20:52 || Roberto]
E aí? O que me diz? Fiquei curioso, o que vc quer tanto conversar comigo? 🥺😄

[21:30 || Indyara]
Sobre vc, sobre a vida. Gosto de conversar com pessoas inteligentes. Apesar d'eu não ser hahahaah

[21:30 || Roberto]
😊 Obrigado. ☺

[21:34 || Roberto]
Falar de mim é fácil, sobre a vida é complexo. Rssssss

[Roberto escreve meio cansado com toda a situação rotineira que está vivendo, mas a vontade de conversar com Indyara é maior.]

[21:49 || Indyara]
Pois me fale aí de você. Tenho essa curiosidade.

[21:50 || **Roberto**]
O que vc quer saber? Seja mais específica 😊

[22:03 || **Indyara**]
Eu quero saber das suas opiniões, gostos, como vc lida com algumas situações. A gente fala que é fácil falar sobre si, mas nem é.

[22:03 || **Roberto**]
Tem razão.

[22:04 || **Indyara**]
Curiosa estou...

[22:07 || **Roberto**]
Se for sobre opinião política, sou de centro-esquerda. Gosto de ler, de comida (tudo que engorda), de bebida (idem). Sobre situações (depende de quais situações), normalmente, sempre pensando pra não tomar atitudes precipitadas e não me arrepender depois.

Essa foi a resposta de Roberto, mas não era exatamente dessa forma que ele estava agindo. Ele não estava pensando antes de agir, estava totalmente alucinado pelos encantos de Indyara. Sem falar da grande influência astrológica, em que Indyara acreditava tanto. Urano estava finalizando seu ciclo em Touro naquele fim de 2026 e voltando a se conectar aos Arquétipos Geminianos.

Urano, um dos regentes de Aquário, se firmou em Touro de 2018 a 2026, o signo que nos abriu novos caminhos junto de Urano; com certeza serão caminhos jamais trilhados pela humanidade. E Roberto não ficaria de fora dessa caminhada, uma caminhada que lhe trará grandes surpresas, pois será uma época de transição – e como toda transição, vem acompanhada de certo desequilíbrio. A entrada de Urano em Gêmeos se estenderá até o fim de 2026.

[22:09 || **Indyara**]
Quando li de esquerda o resto já nem importou tanto kkkkkkkk Amo, amo, amo! Homens sensatos tão em falta. Aliás, sempre estiveram.

[22:09 || **Roberto**]
Infelizmente, é verdade.

[22:11 || Indyara]
A favor da legalização do aborto?

[22:11 || Roberto]
Sim. E da regulamentação da maconha também.

[22:11 || Indyara]
Perfeito. Aff Muito perfeito.

[22:12 || Roberto]
Pode continuar perguntando. Tá interessante.

[22:12 || Indyara]
O q pensa sobre o comunismo em poucas palavras?

[22:19 || Roberto]
Comunismo falando da parte etimológica não existe. Existe socialismo com igualdade social, de gênero...

[22:22 || Indyara]
Sim. Vejo por esse ângulo também. Poxa, já te admiro tanto... Sério msm.

 Acontece uma leve pausa nos diálogos, Roberto tinha ido beber água. Apesar da hora, ele estava gostando da conversa.

[23:08 || Roberto]
Vamos conversar sobre outras coisas, a vida não é só sobre política. A vida tem mais coisas pra serem exploradas.

 Roberto já estava de saco cheio de falar sobre política. Mas não desejava encerrar a conversa. Indyara concordou e rapidamente mudou de assunto.

[23:12 || Indyara]
Siimm. Me diga algo que eu com certeza deveria saber sobre vc.

[23:13 || Roberto]
Gosto de ler e viajar. Não necessariamente nesta ordem. 😁

[23:14 || Indyara]
Não poderia ser ainda mais perfeito. Aventureiro?

[23:15 || Roberto]
Sim.

[23:16 || Indyara]
Qual o livro mais marcante?

[23:17 || Roberto]
"A Doce Vingança da Paixão".

[23:18 || Indyara]
Vou procurar ler esse.

[Ela fica curiosa com o título do livro.]

[23:18 || Roberto]
Parece que a história se repete.

[23:18 || Indyara]
Atualmente?

[23:18 || Roberto]
Sim.

Roberto tinha acabado de afirmar algo que nem mesmo ele acreditava. Que a história sempre se repete de uma forma ou de outra, mas se repete. E ele estava fazendo parte dessa história reprisada, em que, se arrependimento matasse, ele com certeza já estaria morto, ou morreria nos próximos capítulos da história.
O diálogo entre os dois continuou noite adentro.

[23:19 || Roberto]
O que estamos vivendo, já passamos por isso 100 anos atrás.

[Afirma algo que nem ele mesmo sabe explicar.]

[23:19 || Indyara]
Nossa! E qual foi o final aí?

[23:20 || Roberto]
Não vou dar spoiler. 😁

[23:22 || **Indyara**]
Seu chato. 😌😌😌 💔💔

[23:22 || **Roberto**]
Que isso, Indyara?

[23:22 || **Indyara**]
Tô brincando. Kkkkkk

[23:25 || **Indyara**]
É ateu?

[23:25 || **Roberto**]
Agnóstico.

[23:25 || **Indyara**]
Pq eu ia dizer "graças a Deus está melhor". Kkkkkkkk

[23:25 || **Roberto**]
Pq?

[23:25 || **Indyara**]
Nada, Roberto. Esquece. Aí né.

[23:27 || **Roberto**]
Gosto muito de viajar.

[23:27 || **Indyara**]
O q mais amo na vida. Vc gosta bastante da natureza né?

[23:27 || **Roberto**]
Sim. E de lugar frio. Amo o frio. Não suporto calor. Aqui em Nova Morgade no verão chega a 42 °C fácil, fácil. Eu passo muito mal no calor.

[23:29 || **Indyara**]
Temos muito em comum pelo visto. Nossa Senhora. Aqui hj estava 32°, eu tava agoniada e passando mal. Imagina 42?!

[23:29 || **Roberto**]
Este ano, algo inédito, fez frio de 15 °C.

[23:30 || **Indyara**]
😯😱 Tudo!!! Hj aqui fez 30. Agora tá 22.

[23:31 || **Indyara**]
Qual lugar que mais gostou de conhecer? Dentre suas viagens.

[23:32 || **Roberto**]
Finca Alenca, Argentina.

[23:32 || **Indyara**]
😊😊😊

[23:32 || **Roberto**]
Fui na época das vacas gordas (época do presidente José Molouvsk).

[23:32 || **Indyara**]
Melhor época.

[23:33 || **Indyara**]
Meu sonho de viagem internacional. Arrasou viu.

[23:33 || **Roberto**]
Agora com este governo as coisas estão complicadas. A gente muda de assunto e acaba voltando pra política. Rssssss

[Reclama Roberto.]

[23:34 || **Indyara**]
Kkkkk sim. Tudo é política, incrível isso. Tá tudo um absurdo.

[23:35 || **Roberto**]
Sim. Fui no supermercado ontem comprar umas coisinhas, deu 67$. Esse era o valor do meu primeiro salário, 70$.

[23:36 || **Indyara**]
Negócio tá brabo.

[23:36 || **Roberto**]
E a gente que trabalha na área da educação tem o pior salário. O Molouvsk valorizava a educação. #molouvsk2026

Lembrando que Roberto Villard era funcionário concursado na parte pública da Andrômeda e consequentemente não tinha um salário muito bom. Mas por ser um excelente funcionário, amigo íntimo e braço direito de Frederico Loures, tinha uns certos privilégios e algumas bonificações no salário.

[23:36 || Indyara]
Kkkkkkk Molouvsk é o máximo.

Nesse mesmo ano de 2026, em outubro, vão ocorrer eleições presidenciais, sendo que o candidato José Molouvsk é o primeiro colocado nas pesquisas de intenção de voto.

[23:36 || Roberto]
Voltando pra viagem.

[23:37 || Indyara]
Onde já se viu gasolina a 17$. Quero detalhes da viagem.

[23:37 || Roberto]
Lá em Finca Alenca teve dia que peguei 5 °C. Amei.

[23:38 || Roberto]
Também gosto muito de Santo Alonso (capital).

[23:38 || Indyara]
Eu adoro frio, mas assim não hahaha.

[23:38 || Roberto]
Amo Maravilhoso Horizonte. Cidade muito linda.

[23:39 || Roberto]
Gosto de Vila Nova de Gaya.

[23:39 || Indyara]
Ainda quero conhecer Vila Nova de Gaya. Aliás, tudooo...

[23:39 || Roberto]
Saudade de Precipitada. Altamar vc conhece o q? Não gostei de Goboatá.

[Continua Roberto listando as cidades que já foi.]

[23:40 || Indyara]
Não. Mas tenho vontade de conhecer.

[Referindo-se a Altamar.]

[23:40 || Roberto]
Tenho dois conhecidos que moram em Altamar. Quero conhecer Serra do Abismo.

[23:41 || Indyara]
Será a minha próxima 😊 Ñ conheço também.

[23:41 || Roberto]
Uma amiga minha se mudou do Monte do Faluco para Altamar.

[23:41 || Indyara]
Rapaz, venha conhecer nossa Ayamonte.

[23:42 || Roberto]
Deixa baixar o preço da passagem um pouco. Tá mais barato de Nova Morgade para Finca Alenca do que pro Nordeste. Rsssssssss Pelo menos quando eu fui era.

[23:43 || Indyara]
E pra fazer viagem internacional preciso saber outras línguas? 😂😂😂

[23:43 || Roberto]
Estou pensando em ir ano que vem, se as condições melhorarem.

[23:44 || Indyara]
😮

[23:44 || Roberto]
Não necessariamente. Rssssss

[Só agora que ele percebe o duplo sentindo da última pergunta de Indyara.]

[23:44 || Indyara]
Kkkkkk

[23:45 || Roberto]
Já fui até pra Ouvidor Arrianga. Em 2010.

[23:46 || Indyara]
Turista é ele.

[23:46 || Roberto]
Altamar já está na minha lista há um tempo. Minha meta.

[23:46 || Indyara]
Aí hahaha Vai gostar.

[23:46 || Roberto]
Que nada. Fui a trabalho. Viajar a trabalho é péssimo.

[Reclama Roberto de quando foi a trabalho para Ouvidor Arrianga].

[23:47 || Roberto]
Mesmo assim dá pra aproveitar a vista. Em Precipitada não deu pra conhecer quase nada. Cheguei no domingo e fui embora na terça-feira de manhã.

[23:48 || Indyara]
Como é andar de avião?

[23:50 || Roberto]
Viajar sempre foi um sonho. Na minha infância e adolescência eu era muito pobre. Mas, quando a gente tem um objetivo e luta por ele, a gente consegue.

[23:51 || Roberto]
Como eu só viajo de classe econômica, não é uma experiência muito boa. 😊

[23:52 || Indyara]
Ah, sim. Com certeza, viu.

[23:53 || Indyara]
E teu estilo musical qual é?

[23:54 || Roberto]
Sou eclético. Escuto de tudo um pouco. Do funk ao rock. Passando pelo clássico.

[23:54 || Indyara]
Maravilhoso.

[23:54 || Roberto]
Depende do meu estado de espírito do dia.

[23:55 || Indyara]
Kkkkk sei bem como é. E como está a vida amorosa de um pisciano?

[23:57 || Roberto]
Atualmente solteiro.

[23:57 || Indyara]
Quanto tempo a relação mais duradoura?

[23:59 || Roberto]
Fui casado por 5 anos com uma ex-colega da faculdade. Na época eu tinha mais ou menos uns 27 anos.

───────── **13.09.2023** ─────────

[00:01 || Indyara]
Etatá!

[00:01 || Roberto]
O que foi?

[00:02 || Roberto]
Ela era da mesma área da minha turma, era tudo igual. Chega uma hora que cansa.

[00:03 || Roberto]
Hoje somos colegas do trabalho, pois ela trabalha na mesma empresa que eu trabalho. Foda.

[00:03 || Indyara]
Monotonia?

[00:03 || Roberto]
Sim. Não brigamos.

[00:04 || Roberto]
Foram 5 anos de casado e mais 4 anos de namoro. Num total de 9.

Nem parecia Roberto falando. Era tanta mentira dita por ele, que nem ele próprio se reconhecia. Ou, melhor dizendo, Roberto não se reconhecia havia quase um ano. Ele permitiu que Indyara controlasse sua vida quase por inteiro.

[00:07 || Indyara]
Caralho. Bastante tempo hein?

[00:08 || Indyara]
Gosta de relações sérias ou prefere uma curtição vez ou outra? Ou ficar sozinho?

[00:13 || Roberto]
Relações sérias são boas, criam vínculos. Uma curtição é boa só no momento, depois dá uma sensação ruim. Parece que somos objetos de uso descartável. Estranho. Ficar sozinho por muito tempo é chato.

[00:15 || Indyara]
Vc é tão sábio.

[00:15 || Roberto]
Agora fale um pouco de vc? Ainda não te conheço direito, Indyara.

[00:16 || Indyara]
Não sou nada interessante kkkkkkkkk

[00:17 || Roberto]
Será?

[00:17 || Indyara]
Vamos continuar com vc, Roberto.

[00:17 || Roberto]
Quero saber quem é vc. Sei muito pouco de vc ou quase nada.

[Pressiona Roberto.]

[00:18 || Indyara]
Hm, pergunta específica?

[00:18 || Roberto]
😄

[00:20 || Roberto]
Estuda o que, o que gosta de ler? Algumas coisas já sei. Tipo: vc é de esquerda e gosta de astrologia.

[Roberto continua questionando Indyara.]

Gosta de curtir com as amigas no fds? Tá solteira, em que estuda, gosto musical...?

[00:23 || Roberto]
Ps.: desculpa os erros de digitação.

[00:27 || Indyara]
Sou uma romântica do século XIX, que acredita que o amor sempre será o melhor caminho. Amo coisas simples, me ganha fácil. Apaixonada por literatura, música, natureza, arte... Eu respiro e sobrevivo pq a arte existe. Gosto de apreciar tudo que é belo. Adoro perceber o despercebido. Odeio injustiça e falta de compaixão. Gosto de certezas e odeio meio-termo. Gosto de viver com intensidade. Sou apaixonada por misticismo. Tenho uma sede por conhecimento, sou muito curiosa e adoro inovar. Não tenho religião, porém, acredito firmemente em Deus.

[00:28 || Roberto]
Uau. Foi bem sucinta.

[00:29 || Indyara]
Kkkkkk Achou?

[00:29 || Roberto]
Sim. Estou aqui pensando. Como foi o nosso primeiro contato? Não lembro. Sério.

[00:30 || Indyara]
Acho q eu lembro. Pera.

[00:31 || Roberto]
Estou amando esta situação. Nunca comecei uma amizade assim.

[00:31 || Indyara]
Roberto, nosso primeiro contato foi mais ou menos assim. Eu vi seu perfil no TweerderGram e percebi que vc também é amigo da Cynthia. Cynthia é minha vizinha de frente. Pedi pra vc me adicionar e vc me adicionou. A partir daí vi que vc postava fotos de viagem e natureza. Me apaixonei loucamente. Eu curtia suas fotos e vc só agradecia, nunca tivemos um diálogo que nem agora. Pelo visto vc é bem tímido. E foi isso. Me encantei por vc.

[00:32 || **Indyara**]
Estou amando também.

[00:33 || **Roberto**]
Sim, sou tímido. A Cynthia nunca conheci pessoalmente. Só através de momentos políticos de esquerda na internet. E além de ela gostar de Paganismo, pois eu cheguei a frequentar rodas de Wicca. Nestes grupos do TweederGram de Wicca que a gente frequentava.

[00:36 || **Indyara**]
Nossa, que bacana.

[00:37 || **Roberto**]
Mas nunca conversamos assim, dessa forma.

[00:38 || **Indyara**]
Entendi. Achei que eram amigos.

[00:38 || **Roberto**]
Não. Nunca tivemos papos, como a gente tá fazendo.

[00:39 || **Indyara**]
Que bom então, a honra é somente minha hahaha. Vc é o máximo, viu.

[00:39 || **Roberto**]
Obrigado. Vc também.

[00:40 || **Indyara**]
Eu sou muito fascinada por intelecto. Às vezes, só tendo o mínimo de noção também vai. Mas vc é intrigante.

[00:41 || **Roberto**]
Como assim?! 😵 😄😄😄😄

[00:42 || **Indyara**]
Estimula a curiosidade. Muito misterioso. Eu gosto disso.

[00:42 || **Roberto**]
Nossa!!!!! Não imaginava isso de mim.

[00:43 || **Indyara**]
Pois fique sabendo kkkkkkk

[00:45 || Roberto]
Tá sendo um prazer te conhecer. Pra mim, uma experiência nova.

[00:45 || Indyara]
E a gente gosta de coisa nova.

[00:45 || Roberto]
Sem dúvidas.

[00:47 || Indyara]
É um homem sensível?

[00:47 || Roberto]
Sim.

[00:48 || Indyara]
Isso é bom. Quer dizer. É ótimo

[00:51 || Indyara]
Sensibilidade é o que falta hj nas pessoas.

[00:51 || Roberto]
Sim.

[00:51 || Indyara]
Humanidade.

[00:51 || Roberto]
Amor.

[00:52 || Roberto]
Afeto.

[00:52 || Indyara]
Vc é raridade. Sua alma é linda.

[00:56 || Indyara]
Vou dormir agora, amanhã levanto cedinho. Foi muito bom conversar contigo, sou apaixonada por pessoas como vc... Obg por isso. Amanhã nos falamos mais?

[00:57 || Roberto]
Blz. Sou mais noturno. Não gosto de levantar cedo. Trabalho tarde/noite. Tenha uma ótima noite. 🌙

[00:57 || Indyara]
Meu sonho kkkkkkkk

[00:58 || Indyara]
Boa noite, meu bem. Se cuida.

[00:58 || Roberto]
Durma na paz. Bjs.

[00:59 || Roberto]
Até amanhã, ou hj. Kkkkkk

Depois de uma longa conversa que durou até uma hora da manhã, Roberto vai dormir totalmente encantado e com a mente mergulhada em uma paixão avassaladora.

CAPÍTULO 6

13.09.2026

11:45

Roberto acorda quase meio-dia, toma um banho e sai correndo para o trabalho totalmente atrasado. Não era novidade Roberto estar atrasado pro trabalho, mas nesse dia ele estava muito atrasado. Teve a sorte de não encontrar o chefe, pois ia levar uma grande bronca. Frederico já vinha desconfiando que tinha algo de estranho com Roberto. Ele sempre honrava suas tarefas de trabalho, mesmo chegando atrasado. Mas, nos últimos dias, Roberto deixava transparecer algo que impedia de avançar nos projetos da Andrômeda.

Mesmo no meio de uma tarde toda enrolada, com pendências acumulando-se em sua mesa, Roberto desejava falar com Indyara. Um desejo que beirava a excitação, fazendo o coração acelerar a tal ponto que o deixou todo suado. Nesse intenso desejo, ele abre o TweederGram na aba mensagem, com o intuito de conversar com ela.

[13:15 || Roberto]
Boa tarde!

Ele aguarda ansiosamente pelo retorno de Indyara. Os minutos para ele não têm fim, são uma eternidade. O tempo passa e ele começa a suar em bicas, mesmo com ar condicionado ligado a 19 ºC.

[13:42 || Indyara]
Boa tarde, meu amor. O que faz nessa tarde calorosa?

[13:45 || Roberto]
Descansando um pouco, pra já já voltar ao trabalho. E vc tá curtindo o calor? Aqui tá quente pacas. 🔥

[13:46 || Indyara]
Estou na academia, malhando. ☹

[13:47 || **Roberto**]
😁 Vida boa, tá triste pq? Eu que tô precisando de férias e vc reclamando.

[14:24 || **Indyara**]
Kkkkkk pq nasci linda, não rica 😂😂😂😂

[14:41 || **Roberto**]
Riqueza não traz felicidade.

[14:43 || **Roberto**]
Dinheiro ajuda a viver, mas não traz felicidade. O ideal é ter o necessário pra viver e ser feliz. Tudo demasiadamente faz mal.

[14:46 || **Indyara**]
Verdade.

[14:49 || **Roberto**]
Não sou rico, tenho o básico pra viver com um certo conforto. Lutei muito pra conseguir. Como já disse, eu vim de uma família muito pobre, passei fome na infância. Mas consegui superar.

[14:51 || **Indyara**]
Eu fico tão feliz por você, mesmo sem te conhecer. É uma inspiração e tanto.

[14:52 || **Roberto**]
Um dia quem sabe a gente se conheça. O futuro é cheio de surpresas.

[14:55 || **Indyara**]
Que o universo seja generoso cmg. Pq quero muito.

[15:02 || **Roberto**]
A gente nunca sabe. Vai que o universo conspira pra esse dia. O futuro dirá.

[15:22 || **Indyara**]
É, vou apostar no universo.

[15:56 || **Roberto**]
Vamos aguardar.

[16:11 || **Indyara**]
♥♥♥

[16:11 || Roberto]
😲

[16:13 || Roberto]
Estou querendo saber mais de vc. Agora quem ficou curioso fui eu. Vc também é um pouco enigmática.

[16:14 || Roberto]
Vc me despertou um desejo de querer saber mais. Estranho isso.

[16:14 || Indyara]
Pq estranho??

[16:14 || Roberto]
Não sei.

[16:15 || Roberto]
Não sei te explicar. Vc apareceu do nada na minha vida.

[16:16 || Roberto]
Não sei como expressar.

[16:16 || Indyara]
Acredita que nada é por acaso?

[16:17 || Roberto]
Não existe acaso. Saber disso é fácil, viver isso é difícil.

[16:18 || Roberto]
De ontem pra hoje está sendo diferente. Nunca passei por isso.

[16:19 || Roberto]
Minha mente está confusa. É isso.

[16:20 || Indyara]
Pensei muito nas nossas conversas e em vc hj logo quando acordei. Estranha também estou.

[16:20 || Roberto]
Será que isso é real ou um sonho?

[16:21 || Roberto]
Aonde isso tudo vai nos levar?

[16:21 || **Indyara**]
Pedir alguém aqui pra me beliscar kkkk

[16:22 || **Indyara**]
A gente tem duas opções... Deixar o universo se encarregar disso ou fazer acontecer.

[16:22 || **Roberto**]
Eu tenho medo, o novo dá um certo medo e ao mesmo tempo curiosidade.

[16:23 || **Roberto**]
Se a gente também não agir, nada irá acontecer. Só esperar as coisas não acontecem.

[16:23 || **Indyara**]
Sim. Eu amo o novo.

[16:24 || **Roberto**]
Me bateu uma vontade de te conhecer. Coisas que só via em contos.

[16:25 || **Indyara**]
Idem.

[16:25 || **Roberto**]
Não estou conseguindo trabalhar direito hj. Estou tentando terminar um relatório pra enviar e não consigo. Vc lançou algum feitiço. 😊

    Depois de mais de três horas de bate-papo, só agora ele reparava que ainda não conseguira trabalhar, e ainda acreditava que a Indyara tinha lançado feitiço. *Só rindo de você, Roberto, logo você, que até pouco tempo não acreditava em nada místico.* E Frederico, seu chefe, já notava que seu funcionário mais dedicado não estava bem. Inclusive, estava pensando em dar uns dias de folga para Roberto descansar.

[16:26 || **Indyara**]
Lancei?! Queria ter esse poder sobre vc hahaha.

[16:26 || **Roberto**]
Acho que tem. 😁

[16:26 || **Indyara**]
Amo pessoas misteriosas. Vc me mata de curiosidade.

[16:27 || Roberto]
Nunca senti uma atração por alguém que nunca vi. 😕

[16:28 || Indyara]
Eu já, mas não nessa intensidade.

[16:29 || Roberto]
Eu falei muito de mim. E de vc quase nada sei. Isso me deixa mais curioso e ao mesmo tempo com uma atração.

[16:30 || Roberto]
Estou me sentindo um adolescente de novo. 😃

[16:31 || Roberto]
O que me angustia é a distância. A distância entre nós dois.

[16:33 || Roberto]
Nunca imaginei que sentiria atração por alguém tão distante.

[16:36 || Indyara]
Muito bom isso.

[16:36 || Roberto]
😃

[16:37 || Indyara]
Sim. Distante demais.

[16:38 || Roberto]
Não é algo tipo Nova Morgade x Santo Alonso que faço em 6h de ônibus ou em 45 minutos de avião.

[16:38 || Indyara]
Isso é ótimo.

[16:39 || Roberto]
Vc acha?

[16:39 || Indyara]
Tá me deixando piradinha já. Kkkk É claro. Porém, como lhe falei, não tenho muito a falar. Não sou interessante como vc.

[16:40 || Roberto]
Se vc não fosse interessante, eu não tinha me interessado em saber quem vc é.

[16:41 || Roberto]
Nossa! Imagina eu aqui criando várias imagens, sensações, medos...

[16:42 || Roberto]
Vc é interessante sim.

Roberto nesse momento tenta voltar ao que estava fazendo, o relatório. Aí ele percebeu que nem tinha começado, mas a emoção que sentia não o deixava fazer mais nada. Não conseguia digitar nem o cabeçalho do relatório, imagina se conseguiria terminar. Ele tentava, mas não conseguia. Passados cinco minutos, ele retorna ao diálogo com Indyara.

[16:47 || Roberto]
Meu coração tá a mil. Vai ser difícil dormir hj à noite. Já foi ontem.

[16:51 || Indyara]
Ontem para mim foi o máximo. Milhões de sensações.

[16:51 || Roberto]
Imagino.

[16:51 || Indyara]
Nos faz sentir vivo isso.

[16:51 || Roberto]
Sem dúvidas.

[16:52 || Indyara]
Eu amo o seu signo.

[16:53 || Indyara]
O mais intenso de todos.

[16:53 || Roberto]
Vejo suas fotos no seu perfil, vc é linda. Ou melhor, mais que linda, maravilhosa.

[16:54 || Indyara]
Ângulo e efeito. Hahahaha Sou tão comum.

[16:55 || Roberto]
Se fosse tão comum, eu não sentiria o que estou sentindo.

[16:56 || Roberto]
Aqui em Nova Morgade tá cheio de gente comum e não sinto o que estou sentindo. Chego à conclusão que vc não é tão comum.

[16:56 || Indyara]
Assim eu me empolgo.

[16:56 || Roberto]
Vc me despertou algo que não sinto há muito tempo.

[16:57 || Indyara]
Sério?

[16:57 || Roberto]
Sim.

[16:58 || Indyara]
Para não dizer que vc é incrível, (pouco), eu te acho formidável. Desde o primeiro contato.

[16:59 || Roberto]
Obrigado. 😊

[17:00 || Roberto]
Nos últimos anos me deixei levar pelo trabalho, estudos, problemas do dia a dia, fiquei mais preguiçoso. Mas vc me despertou um sentimento que não sentia há anos. Sério!

[17:01 || Roberto]
Meu coração 🖤 tá muito acelerado.

[17:03 || Indyara]
Amando ler tudo isso.

[17:03 || Roberto]
😃

[17:04 || Indyara]
Me perguntando aqui onde foi que eu acertei tanto ahahaha. Pra vc aparecer.

[17:06 || Roberto]
Acredito que estou apaixonado. Não existe outra palavra pra dizer o que estou sentindo. Vc me despertou este sentimento.

[17:07 || Roberto]
Não acredito que estou dizendo isso.

 Só agora Roberto percebe que está apaixonado, completamente cego. Como só percebeu agora? Não sei lhe explicar, meu caro leitor. Vou deixar você, que teve a paciência de chegar até aqui, responder. Ah! E, quando tiver a resposta, não se esqueça de me avisar. Okay?
 O diálogo entre os dois continua, e o relatório para Frederico será entregue outro dia, pois hoje ele não vai conseguir entregar. Frederico é outro que está mais perdido que barata tonta na direção da Andrômeda, mas isso fica para a próxima história. Um dia terei tempo para contá-la. Vamos continuar no nosso foco, Roberto e Indyara.

[17:09 || Indyara]
Eu também não acredito. Não me iluda, sou sensível😳. Kkkkkk

[17:10 || Roberto]
Eu também sou. Já fui iludido no passado. Dói muito. ☹

[17:11 || Roberto]
Dor que não quero sentir de novo. Não estou preparado. ☹

[17:12 || Indyara]
A gente nunca tá. Mas somos teimosos, sempre arriscamos.

[17:12 || Roberto]
É.

[17:14 || Roberto]
Não sei o que escrever. Estou quase chorando aqui. Um conjunto de várias sensações.

[17:15 || Roberto]
Me lembrei do passado. E ao mesmo tempo não posso dizer que o futuro será igual ao passado. Ou melhor, o presente. Pois estou sentindo agora.

[17:16 || Indyara]
Claro. Nunca se prive de viver amores lindos por medo do passado se repetir.

[17:17 || Roberto]
Acredito que vc não seja de brincar com sentimentos. Eu não faria isso. Sou muito sentimental.

[17:18 || Indyara]
Não sou. Não vejo graça nisso. Eu também não faria. Não queria ser tanto assim.

[17:19 || Roberto]
Demoro pra me envolver, ou melhor, dou uma de resistente. Mas chega uma hora que o coração fala alto.

[17:19 || Indyara]
Com certeza. Ninguém é forte o tempo todo.

[17:20 || Roberto]
Nossa, como vc me despertou isso?

[17:21 || Indyara]
Também queria entender. Achei q vc jamais me daria a mínima hahaha.

[17:21 || Roberto]
Acho que não estou preparado pra me apaixonar por alguém agora. Pelo menos achava que não.

[17:22 || Roberto]
Suas palavras são sedutoras. Transmitem energia à distância.

[17:23 || Indyara]
Senti o mesmo de vc. Energia boa mesmo distante.

[17:25 || Roberto]
Vc me buscou e eu aceitei. Tem troca de energia. ♥

[17:25 || Indyara]
Delicioso isso, afff. ♥

[17:26 || Roberto]
Não tenho o que dizer.

[17:28 || **Indyara**]
Vc me deixa sem palavras.

[17:29 || **Roberto**]
Eu?!

[17:31 || **Indyara**]
Claro q você.

[17:31 || **Roberto**]
☺

[17:32 || **Roberto**]
Vc também me deixou sem palavras. Agora estou imaginando mil coisas.

[17:33 || **Indyara**]
Me fala.

[17:33 || **Roberto**]
O que?

[17:34 || **Indyara**]
O q está se passando nessa cabecinha aí?

[17:35 || **Roberto**]
Desejo, prazer, medo, dúvidas...

[17:36 || **Roberto**]
Acredito que vc esteja sentindo o mesmo ou algo parecido.

[17:37 || **Indyara**]
O mesmo.

[17:41 || **Roberto**]
Minha mente vai dar um nó. Isso tudo é real? Tá difícil de acreditar.

[17:42 || **Roberto**]
Vai ser difícil daqui pra frente. Muitas emoções ao mesmo tempo.

[17:42 || **Indyara**]
Meu amor, posso lhe garantir que tudo isso é uma loucura, mas uma loucura boa. Essa bagunçada na vida. Nos sentimentos.

[17:44 || **Roberto**]
Vc é bela e formosa. Tem sentimento forte. Tem gostos parecidos com o meu...

[17:46 || **Indyara**]
Vc é maravilhoso em todos os aspectos... Adjetivo nenhum descreveria. Indecifrável.

[17:47 || **Roberto**]
Assim me apaixono de vez. ♥ ☺

[17:47 || **Indyara**]
Eu não teria tanta sorte assim.

[17:48 || **Roberto**]
Como assim? De alguém ir te buscar? Como vc fez comigo?

[17:50 || **Roberto**]
Só te peço um favor. Não jogue/brinque com o sentimento. De ontem pra hj vc mexeu com meus sentimentos.

[17:52 || **Roberto**]
Não imaginava que iria acontecer isso tudo.

[17:52 || **Indyara**]
Não gosto disso.

[17:52 || **Roberto**]
Estou sendo o mais sincero possível contigo.

 Despois dessa fala, Roberto entra num silêncio angustiante de cinco minutos. Aguarda alguma confirmação da parte de Indyara. Só não esperava a surpresa que estava por vir.
 Indyara, como uma sagitariana que contamina o ambiente e as pessoas em seu entorno, além de conseguir dirigir sua vontade na direção de suas metas e objetivos, diz algo delicado, e ele tem que seguir as regras. Talvez não volte a falar com a Indyara. Roberto se sente numa apertada calça justa, de tal forma que lhe machucam os testículos, mas o desejo por ela era maior, e ele topa.

[17:58 || **Indyara**]
Tá, pois deixa eu te falar uma coisa. Eu sempre te falei tudo isso pq vc tem q ter consciência do quanto é maravilhoso e um ser humano incrí-

vel. Tenho alguém, não nego. Mas não anulou nada do que senti e o que penso sobre vc.

[17:59 || Roberto]
Tudo bem.

[18:00 || Indyara]
Nada mudou pra mim. Pra vc sim?

[18:00 || Roberto]
Pra mim também não.

 Digita Roberto já completamente gelado e quase sem muita reação. Indyara continua e Roberto fica mais gelado, parecendo um defunto que acabou de morrer. O corpo estava gelado, mas ainda dava para perceber que o sangue percorria em suas veias de uma forma bem lenta. O coração já não pulsava o bastante, o cérebro tinha poucas reações, e sua boca espumava dizendo que sua alma já não estava ali. Parecia que o tempo tinha congelado, as horas não passavam, e todo o universo se compactava num único ponto que era engolido por um buraco negro, que sugava toda energia e fonte de luz.

[18:02 || Indyara]
Ah! E tem mais um detalhe. É uma mulher. Há tempos eu não me interessava por homens. E olha vc quebrando isso em mim.

[18:03 || Roberto]
Tudo bem. Estamos no mundo pra ser feliz.

 Roberto diz que está tudo bem, mas na verdade não está. Ele não esperava por tudo isso, foi uma grande surpresa.

[18:04 || Roberto]
Mas eu não vou te prejudicar no seu relacionamento? Não quero ser um problema pra vc.

[18:06 || Indyara]
Vc jamais seria um problema.

[18:07 || Indyara]
Vc é a solução.

[18:07 || Roberto]
Solução? Eu fiquei mais confuso ainda. Como assim?

Roberto fica mais confuso e mais gelado, a ponto de quase desmaiar no trabalho. Vale lembrar que ele ainda estava no trabalho e tinha um relatório para entregar ao chefe. Que pelo visto não seria entregue nesse dia. Indyara continua, e Roberto se enrola ainda mais nas palavras.

[18:07 || Indyara]
Queria me conhecer pessoalmente algum dia?

[18:07 || Roberto]
Ainda quero.

Roberto já não sabe o que mais escrever. Ele já não tem mais controle do que escreve, coitado, está totalmente desnorteado. As palavras saem no automático, já não tem mais o domínio do que digita. Aparentemente a alma de Roberto já não estava em seu corpo, mas seus dedos continuavam a digitar.

[18:10 || Roberto]
Mas por que vc, com alguém, mesmo assim me procurou? Não estou conseguindo entender. Minha mente tá bugando. O que eu despertei em vc?

[18:11 || Roberto]
Isso só pode ser um sonho. Mas não sei se quero acordar. Ainda quero te conhecer.

[18:12 || Indyara]
Despertou algo mais do que forte. Pq nunca procurei ngm estando em um relacionamento. Sou fiel. Mas vc, parece que eu precisava conversar de qualquer jeito.

[18:13 || Roberto]
Foi além da conversa, rolou sentimento. Eu também me permiti.

[18:14 || Indyara]
Requer coragem. Precisamos nos permitir.

[18:15 || Roberto]
Vc tem o desejo de me conhecer pessoalmente? E se a gente se conhecer e se apaixonar de vez?

[18:16 || Indyara]
Claro que tenho, muito. Se acontecer, aconteceu. Não tem o q fazer.

[18:18 || Roberto]
Como fica seu relacionamento? Não quero ser motivo de término de relacionamento nenhum.

[18:18 || Indyara]
Não pense nisso.

[18:18 || Roberto]
Como não pensar?

[18:19 || Roberto]
Meu coração não vai aguentar. Muita coisa pra hj. Ok. Deixa eu respirar.

[18:20 || Indyara]
Respira!

[18:20 || Roberto]
Vamos falar de nós dois.

[18:20 || Indyara]
Sim, é o q importa.

[18:20 || Roberto]
Estou pensando em tirar férias em março próximo.

[18:21 || Roberto]
Eu costumo tirar 15 dias no início do ano e 15 no final.

[18:22 || Roberto]
De onde vc mora, que é São Pedro de Urabá, acertei? É muito longe de Altamar?

[18:22 || Indyara]
Pertinho. Entre aspas. Kkkkk 2 horas e meia só.

Roberto já está cogitando ir a Altamar, capital de Ayamonte, cidade próxima de São Pedro de Urabá, ponto em comum para os dois, e que seria mais seguro pra Roberto. Ele ainda pensava em sua segurança (pelo menos nisso Roberto ainda pensava), pois não conhecia Indyara nem sabia das intenções dela. Além disso, Roberto tinha um amigo e uma amiga que não via há anos e que moravam em Altamar. Se não conseguisse ver sua amada, no mínimo encontraria seus amigos e não ficaria sozinho em Altamar. E ainda seria uma boa desculpa para dar para sua esposa, além de tirar uma semana sabática no Nordeste.

[18:31 ||Roberto]
2h é a distância que levo da minha casa ao meu trabalho. É perto. Podemos marcar de nos encontrarmos em Altamar. Vamos pensar nesta ideia.

[18:32 || Roberto]
Só tem um detalhe, tenho que comprar as passagens com certa antecedência, pois em cima da hora fica caro.

[18:35 || Indyara]
Sei como é.

[18:36 || Roberto]
Estou pensando em ficar uns 4 dias em Altamar. Só que precisa ser bem planejado. Vamos amadurecendo esta ideia até o fim do ano.

[18:37 || Indyara]
Simmm. Loucura hahaha 😊

[18:37 || Roberto]
😁♥ Em novembro costuma ter promoções de voos pro Nordeste.

[18:38 || Roberto]
Nunca fiz isso. Mas sempre tem a primeira vez.

[18:40 || Indyara]
Não quero q faça só por mim, e sim, se tiver vontade.

[18:41 || Roberto]
Vc me despertou essa vontade. Agora entendi pq a pergunta de ontem: "vc é aventureiro?".

[18:44 || **Indyara**]
É

[18:47 || **Roberto**]
Vc me perguntou isso ontem. Ou melhor vc me fez um interrogatório. Rssssss

[18:48 || **Indyara**]
Foi hahahaha. Perdão

[18:48 || **Roberto**]
Tranquilo.

[18:49 || **Roberto**]
Vou aqui me preparar para ir embora. Mais tarde a gente conversa. Caso vc não vá dormir cedo. Agora deve estar um trânsito horrível.

[18:49 || **Indyara**]
Tá ok, meu bem.

[20:41 || **Indyara**]
Saudade já.

 Roberto se preparou para finalizar o expediente, em que ele não trabalhou e muito menos finalizou o relatório. Permitira que Indyara lhe tirasse totalmente o foco. Estava completamente cego e não percebia mais nada à sua frente.

[22:56 || **Roberto**]
Boa noite. Cheguei tarde em casa devido ao trânsito, fui tomar banho, botei o celular pra carregar, fui resolver outras coisas e esqueci do horário.

[22:58 || **Roberto**]
Durma na paz. Tenha bons sonhos.

[22:59 || **Indyara**]
Dorme bem também ♥ Boa noite.

[22:59 || **Roberto**]
Eu não vou dormir agora. Sou meio noturno. Só durmo lá pras 2h da manhã.

[23:00 || **Roberto**]
Só que na noite passada não consegui dormir direito. Fiquei pensando em vc.

[23:00 || Indyara]
Quem dera.

[23:01 || Roberto]
Percebi que vc dorme cedo.

[23:02 || Indyara]
Cansaço. Mas tbm era noturna. Kkkkk

[23:03 || Roberto]
Estudando, trabalhando?

[23:03 || Indyara]
Os dois.

[23:04 || Indyara]
Conseguindo conciliar não. Tudo me absorve.

[23:04 || Roberto]
Eu sei o que é isso.

[23:04 || Indyara]
E eu odeio fazer muita coisa ao msm tempo. Digamos q eu goste da zona de conforto. Kkkkkk

[23:05 || Roberto]
Na época da faculdade eu trabalhava de dia e estudava a noite. Saía de casa às 7h e só voltava às 23h.

[23:05 || Indyara]
Estudar me torra a cabeça.

[23:05 || Roberto]
E a aqui em Nova Morgade tudo é longe, trânsito caótico.

[23:06 || Roberto]
Vc estuda o quê? Já tá na universidade? Ou terminando o ensino médio?

[23:07 || Indyara]
Universidade, começando... A pior parte, pq é tudo novo pra mim.

[23:07 || Roberto]
Tá fazendo o quê?

[23:07 || **Indyara**]
Chuta aí.

[23:07 || **Roberto**]
Não sei. Não imagino.

[23:07 || **Indyara**]
Direito.

[23:07 || **Roberto**]
Legal. Show.

[23:07 || **Indyara**]
Amo

[23:08 || **Roberto**]
Pública?

[23:08 || **Indyara**]
Isso.

[23:08 || **Roberto**]
Estou te impedindo de dormir? Se estou, fala.

[23:08 || **Indyara**]
Claro que não.

[23:08 || **Roberto**]
Desculpa tirar seu sono.

[23:08 || **Indyara**]
Que história.

[23:09 || **Indyara**]
Assim, em partes vc tira msm meu sono.

[23:09 || **Roberto**]
Rssssss

[23:09 || **Indyara**]
Se é q me entende? Kkkkkk

[23:09 || **Roberto**]
Entendo. Kkkkkk Aqui tá quente.

[23:10 || Roberto]
Estava vendo aqui que a gente se fala desde o ano passado em agosto. Já tem um ano.

[23:17 || Indyara]
Siiimmm.

[23:18 || Indyara]
Mdsss!

[23:18 || Roberto]
Não imaginava que ia evoluir tanto assim.

[23:19 || Indyara]
Por vc a gente ñ teria tido esse papo nunca. Muito calado vc.

[23:20 || Roberto]
Sou tímido. Fazer o quê? Sou assim. E sem falar que na época eu estava ficando com alguém.

[23:21 || Roberto]
Então vc pediu fotos e eu te passei. Não imaginava que um ano depois estaríamos assim.

[23:21 || Indyara]
Ah, tá

[23:22 || Indyara]
Entendido. Vc é hétero?

[23:22 || Roberto]
Comecei a te observar melhor há pouco tempo.

[23:23 || Indyara]
😲😊

[23:23 || Roberto]
Até agora tenho me relacionado só com mulheres.

[23:27 || Indyara]
Sumiu?

[23:27 || Roberto]
Eu não sumi.

[23:29 || Roberto]
Oi

[23:30 || Roberto]
Oi

[23:33 || Roberto]
Oi

[23:44 || Roberto]
Perdemos contato. Tenha uma boa noite.

[23:48 || Roberto]
Quando puder me dê um oi.

[23:52 || Roberto]
☹

14.09.2026

[00:08 || Roberto]
Te desejo uma ótima noite. E espero amanhã a gente poder conversar.

Estranhamente Indyra para de responder, e Roberto percebe que as mensagens a partir das 23:29 nem chegam ao destino. Ele insiste nas mensagens, mas chega um momento em que se sente cansado e vai dormir.

No TweederGram é possível saber quando o destinatário recebe e visualiza a mensagem. No caso de smartphone desligado, o Tweeder-Gram mostra que a mensagem foi enviada, porém não recebida. Existe também uma versão pirata do aplicativo que permite ao destinatário bloquear o recebimento da mensagem e continuar online observando o remetente sem que o próprio perceba; com isso é possível rastreá-lo sem ser percebido, e em muitos casos é possível roubar os dados dos usuários.

CAPÍTULO 7

São sete horas da manhã e Roberto continua dormindo, pois esse é seu fuso horário. Ele costuma dormir entre meia-noite e duas da manhã e acordar às dez. Tempo suficiente para tomar café da manhã/almoço (algo que nem é café da manhã nem almoço), tomar banho e sair para o trabalho. Seu expediente de trabalho normalmente vai do meio-dia às seis da tarde. Esse é o trabalho dos sonhos de Roberto e da maioria dos brasileiros. Chega tarde, sai cedo, tem uma flexibilização maior de horário, entre outras vantagens, além de trabalhar na profissão que ama e sem falar que é amigo íntimo de um dos diretores. Tudo aparentemente perfeito.

Praticamente nada faz Roberto acordar antes desse horário. Mas nesse dia alguém o acordou cedo, pois seu smartphone soava um aviso sonoro de mensagem.

Biiiiip, Biiiiip, Biiiip…

Normalmente Roberto deixa o smartphone no silencioso, mas dessa vez não deixou. Não sabemos se foi por esquecimento ou proposital.

14.09.2026

[07:32 || **Indyara**]
Bom diaaaaaaa, amore.

[07:34 || **Indyara**]
Desculpa por ontem, meu smartphone está ruim e às vezes perde conexão.

[07:41 || **Indyara**]
Vc deve estar dormindo, né?

[07:55 || **Roberto**]
Bom dia! Fiquei preocupado. Será que falei algo de errado e vc foi embora? Que bom que vc está bem. Tenha um ótimo dia. Vou voltar a dormir. Bjs. E até mais tarde.

[07:56 || **Indyara**]
Tá ok, meu amor. Descanse. Fique tranquilo, vc não falou nada de errado.

[07:56 || Roberto]
Zz₂Zz₂Zz₂Zz₂Zz₂♥ ♥ ♥ ♥

[07:56 || Indyara]
♥

Após esse breve diálogo com Indyara, Roberto volta, ou pelo menos tenta, a dormir mais um pouco. Nos últimos dias, não tem dormido bem, Indyara tem invadido seu sono e sonhos mais íntimos, além de ocupar boa parte de seu tempo e prejudicar seu desempenho no trabalho.

11:00

Roberto acorda meio atordoado, toma um banho correndo para não perder a hora de sair pro trabalho. Antes de sair, deseja conversar um pouco com Indyara e entender o que realmente tinha acontecido na noite anterior.

[11:21 || Roberto]
Olá. Bom dia!

[11:22 || Roberto]
Tudo bem?

[11:22 || Indyara]
Bom dia, benzinho. Tudo sim e contigo?

[11:22 || Roberto]
Acabei de acordar. Tô bem.

[11:22 || Indyara]
E aquela transferência bancária com mensagem? Hahaha...

Na noite anterior Roberto tinha feito uma transferência bancária para a conta dela com uma mensagem, pois era a única forma de Indyara receber alguma mensagem. Isso porque no TweederGram ele tinha perdido contato com ela.

[11:22 || Roberto]
Falando com vc melhor ainda.

[11:23 || Roberto]
Não entendi o que tinha acontecido. Foi uma forma de falar com vc. Fiquei sem entender nada.

[11:24 || Indyara]
Ansioso vc?!

[11:24 || Roberto]
Um pouco. 😄

[11:28 || Roberto]
Estou falando contigo e do nada vc some. Fiquei sem entender nada. Podia dar tchau, sei lá. 😄 Devo estar sonhando mesmo.

[11:29 || Indyara]
Kkkkkkk Jamais sairia da sua vida assim, do nada.

[11:30 || Indyara]
Aliás, minha sede de te conhecer é bem maior que a sua, pode apostar.

[11:37 || Roberto]
Será?!

[11:38 || Indyara]
Garanto.

[11:38 || Roberto]
Não vou pra Ayamonte este ano pq não tem como. Preciso de um certo planejamento.

[11:42 || Indyara]
Claro, eu entendo. Mas n vou desistir de vc, não.

[11:48 || Roberto]
Preciso de planejamento, principalmente para uma viagem longa. Tenho que ver minhas férias (não posso largar tudo e ir), planejamento financeiro (passagem e hospedagem), entre outras coisas.

[11:49 || Roberto]
E vc acredita que vou desistir?

[11:50 || Roberto]
A gente vai se ver. Calma, Indyara! Depois eu que sou ansioso. 😄

Não sei quem está com desejo maior de se ver, Roberto ou Indyara? Acredito que o desejo venha de ambas as partes, porém, cada um com desejo diferente.

Roberto tinha certeza de que Indyara não teria condições financeiras de viajar para Nova Morgade. Se quisesse um dia conhecê-la, teria de dar um jeito de ir a Altamar. Seria a cidade mais próxima de Indyara, sem falar na segurança de Roberto. Ele não viajaria para se encontrar com uma pessoa desconhecida, numa cidade em que não conhecesse ninguém. Seria muito arriscado, e ele não estava a fim de correr tanto risco. Pelo menos em Altamar ele tinha amigos, se algo desse errado teria para onde ir.

Ainda havia outro problema que Roberto precisava resolver, além do relatório que Frederico tinha pedido. Ele precisava arrumar tempo para fazer uma longa viagem, e suas férias já estavam marcadas para março de 2027. Não teria como antecipá-las. Nesse caso, o único jeito seria contar com a boa vontade de Frederico para liberar uns dias de folga emendando com algum feriado nacional.

Frederico, como bom aquariano, sem dúvida ajudaria Roberto nessa louca aventura – todo aquário precisa de peixe para ser aquário, como todo fogo precisa do ar para a combustão.

[12:03 || Roberto]
Vou preparar meu almoço e ir pro trabalho.

[12:08 || Indyara]
Ta bom, meu amor.

Só agora, mais de meio-dia, Roberto percebe que ainda não comeu algo, e ainda há um trânsito horrível pela frente até o trabalho. Pisciano é assim. Muito focado nas coisas, mas às vezes se deixa levar pela emoção do momento. Principalmente se a emoção tocar o seu lado erótico.

Netuno (Poseidon, na Grécia) é seu planeta regente, o Deus dos Mares (dos Sete Mares), e personifica a ideia de que, como não é possível dominar o mar, também é possível perder-se nele. Sua figura representa o sonho, a fantasia e o vício, ou seja, algo para o qual não há limites nem força capaz de deter. Assim como o mar, que pode oferecer prazer, mas também destruição.

Os piscianos também estão ligados a diversas virtudes, são compreensivos, compassivos, empáticos e humildes. Por amor ao próximo, são capazes de se doar totalmente a algum objetivo, esquecendo, às vezes, até de si próprios. Aí é que mora o perigo, quando um pisciano se esquece de si próprio. E Roberto já não pensava mais em si, criou laços afetivos/românticos com Indyara. Esse é o lado frágil do pisciano, que facilmente cria afetos com as pessoas, o que pode levar o romantismo ao extremo, fazendo-o sofrer com amores platônicos e ilusões amorosas.

Indyara, como sagitariana, tem uma posição marcante na vida de Roberto. Sagitariano costuma ser muito falante, animado, divertido e otimista. Seus nativos são a prova de que, se você mentalizar e pensar positivamente, as coisas começam a andar. Eles não discordam dos planos do Universo e acreditam que tudo acontece por um motivo, e que sempre haverá uma solução para resolver cada problema. Com Indyara não é diferente, ela tem certeza do real motivo pelo qual veio conhecer Roberto. Nada acontece por acaso nesta vida. Ela tem seus objetivos e planos, e quase certeza absoluta de que irá realizá-los, de uma forma ou de outra.

Sagitariano com pisciano. Quando formado esse casal, ambos os signos buscam sempre algo a mais em seu interior, como uma conexão sexual e espiritual. O relacionamento terá um lado expressivo e determinante vindo de Sagitário, e um lado sensível e sonhador de Peixes. É uma combinação que pode dar certo, mas em raros momentos pode dar errado.

13:00

Roberto chega ao trabalho e, como sempre, atrasado. Vai ao banheiro lavar o rosto, pois nesse dia está muito quente, e volta a sua sala de trabalho. Nesse tempo se vão cinquenta minutos, e a presença de Indyara não sai de sua mente.

[13:50 || **Roberto**]
Boa tarde.

[13:51 || **Indyara**]
Boa tardeeeee!!!

[13:57 || **Roberto**]
Tá um calor horrível aqui hj. Tá difícil de fazer as coisas. 🔥

Roberto se esquece de que tem ar-condicionado na Andrômeda. O calor que ele está sentindo não é o calor lá de fora da empresa. É o calor mental produzido pela imagem de Indyara em sua mente.

[13:58 || **Indyara**]
Nem me fala 🔥.

[14:00 || **Roberto**]
Estou trabalhando com ar-condicionado no máximo. Tá f****.

[14:00 || **Indyara**]
Vou já atrás de açaí. 🔥

[14:01 || **Indyara**]
Tá quantos graus aí?

[14:03 || **Roberto**]
40 ºC.

[14:03 || **Indyara**]
😱😱😱😱

[14:03 || **Roberto**]
Tá 40, parece que está mais.

[14:04 || **Indyara**]
Aqui 32 e tô pirando. Magina aí.

[14:08 || **Indyara**]
Queria inverno.

[14:09 || **Indyara**]
Vc gosta de frio, né?

[14:09 || **Roberto**]
Sim.

[14:09 || Indyara]
😊😊

[14:10 || Roberto]
Eu no Uruguay peguei frio de 5 °C.

[14:10 || Indyara]
Eita, amo frio, mas assim não. Hahaha

[14:11 || Roberto]
Sol e frio.

[14:11 || Indyara]
16° está ótimo.

[14:12 || Indyara]
Ricoooo

[14:12 || Roberto]
Que me dera. Isso na época das vacas gordas, quando funcionário concursado era valorizado. Agora tá foda. O atual governo quer acabar com a gente.

[14:14 || Indyara]
Siim e com o Brasil em si. PnC. Ódio.

[14:15 || Roberto]
Fui ver passagem mais cedo pra Altamar pra este ano, quase desmaiei.

[14:16 || Indyara]
Hahaha

[14:16 || Roberto]
A ida tá mais cara que a prestação do apartamento.

[14:16 || Indyara]
O Coiso Ruim vai acabar com a gente.

[14:17 || Roberto]
Pesquisei pro feriadão do dia 15 de novembro.

 Roberto quer ir de qualquer jeito a Altamar, e nem sabe se Frederico vai liberá-lo do trabalho. Mas, foda-se, ele quer se encontrar com Indyara.

[14:18 || Roberto]
A gente vai ter que esperar um pouco.

[14:20 || Indyara]
Sem problemas.

[14:20 || Roberto]
Queria tanto te conhecer este ano. Mas acho que não vai dar.

[14:20 || Indyara]
Temos todo o tempo do mundo 🎵.

[14:20 || Roberto]
Só se acontecer um milagre. Enquanto isso vamos nos comunicando por aqui mesmo. Vou me planejando pra março. E vai ser um presente te conhecer em março. Meu aniversário.

[14:24 || Roberto]
Vou aqui, pois tenho um relatório pra terminar. À noite a gente se fala. Bjs. Tenha uma ótima tarde. ♥

[14:26 || Indyara]
Tá certo, meu amor. Tenha uma excelente tarde. Um cheiro gostoso meu. ♥

[14:27 || Roberto]
À noite a gente se fala. Se cuida.

[14:36 || Indyara]
Idem.

Roberto se dá conta de que a hora está passando e tem que trabalhar para garantir o funcionamento adequado de seu setor. Sem dizer que estava acumulando tarefas, materiais que precisavam ser despachados, e-mails para serem respondidos e livros para serem catalogados, classificados e indexados no sistema AndroDoc.B (software pertencente à Andrômeda Corporation Inc.).

[18:14 || Roberto]
Boa noite. Voltando pra casa num metrô cheio.

[18:59 || Indyara]
Boa noite! Eitatá

[19:00 || Roberto]
A cidade tá um inferno. Calor de 41 °C.

[19:00 || Indyara]
🔥 🔥

[19:01 || Roberto]
Cheguei em casa. Vou terminar um trabalho pendente, lá pras 21:30h a gente conversa melhor. 🔥 🔥 🔥 ❤️ ❤️ ❤️ ❤️ Se não for tarde pra vc. Não quero tirar seu sono.

[19:03 || Indyara]
Vc tira meu sono, já disse. Kkk

[19:03 || Roberto]
Kkkkkk

Roberto dá uma desculpa de trabalho pendente; na verdade, o trabalho pendente é dar um agrado à sua esposa. Já fazia um tempo que os dois não se viam direito, devido à rotina de trabalho de ambos, ela enrolada na área da saúde e ele enrolado na Andrômeda com um relatório que nunca fica pronto.

[22:01 || Roberto]
Boa noite!

[22:03 || Indyara]
Boa noite, amor!

[22:04 || Roberto]
Tá tudo bem contigo? Como foi o seu dia?

[22:06 || Indyara]
Foi até tranquilo. E o seu?

[22:06 || Roberto]
Tirando o calor, foi tranquilo.

[22:07 || Indyara]
Já tô imaginando o calorão de amanhã.

[22:07 || Roberto]
Idem. Calor me deixa meio devagar. Não quero nem imaginar como será o verão.

[22:10 || Indyara]
🔥 🔥 Imagina naqueles lugares que naturalmente já são quentes?

[22:11 || Roberto]
Tipo aqui.

[22:11 || Indyara]
Siimm.

[22:11 || Roberto]
Vc mudou a foto do TweederGram. Gostei.

[22:12 || Indyara]
Gostou? Kkk

[22:12 || Roberto]
Sim. 😊

[22:12 || Indyara]
Então tá tudo certo.
<arquivo de foto enviado>

  Indyara logo em seguida envia uma foto dela seminua no quarto, e Roberto fica encantado com tanta beleza.

[22:17 || Roberto]
Vc é bela. ¡Guapísima!

[22:18 || Indyara]
Vc é espetacular.

[22:21 || Roberto]
Estou contando os dias pra te ver.

[22:21 || Indyara]
😊😊😊 tbm.

[22:22 || Indyara]
Será uma loucura maravilhosa.

[22:23 || Roberto]
E que loucura!

[22:24 || Indyara]
😊🖤

[22:24 || Roberto]
Nunca saí da minha cidade pra me encontrar com alguém que conheci virtualmente.

[22:24 || Indyara]
Também não.

[22:26 || Roberto]
Ainda não caiu a ficha. Isso tudo é real mesmo? Tá difícil de acreditar.

[22:27 || Indyara]
Pra mim só vai cair quando te ver msm. Mais que real.

[22:27 || Roberto]
Vou tentar antecipar a ida pra Altamar, mas não vou te garantir. Depende de alguns fatores.

[22:28 || Indyara]
Não, pare com isso, teremos tempo. Sem pressa, não quero que se sacrifique.

[22:28 || Roberto]
Março tá meio longe.

[22:28 || Indyara]
Sério msm.

[22:30 || Roberto]
Vou tentar ver pra novembro.

[22:31 || Indyara]
Não quero que se sacrifique, sério mesmo. Quando der, deu.

[22:32 || Roberto]
Ok. Só acho que março tá longe.

[22:33 || Indyara]
Eu vou estar esperando ansiosamente, nem que for daqui a 2 anos.

[22:33 || Roberto]
😨

[22:33 || Indyara]
Kkkk Só um exemplo.

[22:34 || Roberto]
Ah tá. Ufa!

[22:34 || Indyara]
Kkkkk

[22:35 || Indyara]
Ei, vou-me indo, enxaqueca daquelas, tô pra morrer aqui. ☹ Amanhã a gente conversa melhor?

[22:35 || Roberto]
Ok. Melhoras. Bom sono.

[22:35 || Indyara]
Já não sei o que fazer mais. Desde cedo que minha cabeça dói numa intensidade horrível.

[22:36 || Roberto]
Já tomou algum remédio? Dor de cabeça muito prolongada é preocupante. Se já tomou e não passou, acho melhor procurar um médico.

Mais uma vez Indyara deixa de responder Roberto, mas dessa vez já não é novidade. Como ele dava várias desculpas, ela também daria uma desculpa pela manhã. Sempre vale relembrar: os dois têm relacionamento afetivo e estável em suas respectivas cidades. Roberto vive com a companheira há mais de quinze anos, e Indyara tem um relacionamento com sua ex-professora do primário que já dura em torno de uns cinco anos.

CAPÍTULO 8

15.09.2026

[08:04 || Indyara]
Bom dia! Desculpa por ontem, acabei dormindo no meio da conversa.

Indyara entrou na vida de Roberto de tal forma que ele dormia com ela e acordava com ela. Ela se fazia presente na vida dele de uma forma invasiva. Não que ela invadisse a vida dele, mas ele permitiu que ela entrasse em sua vida e tomasse posse de quase todos os sentimentos a ponto de manipular o dia a dia de Roberto em seu favor.

Quando um ou uma sagitariana não usa a energia que tem com sabedoria, pode danificar a vida de alguém próximo. Principalmente se o próximo for um pisciano, pode destruir por completo sua vida. Mas pode crer que essa energia usada de forma inadequada pode voltar pra si mesmo, e três vezes pior.

O que faltava em Indyara não era a experiência de vida, por mais que parecesse que ela não estava preparada para o futuro. E tudo que ela estava fazendo de bom ou ruim, ela colheria no futuro, e em certo ponto já estava colhendo o seu passado de dor. Mas não poderíamos julgá-la pela falta de experiência, pois os vinte anos de caminhada lhe pareciam séculos, e nesse período ela já havia sofrido muito, a tal ponto de ter vasta experiência e aprendizagem.

Roberto, nessa história, não era inocente, sabia aonde esse caminho iria levar. Mas deixou-se ser levado pela emoção, bem característico de um pisciano. Mesmo sabendo que poderia dar errado (e na maioria das vezes dá errado), o prazer pelo risco foi maior. Essa experiência que ele está vivendo lhe traz uma dúbia sensação de excitação e medo, e isso é prazeroso.

Os dias de Roberto passam a ser assim. Indyara acordando-o, passando o dia todo com ele e por fim levando-o ao sono em sua companhia. Até parece que os dois já se conhecem e moram juntos há muito tempo, porém, nunca se viram pessoalmente. Mas quem sabe um dia se encontrem. E, segundo os planejamentos do casal virtual, se tudo der certo, esse acontecimento está previamente marcado para o feriado prolongado do Dia da República, em novembro desse ano – lembrando que já estamos em setembro de 2026, e muitas coisas podem acontecer nesse período.

[08:34 || Roberto]
Bom dia! Como vc está?

[08:39 || Roberto]
Fiquei preocupado contigo.

[08:42 || Indyara]
Ainda com dor 😔. E vc, tudo bem?

[08:45 || Roberto]
Mais ou menos. Não dormi muito bem. Estou preocupado contigo. Melhor ir numa emergência. Isso é perigoso. Não pode ficar tanto tempo com dor de cabeça.

[08:50 || Roberto]
Vc já sentiu dor assim antes?

[08:55 || Indyara]
Dias seguidos, não. Não se preocupa, meu amor. Vai passar.

[08:56 || Roberto]
Procura um médico. Isso não é bom. Se cuida.

[08:59 || Indyara]
Vou fazer isso. 🖤 🖤

[09:02 || Roberto]
Vou aqui. Tenho que me arrumar pro trabalho. Já tem alguns dias que chego um pouco atrasado. E ainda tenho que concluir um relatório.

[09:23 || Indyara]
Tá certo, meu bem. Tenha um excelente dia. E pense bastante em mim. 🖤

Nesse dia Roberto acordou disposto a chegar cedo no trabalho, para compensar os dias em que chegou atrasado e começar o relatório que Frederico pediu uns meses antes. Mas o tempo passa, Roberto não para de pensar nela, e nessa angústia acaba enviando uma mensagem, fazendo com que o diálogo anterior continue.

[12:09 || Roberto]
♥ Não tem como não pensar em vc. ♥

[12:12 || Indyara]
Hum, que seja verdade mesmo viu.

[12:12 || Roberto]
Mas é. Não tenho motivos pra mentir. E vc está melhor?

Roberto tenta trabalhar, entre uma mensagem e outra, mas não consegue se concentrar.

[12:51 || Roberto]
Pensando em vc está me dando um tesão enorme. Nossa, loucura! Vc está me envolvendo de uma forma muito intensa. Não imaginava que alguém tão distante conseguiria fazer isso.

Roberto dá uma pequena pausa. Precisava ir ao banheiro e tomar um café. Estava bem difícil de se concentrar no trabalho. Suava frio, e o coração palpitava de forma bem acelerada.

[13:03 || Roberto]
Preciso te conhecer, te ver pessoalmente, sentir vc, sentir teu cheiro... ter certeza de que não estou sonhando. ♥ Vc está habitando meus sonhos mais intensos. Não tenho palavras pra expressar o que sinto por você. ♥ Que vc tenha uma ótima tarde.

Roberto já não consegue fazer mais nada no trabalho. Nesse meio-tempo ele começar a fazer buscas de passagem barata para Altamar. E nessa busca, ele consegue passagem aérea em conta por uma nova companhia que, por incrível que pareça, também faz parte das empresas conglomeradas da Andrômeda Corporation Inc.

A Companhia Aérea Treco's Del'Mar é uma empresa nova que liga pontos remotos do Brasil, conhecida como Aeros Trecos. O que mais chama atenção é o seu *slogan*: "Voe Aeros Trecos, sempre trazendo uma nova experiência para você".

[14:01 || Roberto]
Oi, amor. Tenho novidades.

[14:20 || Indyra]
Olá, meu amor.

[14:20 || Roberto]
Oi. Consegui dar um jeito no trabalho. Tenho uns dias acumulados pra tirar folga. Tô indo pra Ayamonte no dia 11.11. Consegui passagens em conta.

[14:24 || Indyara]
😲😲😲😲 Nossa, que notícia maravilhosa. Fiquei até surpreendida.

[14:24 || Roberto]
Vou ficar uma semana. Quase uma semana.

[14:25 || Indyara]
😊😊😊😊 Tô muito feliz.

[14:25 || Roberto]
Tô acertando hospedagem.

[14:28 || Indyara]
Tu aí gastando feito louco, e eu ia te pedir uma grana pra te pagar fim de mês, só recebo dia 30 😔😔.

[14:29 || Roberto]
Dependendo do valor posso ajudar.

[14:32 || Indyara]
Não, meu amor. Vc já está tendo despesas de mais. Dou um jeito aqui.

[14:32 || Roberto]
Uma pergunta?

[14:33 || Indyara]
Diga.

[14:33 || Roberto]
Fica fácil pra vc chegar em Altamar e voltar?

[14:33 || Indyara]
Sim.

[14:34 || Roberto]
Ok. Dia 11.11 tô chegando aí. Até lá a gente vai se falando.

[14:34 || Indyara]
😊😊😊 Coração a mil.

[14:34 || Roberto]
Idem. Vou voltar pro trabalho. Tenho uns e-mails pra responder. À noite a gente conversa. Se cuida, amor.

[14:37 || Indyara]
Seria para agora, 300$, daria pra ti? Só se der.

[14:37 || Roberto]
Dá. Daqui a pouco eu te passo.

[14:37 || Indyara]
Ok

[14:43 || Roberto]
Transferência realizada, segue o comprovante. <Arquivo de mídia>

[14:43 || Indyara]
Obrigada, vida.

[15:02 || Roberto]
Faça bom aproveito. Até a noite. Agora tenho que trabalhar. Beijos, amor.

[15:10 || Indyara]
Até a noite. Já estou com saudades.

    Roberto está tão feliz que nem percebe direito que fez uma transferência bancária para a conta de Indyara e muito menos pergunta o porquê do dinheiro.
    Os piscianos são focados naquilo que fazem, mas, quando ficam encantados por algo, acabam perdendo a noção das coisas que estão acontecendo em sua volta. Como diz aquele ditado popular: "Às vezes a paixão nos cega, às vezes deixamos ela nos cegar".

[21:05 || Roberto]
Boa noite 🌙! ❤

[21:07 || **Indyara**]
Boa noite, meu bem.

[21:08 || **Roberto**]
Vc está melhor?

[21:08 || **Indyara**]
Melhorei, mas ainda com um pouquinho de dor.

[21:09 || **Roberto**]
Fica atenta com isso. Dor por muito tempo pode ser sinal de outra coisa.

[21:13 || **Roberto**]
Daqui a um mês e meio a gente vai se encontrar.

[21:15 || **Indyara**]
Borboletas no estômago 😊.

[21:15 || **Roberto**]
😄

[21:35 || **Indyara**]
Tá fazendo o q?

[21:36 || **Roberto**]
Falando contigo. Pq?

[21:37 || **Roberto**]
Eu reparei que vc dorme cedo. Não vou me prolongar muito.

[21:38 || **Indyara**]
Quer conversar? Podemos conversar. Até eu cair no sono. Kkkk

[21:39 || **Roberto**]
De que vc quer falar?

[21:39 || **Indyara**]
De vc. Kkkk

[21:40 || **Roberto**]
Vc trabalha em quê?

[21:40 || Indyara]
O q mais gosto.

[21:40 || Roberto]
Sou tão interessante assim? Não imaginava. Kkkkkkk

[21:42 || Indyara]
Ótica 👓

[21:42 || Roberto]
😎 Legal.

[21:42 || Indyara]
Claro que é. E vc não saber disso, se torna ainda mais.

[21:42 || Roberto]
Rssssss. Vou viajar de madrugada pra Altamar. São três horas e meia de voo.

[21:43 || Indyara]
Em novembro?

[21:43 || Roberto]
Sim. Se ocorrer de acordo com o previsto, devo chegar aí dia 11.11 às 3h. Agora só falta confirmar a hospedagem. Mas como vc vai fazer pra ir pra Altamar?

[21:45 || Indyara]
Mds, tu é louco msm. Hahahaa Rlx.

[21:45 || Roberto]
Trabalho, estudo, como fica?

[21:45 || Indyara]
Agora assim, achei que fosse só o fds. Pq vc sabe que tenho que tá aqui na segunda cedinho, né?

[21:46 || Roberto]
Dia 11 é quinta-feira. Vc pode me encontrar no fds. Tenho um amigo que tá morando em Altamar e não o vejo há uns 3 anos. Posso encontrar com ele na sexta-feira, sábado e domingo é nosso.

[21:47 || Indyara]
Sim, só dá fds.

[21:47 || Roberto]
Ir na sua cidade é meio arriscado. Vai que a sua companheira descobre que vc está se encontrando com outra pessoa, não vai ser muito bom.

[21:50 || Indyara]
Sim.

[21:50 || Roberto]
Quero voltar de boa pra Nova Morgade. Não estou a fim de arrumar encrenca. E nem prejudicar a sua vida.

[21:51 || Indyara]
Hahaha, relaxa. Fique de boa. Sei o q faço. Não se preocupe.

[21:52 || Roberto]
Isso é bom. Significa maturidade. Acho que sábado e domingo está bom pra um primeiro encontro.

[21:56 || Indyara]
Siim. Maravilha.

[21:56 || Roberto]
Realmente isso é loucura. Não estou acreditando. Hahaha Mas tá gostoso. Espero que fique melhor ainda.

[21:58 || Indyara]
Tbm espero.

[22:00 || Roberto]
Nunca imaginei que eu fosse capaz de fazer o que estou fazendo. 😊 Pelo menos 2026 tá terminando melhor do que eu imaginava.

[22:00 || Indyara]
Hahaha tbm não imaginei que fosse me interessar assim.

[22:01 || Roberto]
Sempre fui muito cismado com encontros virtuais.

[22:01 || **Indyara**]
Tbm.

[22:02 || **Roberto**]
Principalmente hj em dia. E vc ganhou minha confiança. Sempre fugi de encontros virtuais, conhecer alguém que nunca vi e principalmente de outro estado que nem conheço. E vc me mostrou que é possível. Isso tudo que está acontecendo tá dando um frio na barriga. Tudo muito novo. Não esperava. Mas tô gostando.

[22:36 || **Indyara**]
Eu tô amando. Q dê tudo certo, meu bem.

[22:37 || **Roberto**]
Vai dar sim.

[22:39 || **Indyara**]
♥

[23:02 || **Roberto**]
♥

16.09.2026

[00:23 ||**Indyara**]
♥

[00:23 || **Roberto**]
Kd sua foto de perfil?

 Roberto está tão desligado que não percebe que algo de estranho se passa durante esse confuso diálogo. Roberto inicia uma conversa com Indyara por volta das 21h perguntando como está, ela responde que está mais ou menos e pede dinheiro, ele não pergunta para quê e acaba fazendo uma transferência bancária. E do nada ela pergunta o que ele está fazendo, ele responde que está falando com ela e Indyara continua fazendo perguntas sem sentido e totalmente fora de contexto. No meio dessa conversa louca, Roberto demonstra preocupação de ir à cidade de São Pedro de Urabá por causa da companheira de Indyara, e ela afirma que sabe o que está fazendo, o que é meio estranho. E para piorar toda a situação, ele compra passagem para Altamar com data marcada quatro dias antes do feriado da República, sendo que ele ainda não comunicou a Frederico sua viagem. Frederico precisa se organizar, pois a ausência de Roberto lhe traria certa desordem, lembrando que os dois lideram 69 sucursais que alimentam a base de dados do centro de documentação da Andrômeda.

CAPÍTULO 9

16.09.2026

[06:49 || **Indyara**]
Enjoei. Kkk

    Indyara continua a conversa, porém com um intervalo de um pouco mais de seis horas. Como Roberto está dormindo, ele só vê a mensagem dela por volta das 8h.

[08:22 || **Roberto**]
Bom dia, amor!

[09:44 || **Indyara**]
Bom dia, amore!!!! Tá bem?

[09:45 || **Roberto**]
Ótimo. E vc? ♥

[10:00 || **Indyara**]
Tô bem.

[10:15 || **Roberto**]
Não vejo a hora de te ver.

[10:16 || **Indyara**]
Também. ☺

[10:17 || **Roberto**]
☺

[10:25 || **Roberto**]
Faltam menos de 2 meses.

[10:26 || **Roberto**]
Pertinho.

[10:28 || **Roberto**]
Muito perto. Ai que nervoso. Rsssssss

[10:41 || Indyara]
Frio na barriga a toda hora.

[10:42 || Roberto]
Isso.

[11:15 || Indyara]
Como é ter uma biblioteca? 😊😊😊

    Roberto tem uma vasta biblioteca particular, com diversos assuntos e temas literários. No seu perfil particular do TweederGram (na parte de álbum de fotos), ele já tinha postado alguma coisa, mas já fazia bastante tempo. Em seu álbum de fotos virtuais já se somavam mais de 4 mil fotos. Para Indyara entender um pouco da vida privada dele, precisava *stalkear* seu perfil. Por isso a pergunta da biblioteca. Se ela tinha um objetivo com Roberto, tinha que pelo menos entender a rotina dele, para não deixar o diálogo morrer. Só que às vezes eram perguntas fora de contexto ou totalmente aleatórias, e Roberto nem percebia esses detalhes; às vezes percebia, mas deixava pra lá.

[11:16 || Roberto]
Falta espaço pra pôr tantos livros, e dinheiro pra comprar mais. Rssssss

[11:16 || Indyara]
Meu vício é comprar livros. Parecem ótimos os seus.

[11:16 || Roberto]
Tem livro que comprei na penúltima Bienal do Livro que ainda não li. Falta tempo. Meu trabalho invade meu tempo e privacidade.

    Roberto dá a desculpa mais esfarrapada possível. O que ocupa seu tempo não é o trabalho, e sim a sua habilidade em procrastinar as coisas. Sua vida tinha caído em uma rotina, e a única coisa que ele fazia era adiar as coisas. Andava muito cansado, lhe faltava motivação, e Indyara lhe trouxera uma aparente motivação e alegria de viver. Mas, quase sempre, Indyara demonstrava qual era seu objetivo, e Roberto, encantado com o novo, não percebia.

[11:19 || Indyara]
Caralhoooo...

[11:20 || Roberto]
<arquivo de mídia>
Estes são alguns dos meus livros.

Roberto envia algumas fotos de sua biblioteca particular.

[11:21 || Indyara]
Coisa linda. 😊😊😊

[11:23 || Roberto]
Vai de religião a erótico, passando por livros técnicos da minha profissão. Fora os livros em formato digital. Não gosto muito de livro em formato digital, prefiro livros físicos.

[11:25 || Indyara]
Tbmmmm. Sentir o cheirinho.

[11:25 || Roberto]
Vou comer e pro trabalho. Rssssssss

[15:07 || Roberto]
Que vc tenha uma ótima tarde.

[15:22 || Indyara]
♥

[16:01 || Roberto]
♥

[17:25 || Roberto]
Tenha um ótimo fim de tarde!

[17:36 || Indyara]
Pra gente, amor meu. Como está sendo o seu dia?

[17:58 || Roberto]
Cansativo. Cansaço mental. Reunião com os acionistas, responder e-mails, alimentar a base online da instituição... Mais tarde a gente se fala melhor. Bjs. ♥

[18:00 || Indyara]
Eita, que homem ocupado. Kkkk Beijão, meu bem.

[19:33 || Roberto]
Estou com dor de cabeça, mas vc sabia que falar contigo me faz bem?

[19:35 || Indyara]
Então tá né, serei seu antídoto. 😄😊

[19:37 || Roberto]
😊

[19:37 || Indyara]
Dor de cabeça é agoniante. Fico impaciente.

[19:37 || Roberto]
Idem.

[19:43 || Roberto]
Hj pretendo finalizar a reserva da hospedagem para Altamar. Se eu deixar pra ver em cima da hora fica mais caro. Eu gosto de planejar viagem com certa antecedência.

[19:53 || Indyara]
Sei bem. Ainda sem acreditar.

[19:54 || Roberto]
Nem eu. Mas é real. Pelo menos eu acho. Kkkkkkkk

[19:55 || Indyara]
😊😊😊

[19:55 || Roberto]
😊

[21:16 || Roberto]
Hospedagem reservada. Tudo certo pra Altamar. Agora vamos aguardar a chegada deste dia.

[21:19 || Indyara]
😊😊😊 Melhor notícia.

[21:20 || Roberto]
Tenha uma excelente noite. Se cuida, amor.

[21:21 || Indyara]
Já vai? Se cuida também. Um cheiro grande. ♥ Melhorou?

[21:21 || Roberto]
Sim.

[21:22 || Indyara]
Q bom. Descansa então.

[21:23 || Roberto]
♥ Ainda não estou acreditando que tive coragem pra fazer esta viagem. No início fiquei meio receoso, depois tomei coragem.

[21:31 || Indyara]
Virtude grande. Ser destemido.

[21:59 || Roberto]
Boa noite, amor. Hj vou deitar cedo. ♥

[22:01 || Indyara]
Boa noite, paixão. Sonhe comigo. ♥

[22:02 || Roberto]
Sonho até acordado contigo.

[22:03 || Indyara]
Que sorte a minha então... ♥

E assim se passou um dia e meio nessa conversa de "Como você está, meu amor?" e "Como foi seu dia?".

Nesses quase dois dias de conversa sem muito propósito, Roberto sentiu necessidade de conversar com alguém que não Indyara. Nesse tempo todo de conversa com Indyara, ninguém sabia do seu caso virtual, nem seu amigo mais íntimo e seu sócio, Frederico. Os dois eram sócios na Andrômeda no seguimento educacional, que envolvia o centro de documentação, no qual ele era bibliotecário. Como já dito, a Andrômeda é um conglomerado de empresas de vários setores da economia e com participação na área governamental.

Roberto marcou um encontro com Frederico num sábado à noite. Precisava muito conversar e dividir um pouco o momento que estava vivendo.

CAPÍTULO 10

17.09.2026

11:00

 Roberto acorda meio atordoado, já era sábado e ele nem percebera que a semana tinha passado. Sentia algo estranho, precisava desabafar, e não era com Indyara. Foi com esse sentimento que abriu o TweederGram na aba conversas e enviou uma mensagem para Frederico.

[11:10 || Roberto]
Bom dia! Meu amado, com está seu dia? Preciso conversar, mas não conversar de assuntos relacionados à empresa. Preciso compartilhar algo que está me angustiando muito. Tá com o tempo livre hj à noite?

[11:12 || Frederico]
Meu caro, é claro que estou. Podemos marcar naquela praia badalada aí na Ilha de Ponteaneiras por volta das 19h?

[11:13 || Roberto]
Podemos sim.

[11:13 || Frederico]
Fechado então.

 Roberto precisava dormir mais um pouco, mas para isso precisava dar um oi para Indyara e desligar o smartphone. Se não deligasse o aparelho, não conseguiria dormir, pois estava em grande dependência virtual.

[11:20 || Roberto]
Bom dia, meu amor! Td bem? Estou muito cansado da semana e preciso dormir. Te desejo um ótimo sábado, bjs meu amor.

[11:25 || Indyara]
Bom dia, amore! Te compreendo, descansa. Mais tarde nos falamos melhor.

 Roberto desliga o smartphone e volta a dormir.

17:45

Quando Roberto se dá conta, já era quase noite, ele levanta meio atordoado e vai tomar um banho, pois mais tarde irá se encontrar com Frederico para jogar conversa fora e tomar umas cervejas.

Antes de sair ele dá alguma satisfação para Indyara, pois passara o dia inteiro praticamente sem falar com ela.

[18:45 || Roberto]
Boa noite 🌙! Vou dar uma saída. Marquei com um amigo na orla pra tomar uma cerveja 🍺. Hj é sábado, tô cansado de ficar preso dentro do trabalho e saindo só pra resolver problemas.

[19:30 || Indyara]
Ora. Estamos na mesma. Estou com muita dor.

[19:31 || Roberto]
Dor? Dor de cabeça ainda?

[19:32 || Indyara]
Não, cólica.

[19:33 || Roberto]
Ah tá. Melhoras.

[19:33 || Indyara]
Obg, amor. Divirta-se.

[19:33 || Roberto]
Obrigado.

[20:01 || Roberto]
Cheguei no quiosque na praia e começou a chover.

[20:02 || Indyara]
Valha![1] E aí?? Tá na chuva? Kkkk

---

1   Valha, é uma expressão muito usada pelos habitantes do estado de Ayamonte para representar espanto, surpresa ou mesmo admiração. Funciona do mesmo modo que "Nossa!" ou "Vixe!" (palavra muito usada na região Sudeste). Exemplo: "Valha! Mas precisava dessa ignorância toda?".

[20:05 || Roberto]
kkkkk Claro que não. Mais tarde a gente se fala amor, bjs.

20:10

  Nessa noite chovia muito, a tal ponto de inundar as ruas da cidade. Os dois amigos não perceberam a intensidade da chuva, pois o assunto da conversa era tão importante que não notaram o que acontecia em volta.

  Os dois ficaram até quase meia-noite conversando. Roberto expôs todo o seu sentimento, seu medo de que a esposa descobrisse o relacionamento virtual e a vontade enorme de conhecer Indyara.

  Frederico, percebendo a necessidade de Roberto, lhe deu os dias de folga antes do feriado da República para que ele pudesse viajar com calma e respirar um novo ar. E mesmo se não se encontrasse com Indyara, poderia rever seus amigos que havia muito tempo não via. Por fim, Roberto voltou para casa um pouco mais aliviado, mesmo sabendo que teria dificuldade de entrar em casa devido à tormenta que acabara de cair. Para Roberto, isso pouco importava.

[23:48 || Roberto]
Boa noite. Já estou em casa. Durma na paz.

[23:58 || Indyara]
Q bomm. Boa noite, meu amor. Dorme bem.

[23:59 || Roberto]
♥

[23:59 || Indyara]
♥

CAPÍTULO 11

18.09.2026

[07:59 || Indyara]
Bom dia, meu bem!

Neste domingo estava um dia lindo de sol em São Pedro de Urabá, Indyara tinha acabado de acordar e a primeira pessoa de quem lembrou foi Roberto, mas Roberto raramente acordava cedo. Já em Nova Morgade estava muito quente e abafado, e a única opção de Roberto era ficar dormindo no frescor do ar-condicionado. Nessa manhã, Indyara ia planejando seu dia e sua semana, pois tinha que manter um diálogo envolvente com Roberto. Seu objetivo tinha de ser alcançado. E como Roberto estava completamente encantado por ela, seus planos não tinham como dar errado, assim imaginava Indyara.

Ela ainda continuava imaginando como seria o encontro com Roberto no feriado da República em Altamar, pois ele já estava com passagem comprada e hospedagem reservada.

Faltava pouco mais de um mês para novembro e ela tinha que imaginar como passar uma semana ou pelo menos alguns dias em Altamar com Roberto sem que sua companheira descobrisse.

Por volta das 9h, Roberto acorda e se depara, como todos os outros dias, com o bom dia matinal de Indyara.

[09:05 || Roberto]
Bom dia!

[09:06 || Roberto]
<Arquivo de mídia>

Roberto envia para Indyara uma foto tirada na madrugada do belo céu visto de seu quarto, pois a chuva torrencial que tinha caído na noite de sábado já havia passado.

[09:07 || Roberto]
Madrugada de hj da janela do meu quarto. Lua e Júpiter.

[09:18 || Indyara]
Que lindo 😊😊

[09:18 || Roberto]
Faltou vc.

[09:18 || Indyara]
Vc é acostumado a ver coisas bonitas, né?

[09:19 || Roberto]
Na orla tava muito linda. Não deu pra tirar fotos, meu celular descarregou.

[09:21 || Indyara]
Amo todas as suas fotografias.

[09:21 || Roberto]
Depois da chuva apareceram a Lua e Júpiter.

[09:21 || Indyara]
Seu feed é um alimento para minha alma.

[09:22 ||Roberto]
Sério?! 😲

[09:22 || Indyara]
Clarooooo...

[09:23 || Indyara]
Acho que não só para a minha?!

[09:23 || Roberto]
Tem algumas que são meio sem graça, tenho que tirar.

[09:25 || Indyara]
Pois não vi ainda essas "sem graça".

[09:25 || Roberto]
Não gosto muito da organização das fotos no TweederGram, pois não dá pra separar por álbuns, sem falar da busca. Se quero ver uma foto de 2019 tenho que subir o feed até chegar lá.

[09:27 || Roberto]
Meus stories são uma bagunça. Meio aleatória. Meus destaques são uma zona, não tenho saco pra organizar.

[09:28 || Indyara]
É tudo lindo, deixe de charme.

[09:28 || Roberto]
Ainda estou postando fotos da viagem que fiz em junho pro interior de Morgade. Foi uma viagem em que passei muito frio. Nunca imaginei que aqui no estado de MO iria fazer tanto frio.

[09:29 || Indyara]
Foi despreparado? Kkkkkk

[09:29 || Roberto]
Foi um fds de muito frio, chuva e lama. Vc não imagina que um lugar quente vai ter um frio de 8 °C. Sem falar na cabana em que fiquei. Meio bizarra. Era aconchegante, mas quase no meio do nada.

[09:31 || Indyara]
QUE DAORAAAA...

[09:32 || Roberto]
Teve um dia que fiquei sem luz.
<Arquivo de mídia oculto>

    Roberto envia a foto da cabana no meio da escuridão, a foto era bem bizarra.

[09:33 || Indyara]
Parece coisa de filme. 😌

[09:33 || Roberto]
😁

[09:33 || Indyara]
Real.

[09:36 || Roberto]
A proprietária me ofereceu um dia a mais pra ficar, isso foi segunda-feira, eu tinha que trabalhar. E cadê a internet, não tinha, oscilava muito. Mas foi

boa a viagem, deu pra descansar bastante. O lugar é muito lindo, muita paz, harmonia com a natureza...

No meio dessa conversa sobre a viagem bizarra, Roberto já emenda com a viagem que irá fazer para Altamar em novembro. Devido a tanta empolgação com uma mistura de ansiedade, ele se enrola todo na conversa, misturando viagens que já fez com a que está para fazer, além de enviar fotos de viagens passadas. Roberto é assim quando se empolga, como quase todo bom pisciano.

[09:37 || Roberto]
Vc sabia que ainda não estou acreditando que vou pra Altamar em novembro? Fico imaginando mil coisas. Esses dias estão sendo pura adrenalina.

[09:43 || Roberto]
<Arquivo de mídia>

Roberto envia mais fotos para Indyara.

[09:44 || Roberto]
Gostei desta foto. Da luz do sol na água.

Roberto se refere a uma foto em que a luz do sol se reflete na água criando a ilusão de um prisma refletindo o feixe de luz. Normalmente pisciano se encanta por coisas simples, tipo um simples feixe de luz. E, com certeza, se encantaria pelas silhuetas de uma linda e formosa garota no auge de seus 20 anos.

[09:46 || Indyara]
Amo tanto... Natureza. Também não estou. Não caiu a ficha.

[09:48 || Roberto]
Nunca um mês e meio pareceu tão longo. Os dias demoram pra passar. Mês que vem ia ficar complicado. Principalmente pra fazer uma viagem longa.

[09:54 || Indyara]
Mas tá perto.

[09:56 || Roberto]
Vou tomar café da manhã, que vc tenha um excelente dia. No decorrer do dia a gente vai se falando. Bjs. ♥

[09:59 || Indyara]
Beijão, amor. ♥

    Roberto vai tomar seu café tentando entender toda a situação. Quanto mais ele pensa, mais sua mente fica confusa. Com isso ele acha melhor não pensar muito e se deixa levar pelas silhuetas da ilusão, pois esse sonho ilusório está sendo muito prazeroso. E com isso as horas voam, e ele nem percebe.

[14:01 || Roberto]
Boa tarde!

[14:03 || Indyara]
Boa tarde, bem!

[16:36 || Roberto]
Tá tudo bem? Ótimo fim de tarde pra vc.

[16:37 || Indyara]
Tá sim, meu anjo. Espero que esteja também. ♥

[16:40 || Roberto]
Tá um clima tão bom hj. Sol, temperatura amena (22) e uma brisa boa.

[16:41 || Indyara]
<Arquivo de mídia>

    Indyara envia uma foto dela tomando um sorvete sentada na calçada de sua casa. E Roberto encanta-se ainda mais com sua beleza.

[17:29 || Indyara]
E qual sua idade msm? Não precisa falar, meu amor. Kkkkkk

[17:30 || Roberto]
Ham? Chuta? Vc nem disse a sua.

    Indyara do nada pergunta para o Roberto a idade, como se ela não soubesse. E Roberto se assusta, mas ele também não sabia a dela. E nesse tempo todo de conversa ele também não fez questão de perguntar, estava totalmente encantado com a beleza dela, e a idade não lhe importava.

[17:31 || Indyara]
30? Apesar de nem parecer. Jurava q tinha uns 25.

[17:31 || Roberto]
Eu deduzo que vc tenha uns 22. 😁

[17:32 || Indyara]
Hahahaha queria. Menos.

[17:32 || Roberto]
Ham?

Roberto se espanta com o "menos" de Indyara. Só agora ele imagina que poderia estar se envolvendo com uma garota menor de idade. E essa garota tem uma companheira que é mais velha uns 20 anos ou mais, que aliás é sua professora do primário. Roberto gela, e sua mente trava. Nesse momento sua mente vira uma calculadora virtual capaz de calcular qualquer número na velocidade da luz.

Se eu tenho 40, ela tem menos de 18, a companheira dela tem mais 40 e as duas mantêm um relacionamento há mais de 5 anos. Tem algo de estranho, pensa Roberto.

Nessa fração de segundo, Roberto começa a imaginar que nesse tempo todo estava se relacionando com uma adolescente; se isso fosse verdade, poderia prejudicar toda a sua vida profissional, além da vida familiar. Mesmo sendo um relacionamento virtual, poderia dar um rolo muito grande em sua vida. Ele já imaginava até conversar com uma amiga advogada para ser sua defensora caso acontecesse alguma coisa na Justiça. E ele ainda continuava imaginando: *Se ela fosse menor de idade, não poderia estar na faculdade, ou poderia?* Tudo que ele imaginava ficava mais confuso.

[17:32 || Roberto]
18?

[17:32 || Indyara]
Não, amore. Tenho 19, 1,53 de altura, e faço 20 em dezembro.

[17:33 || Roberto]
😱

Roberto fica surpreso e respira aliviado. Menos mal, ela tem 19 anos, menos um problema na sua vida.

[17:33 || Indyara]
Kkkkkkk

[17:34 || Roberto]
Pq chegamos neste assunto?

[17:34 || Indyara]
Tbm n sei. Kkkk E vc não disse a sua!

[17:34 || Roberto]
E agora? Kkkkkk

[17:34 || Indyara]
Queria eu ser mais velha mesmo.

[17:35 || Roberto]
Era melhor vc nem ter falado a sua nem eu ter dito a minha.

[17:36 || Indyara]
Pq? Me importo com isso não, oxe!

[17:36 || Roberto]
Temos uma distância enorme.

[17:36 || Indyara]
Meu bem, a pessoa mais nova com q me relacionei tinha 35.

[17:37 || Roberto]
Sério?

Agora que a mente de Roberto buga de vez. *Se ela tem 19, a companheira tem mais 40 (põe aí 42) e já são mais de 5 anos de relacionamento (põe 6). E antes desse relacionamento ela teve alguém com 35. Vamos calcular quantos anos ela tinha*, conversava Roberto com a sua própria mente tentando desvendar a idade dela no relacionamento anterior. E ele não acreditava no resultado a que chegava. Fazendo um simples cálculo, chegava a 13 anos. Roberto não acreditava que ela com apenas 13 anos já se relacionava com alguém de 35. Isso fugia de todas as regras de leis, ética e moral. Como se existisse ética e moral no Brasil pós-pandemia.

[17:37 || **Indyara**]
Quanto mais velha a pessoa for, melhor. Detesto gente nova. Dá pra mim não.

[17:38 || **Roberto**]
Eu nunca me relacionei com alguém muito nova. Já me relacionei com mais idade do que eu. Já fiquei com uma professora mais velha uns 15 anos.

[17:42 || **Indyara**]
Professora?

[17:42 || **Roberto**]
Me deu mais nervoso ainda, depois que vc me disse sua idade. Agora gelei mais ainda. Rssssss

[17:42 || **Indyara**]
Já fui apaixonada por duas. Parece um karma. Mas pq? Hahaha Sou tranquila. Ninguém diz que pareço ter a idade que tenho.

[17:45 || **Roberto**]
Imaginava que vc tinha mais de 20. Agora me veio uma mistura de emoções muito maior. 😊

[17:48 || **Indyara**]
Isso é ruim? 😣😟 Eu ser nova demais?

[17: 48 || **Roberto**]
Não. Jamais. Tudo na vida tem sua primeira vez. Só não imaginava que um dia poderia acontecer. A gente nunca imagina as coisas. Continuo querendo te conhecer. Idade não quer dizer nada. Maturidade não está relacionada a idade.

[17:52 || **Roberto**]
Quero te conhecer, sim. Isso não muda em nada.

Roberto, se eu fosse você não diria isso. Meu caro, espero que não se arrependa no futuro. Só isso que eu lhe peço.

[17:53 || **Roberto**]
Não fica triste. Estou aí em novembro.

[17:56 || Indyara]
Algo mudou dps q falei. Se não quiser mais eu super vou entender.

[17:56 || Roberto]
Eu não disse isso. Por favor. Engano seu. ☹ O que vc acha que mudou? Não me entenda mal, por favor. ☹ Tô quase chorando ☹ aqui. Desculpa, me expressei mal. Não foi a intenção. Jamais. Desculpe. 😭

[18:00 || Indyara]
Tudo bem. Fica tranquilo. Relaxa, baby.

[18:01 || Roberto]
Posso mesmo? Eu posso te ligar?

[18:01 || Indyara]
Pode.

[18:01 || Roberto]
Ok.

 Apesar desse todo tempo de conversa, os dois nunca conversaram por telefone; ela nunca escutou a voz dele, e ele só ouviu a voz dela uma vez, quando ela enviou um áudio bem no início. E esse era o momento para ele ligar.
 Durante quase 20 minutos ambos puderam ter uma conversa por chamada de voz, e a partir dessa ligação começava uma outra fase do relacionamento dos dois.
 Talvez nunca saibamos o que os dois conversaram nesses longos 20 minutos. Mas posso ter certeza, foi uma conversa que mudou completamente o relacionamento e rumo dos dois.

[18:19 || Roberto]
Foi bom falar contigo. ♥ ♥ ♥ ♥ ♥

[18:21 || Indyara]
Tbm gostei, meu bem. Sua voz não parece com sua foto. Hahaha

[18:21 || Roberto]
😁

[18:23 || Indyara]
Kkkk

[18:25 || Roberto]
Estou me sentindo feliz por ter falado contigo. Sua energia me faz bem.

[18:26 || Indyara]
☺☺☺♥ Amo, amo.

[18:27 || Roberto]
Agradeço muito por vc ter aparecido na minha vida. Tá me fazendo tão bem. ♥

[18:40 || Indyara]
♥

[18:59 || Roberto]
☺

Roberto dá uma pausa na conversa para tomar banho, e durante esse momento pensa em tudo que está acontecendo em sua vida. Logo em seguida retorna ao diálogo com Indyara.

[20:50 || Roberto]
Estava ainda há pouco tomando banho e pensando. Como que em sete dias nossa conversa evoluiu tanto. Parece que a gente já se conhece faz tempo. E vc achando que eu não gosto de conversar. Estou com adrenalina a mil que nem consigo escrever direito. Desculpe os erros. Rsssssss

[20:54 || Indyara]
Não me importo. Para com isso. kkkk Só reagia aos meus stories. Kkkk Não puxava assunto nem nada.

[20:55 || Roberto]
E vc há um ano só me pedindo fotos. Eu sei que sou um pouco tímido.

[20:57 || Indyara]
Sim. Kkkkk

[20:57 || Roberto]
Kkkkkkk E agora penso em vc em todo momento. Eu percebi que não tinha condições de esperar até março nas minhas férias pra te ver.

[21:08 || Roberto]
Acredito que tudo tem o seu tempo, o tempo pra te conhecer chegou.

Até ela não sabe mais o que escrever, e há um silêncio no diálogo por alguns minutos. E os diálogos começam a ser mais espaçados, com mais pausas entre os dois.

[21:53 || Indyara]
Nem me fale, meu bem. 😊 Quero ser inesquecível pra vc.

[21:55 || Roberto]
😊

[22:32 || Indyara]
Fazendo o q?

[22:32 || Roberto]
Nada. Deitado tentando entender a vida. Pq?

[22:34 || Indyara]
Nada, gatinho.

[22:35 || Roberto]
E vc? Fazendo algo? 😊 Como a distância faz diferença.

[22:39 || Indyara]
😴 Não, só quase dormindo. Kkkkkk

[22:39 || Roberto]
Não quero incomodar seu sono. A distância entre mim e vc.

[22:40 || Indyara]
N está. Sim.

[22:42 || Roberto]
Antes que vc durma, lembra que vc está sendo muito especial na minha vida. Cada dia que passa cresce a vontade de te ver. 😊 ¡Buenas noches!

[22:49 || Indyara]
É muito recíproco 😊 Buenas ❤ ❤ ❤ Sonhe comigo.

[22:52 || Roberto]
Sonho como vc o tempo todo. Acordado, dormindo, trabalhando... Nestes últimos 7 dias minha vida mudou. 😊

[22:54 || **Indyara**]
Aff, coração quentinho. * ♥ *

[22:54 || **Roberto**]
Amore ♥ ! Desejo um ótimo início de semana e durma bem.

E assim se passa uma semana, ela sempre acordando Roberto com seu maravilhoso bom-dia e ele sempre dando seu boa-noite aconchegante a ela.

CAPÍTULO 12

A semana voava, ontem era domingo e hoje já é quinta-feira à noite. E Roberto está nos preparativos do aniversário de sua mãe, que será nesse fim de semana, e terá que dividir o pouco tempo com sua amada.

23.09.2026

[18:25 || **Roberto**]
Boa noite, amore! Aqui tá um friozinho bom. Agora tá 19 °C.

[18:40 || **Indyara**]
Delícia.

[19:29 || **Roberto**]
Tá tudo bem, amor? Já chegou em 🏠 ?

[20:44 || **Roberto**]
Olá, vc sumiu?

Roberto começa a perceber que os diálogos começam a ficar espaçados, Indyara já não responde tão rápido quanto antigamente, e ele sente falta desse retorno quase imediato. A vida de um ansioso pisciano não é nada fácil, qualquer coisa já é motivo para pânico, desespero, e se a pessoa sofre de carência afetiva, aí complica muito mais.

Indyara também tem seus motivos para não responder com tanta rapidez, e um desses motivos é sua companheira. Ela já começa a reparar que tem algo de estranho em Indyara. As duas começam a ter atritos, e diálogos acalorados tomam suas vidas.

[21:05 || **Indyara**]
Oiiii...

[21:06 || **Roberto**]
Pensei que já tinha ido dormir. 😌 .

[21:11 || **Indyara**]
Nãoooo...

[21:12 || Roberto]
😨

[21:31 || Roberto]
Tenha uma boa noite, amore. Durma bem. Amanhã já é sexta-feira, a semana passou rápido.

[22:12 || Indyara]
Dorme bem, amor. Muito. Os dias estão passando rápido.

[22:13 || Roberto]
Eu acho que às vezes eu sou meio chato. Desculpa qualquer coisa.

[22:31 || Indyara]
Não é. Se demoro é só pq estou ocupada msm.

Roberto vai para cama tentar dormir, mas esquece que Indyara tem uma companheira e precisa às vezes dar atenção a ela.

Roberto não está bem, não consegue dormir, ainda tem uma sexta-feira de trabalho pela frente, sábado tem aniversário de sua mãe, e ele vai para a cozinha fazer o almoço. Roberto gosta muito de cozinhar, e esse dia será um dia de relaxar, pensar, refletir sobre tudo que está acontecendo e principalmente sobre os últimos acontecimentos. Ele começa a desconfiar que Indyara está escondendo algo ou deseja algo que ainda não está nítido.

═══ 24.09.2026 ═══

A noite vai embora, e, no meio das minhocas que começam a brotar da cabeça de Roberto, ele acaba não dormindo bem. Nessa sexta-feira ele desperta cedo e de forma inédita é o primeiro a dar bom-dia.

[08:00 || Roberto]
Bom dia!

[08:08 || Indyara]
Bom diaaa!!!!!!

[08:09 || Roberto]
Tenha uma ótima sexta-feira, amore.

[08:40 || Indyara]
Pra gente, amor.

[12:13 || Roberto]
♥

[12:39 || Roberto]
Boa tarde, amore!

[12:40 || Roberto]
Tô trabalhando desde cedo. Agora que consegui dar uma parada. Tá tudo bem contigo?

[12:42 || Indyara]
Sim e contigo?

[12:42 || Roberto]
Tô bem, falando com vc melhor ainda.

[12:52 || Indyara]
☺

[12:55 || Roberto]
♥

[15:39 || Indyara]
Oi bb!!!!

[15:40 || Roberto]
Oi, linda! Hj parei de trabalhar mais cedo. Estou numa fila enorme do supermercado. Pelo menos não está quente hoje. Vc trabalha no sábado?

[15:50 || Indyara]
Até meio-dia.

[15:52 || Roberto]
Posso te ligar amanhã de tarde ou à noite? Ou melhor, à noite. De tarde pra mim vai estar meio complicado.

[15:54 || Indyara]
Sim, apesar de que vou para uma fazenda esse fim de semana, não sei nem se tem área, mas te aviso amor.

[15:54 || Roberto]
Legal, vai descansar.

[15:56 || Roberto]
Sábado vou passar na casa da minha mãe, ela faz aniversário. Mas à noite já estarei no meu apartamento. Caso dê pra vc, à noite a gente pode conversar.

[15:59 || Indyara]
Siiim. Dê feliz aniversário a minha sogra hahaha

[15:59 || Roberto]
😄 Imagina como será o recado pra ela:
"Mãe, minha namorada mandou um feliz aniversário.
Conheceu ela onde?
Pelo TweederGram, a gente namora virtualmente."
Minha mãe vai ter um troço, ela é bem conservadora. 😄😄😄😄😄

[16:32 || Roberto]
Como está teu fim de tarde? Vc tá bem?

[17:09 || Indyara]
Kkkkk vishhh Estou ótima, ajeitando umas coisas. E como está a sua?

[17:46 || Roberto]
Ótima também.

[19:46 || Roberto]
Boa noite, amor!

[19:54 || Indyara]
Boa noite, meu amor. Fazendo o q?

[19:56 || Roberto]
Agora editando algumas fotos. Já fui no supermercado, hortifrúti. Amanhã vou pra cozinha, gosto de cozinhar. Só não gosto muito de lavar a louça. Rssssss. E vc?

[20:00 || Indyara]
Eu amo lavar louças.

[20:02 || Roberto]
Resolvida a questão. Eu faço a comida e vc lava a louça. Kkkkkkk

[20:02 || Indyara]
Kkkkkk perfeito.

[20:03 || Roberto]
Vc mora com seus pais?

[20:03 || Indyara]
Só a mãe.

[20:04 || Roberto]
Atualmente moro sozinho. Me separei e a ex voltou pra casa dela.

[20:04 || Indyara]
Isso faz quanto tempo?

[20:05 || Roberto]
Uns quase 8 anos.

[20:06 || Indyara]
Eita!

[20:06 || Roberto]
Depois cheguei a ficar com outra pessoa, mas não deu certo.

[20:08 || Indyara]
O q houve?

[20:11 || Roberto]
A gente não tinha muita química. Ela também tinha acabado de sair do divórcio, e eu também, foi mais uma curtição rápida.

[20:12 || Indyara]
Entendi.

[20:13 || Roberto]
Outros fatores também ajudaram a terminar, um deles foi a visão política e religiosa. Não tinha muito respeito da parte dela.

[20:15 || **Indyara**]
Nossa, ruim demais isso.

[20:15 || **Roberto**]
Nem fala. E agora vc me aparece. Vamos ver aonde isso tudo vai nos levar. Não tenho a mínima ideia.

[20:19 || **Indyara**]
Tbm não. Kkk

[20:19 || **Roberto**]
Eu ainda não acredito. Vc mexeu muito comigo nestes últimos dias. Tá gostoso, mas estou com um certo medo. Antes que vc me pergunte, eu não tenho filhos.

[20:22 || **Indyara**]
Perfeito. Kkk

[20:23 || **Roberto**]
Não sei explicar exatamente. De me envolver muito e depois sofrer.

[20:26 || **Indyara**]
Sofre nada.

[20:27 || **Roberto**]
Espero que não. A gente sempre espera que não.

[20:28 || **Indyara**]
É. Mas tudo passa.

[20:28 || **Roberto**]
Eu sei. Mas dói. Vamos ver o que nos aguarda. Só o futuro dirá. Enquanto isso vamos curtir nossos encontros a distância. Tá muito bom. 😊 Sentir energia de alguém que não conheço pessoalmente. Não tem como expressar. Tô amando tudo isso. 🖤

[20:33 || **Roberto**]
Vc também é corajosa, querer conhecer alguém do outro lado do país.

[20:35 || **Roberto**]
Sua companhia tá sendo muito boa, mesmo a distância. Quero dizer que te amo, mas ainda é cedo (eu acho). O amor se constrói com tempo. Mas parece que te conheço há muito tempo. Sensação de que já te conheci.

[20:38 || **Indyara**]
Sim, sinto o mesmo, parece que faz tempo.

[20:39 || **Roberto**]
Se eu fosse espírita poderia dizer que são vidas passadas. Não sei se vc acredita nisso.

[20:47 || **Indyara**]
Talvez.

[20:48 || **Roberto**]
Idem.

[21:16 || **Roberto**]
Já foi dormir?

[21:16 || **Indyara**]
Nam.

[21:17 || **Roberto**]
Tá ocupada?

[21:18 || **Indyara**]
Um pouco. Arrumando mala pra fazenda.

[21:19 || **Roberto**]
Você vai direto do trabalho?

[21:21 || **Indyara**]
É bb.

[21:22 || **Roberto**]
Bom passeio pra vc.

[21:22 || **Indyara**]
Obg amor. ❤ ❤ ❤ ❤ Vc tbm tem algo amanhã né? Então, idem.

[21:33 || **Roberto**]
Então que vc tenha uma excelente noite de sono.

[21:33 || **Indyara**]
Vc tbm, vidona.

[21:33 || Roberto]
😄

[21:34 || Indyara]
Kkkkk Quando é mais que vida, ué.

[21:38 || Roberto]
Amor, tá sendo muito bom conversar contigo.

[22:16 || Indyara]
As borboletas do estômago estão acordadas desde q vc chegou.

[22:17 || Roberto]
Quem chegou foi vc. Eu só abri a porta.

[22:17 || Indyara]
😊😊

[22:18 || Roberto]
E deixei vc entrar. A vida é muito louca. 😄

[22:34 || Indyara]
Louca msm.

E assim termina a sexta-feira, com diálogos recheados de mentiras no meio de meias-verdades vindas de ambas as partes.

CAPÍTULO 13

Nos últimos dias, Roberto tem passado as noites em claro ou dormido mal. Com isso ele tem dado o primeiro bom-dia, e nesse sábado não foi diferente.

25.09.2026

[05:51 || Roberto]
Bom dia! Tenha um perfeito sábado amor. ♥

[06:44 || Indyara]
Bom dia. Nós dois. ♥

[07:58 || Roberto]
♥

[10:04 || Indyara]
Quem dera? ☹ ♥

[10:05 || Roberto]
Pq tristeza?

[10:05 || Indyara]
Quem dera vc sonhasse comigo.

Estranhamente e do nada Indyara faz uma pergunta meio sem nexo.

[10:06 || Roberto]
Pq vc duvida? Não 100%, nada na vida é 100%. Mas uma boa parte do tempo sim.

[10:06 || Indyara]
Hmm. Então tá né.

Roberto acha bem estranha a pergunta. Mas como ele está na cozinha preparando comida para o aniversário de sua mãe, não tem muito tempo para longos diálogos e principalmente para perguntas confusas.

[10:07 || Roberto]
Tá tudo bem contigo? Estou na cozinha.

[10:07 || Indyara]
Tudo sim.

[10:07 || Roberto]
<Arquivo de mídia>

  Roberto envia a foto do doce que está fazendo, um delicioso brigadeiro de creme de avelã.

[10:07 || Indyara]
😊😊 Homem q cozinha é tudo.

[10:08 || Roberto]
Obrigado. Seu cuida, bb, um bom sábado pra você. Vou aqui. Mais tarde te passo a receita, é muito gostoso. ♥

[10:10 || Indyara]
Se cuida, amore. ♥

[11:32 || Roberto]
Amor segue a receita:
BRIGADEIRO DE CREME DE AVELÃ
Ingredientes:
380g de leite condensado
1 colher de sopa de manteiga com sal
3 colheres cheias de creme da avelã
Granulado
Preparo:
Numa panela média, derreta a manteiga em fogo baixo e logo em seguida acrescente o leite condensado. Mexa até formar uma mistura homogênea. Retire do fogo e acrescente o creme de avelã, retorne ao fogo (sempre baixo) mexendo até ficar descolando do fundo da panela. Fique atento para não queimar. Desligue o fogo, despeje num prato, ponha o granulado, espere esfriar e sirva. Se preferir pique uma banana e sirva junto.

[11:36 || Indyara]
Uau. ♥

[11:36 || Roberto]
Depois, com calma, te passo mais umas receitas gostosas que amo fazer. Bjs amore!

O sábado foi tão cansativo para Roberto que quando ele viu já era noite. E como Indyara tinha ido para uma fazenda em Altamar, ele não se preocupou muito com ela e apenas desejou um boa-noite.

[19:54 || Roberto]
Boa noite, amore! Tenha uma boa noite de sono!

CAPÍTULO 14

26.09.2026

[07:15 || **Indyara**]
Bom dia. Desculpa fiquei sem net ontem.

[11:19 || **Roberto**]
Bom dia! Tá tranquilo.

[11:20 || **Indyara**]
Tá tudo bem ctg?

[11:20 || **Roberto**]
Sim. Acabei de acordar. E vc?

[11:20 || **Indyara**]
Também hahaha Dormi dnv e acordei agorinha.

[11:21 || **Roberto**]
Eu tb. 😌 ♥ Que vc tenha um ótimo domingo!

[11:31 || **Indyara**]
Vc tbm, amore. ♥

[13:51 || **Roberto**]
Boa tarde, amore.

[14:12 || **Indyara**]
Boa tarde, amor.

[15:01 || **Roberto**]
Tudo bem contigo? Saudade de conversar contigo. Tá ocupada?

[15:18 || **Indyara**]
Pouquinho, mas pode falar, paixão.

[15:20 || **Roberto**]
Falta pouco mais de um mês pra gente se encontrar. 🫂

[15:28 ||**Indyara**]
Eitaaa 😳

[15:29 || Roberto]
As sensações aumentam...

[15:29 || Indyara]
Uma loucura...

[15:30 || Roberto]
Vc já voltou do passeio de ontem?

[15:32 || Indyara]
Não, volto à noite. Como foi o niver?

[15:32 || Roberto]
Vai curtir, à noite a gente se fala.

[15:32 || Indyara]
Curto bastante falando com vc

[15:34 || Roberto]
Sério?! 😁

[15:37 || Indyara]
Claro.

[15:37 || Roberto]
Então tá. ♥ Mas vai se divertir, depois nos falamos.

[22:25 || Roberto]
Tenha uma ótima noite de sono. Durma bem. ♥

27.09.2026

[00:00 || Indyara]
Dorme bem, amor.

[00:01 || Roberto]
Já tá em casa?

[03:28 || Indyara]
Sim.

    E assim se passam quase dois dias nessa lenga-lenga.

CAPÍTULO 15

28.09.2026

[07:45 || Indyara]
Meu amor, bom dia. Dormi cedo ontem. Hj já amanheci tendo dor de cabeça. Infelizmente fui demitida do emprego, e nem pagaram meu último mês, tô cheia de coisa pra resolver, tô surtando. 😞😞😞 Péssimo dia hj. Mas que vc tenha um excelente dia.

[08:16 || Roberto]
Eu também acabei dormindo um pouco depois que passei a mensagem. Tava cansado ontem. 🙂 Nem sei o que dizer. Muita calma nessa hora pra não tomar decisões precipitadas. Não deram aviso prévio? Se for possível entra com ação na Justiça do Trabalho. E tente ver seu FGTS e auxílio-desemprego, caso vc tenha carteira assinada nesse trabalho. Também depende do tempo que vc estava no emprego.

[08:37 || Roberto]
<Arquivo de mídia>
Tentei te ligar e não consegui. Segue aí o comprovante. Assim que puder me dê um retorno.

Roberto, vendo o desespero de Indyara, faz uma transferência bancária de 1.000$ para a conta dela, na esperança de ajudá-la.

[08:45 || Indyara]
Vou fazer isso. Tô tão aflita, logo agora que estava planejando umas coisas 😞😞😞 Desculpa, só vi agora as chamadas. Estou no centro, tá uma barulheira. Perdão.

[08:46 || Indyara]
Não podia ter feito isso. 😞😞😞😞 Meu Deus do céu.

[08:46 || Roberto]
Mas fiz. Vai te ajudar.

[08:47 || Indyara]
Não deveria, sério. Não tenho nem como te devolver essa quantia agora, vai ficar um pouco apertado pra mim. Cara, vc é maluco, não deveria mesmo. 😣

[08:48 || Roberto]
Estou te dando. É ajuda. Não quero que vc me pague. Não me arrependo pelas coisas que faço. Não se preocupe.

[08:52 ||Indyara]
😣😣😣😣 Vc é um anjo, só pode. Isso não existe.

[08:52 || Roberto]
Existe.

[08:52 || Indyara]
O q vc tá fazendo por mim eu preciso recompensar.

[08:53 || Roberto]
Não precisa se preocupar com isso agora. Foi a única forma de te ajudar. Foi pouco, mas é o que eu podia fazer no momento. Relaxa, dias melhores virão.

[08:55 || Indyara]
Vc fez mais do que me ajudar. Vc está sendo um anjo de luz pra mim.

[08:55 || Roberto]
Eu já passei por isso, sei como que é.

[08:55 || Indyara]
E eu me sinto mal de não poder retribuir.

[08:55 || Roberto]
Não fique assim.

[08:56 || Indyara]
Muito obrigada, tá, de verdade.

[08:59 || Roberto]
Se cuida, te quero bem.

[08:59 || Indyara]
Também te quero muito bem.

[09:01 || Roberto]
Tenha mais que um excelente dia. Vc merece. 🖤

[09:02 || Indyara]
Obg novamente. 😣🖤🖤🖤

[09:03 || Roberto]
🖤 Lembre-se que nada acontece por acaso. Esta vida te guarda muitas surpresas boas. Pode crer.

[09:12 || Indyara]
Amém, vida. Pra gente, eu espero. 🖤

[09:14 || Roberto]
Em novembro tô chegando aí e quero te ver bem.

[09:15 || Indyara]
Vai ver.

[09:15 || Roberto]
Não fique triste, esta situação é passageira.

[09:15 || Indyara]
Tô tão ansiosa e nervosa. Sim.

[09:15 || Roberto]
Fique calma. Durante esse período a gente vai se falando.

[09:17 || Indyara]
☹

[09:17 || Roberto]
O que foi, amore?

[09:17 || Indyara]
Nervosismo. Kkkk Mas quero te ver logo.

[09:18 || Roberto]
Infelizmente não há como. ☹ Bem que gostaria. Daqui pro dia 11.11 passa rápido.

[09:24 || Indyara]
Meu amor. E que bom q eu te trouxe algo de bom.

[09:24 || Roberto]
Vc tá sendo importante na minha vida.

[09:25 || Indyara]
Vc já é pra mim.

[09:26 || Roberto]
A vida vale mais que bens materiais. Bens materiais a gente recupera, a vida é uma só.

[09:30 ||Indyara]
Com certeza, meu amor. O que a gente leva da vida são os bons momentos.

[09:30 || Roberto]
Amor, vou aqui tomar café da manhã. Durante o dia a gente vai se falando. Vê se não some. Kkkkkkkk

[09:31 || Indyara]
Kkkkkkk vou sumir não.

[13:13 || Roberto]
Boa tarde.

[13:19 || Indyara]
Boa tarde, amor.

[13:21 || Roberto]
Como vc está? Estou preocupado contigo. A dor de cabeça passou?

[14:01 || Indyara]
Sim :(

[14:02 || Roberto]
Estou contigo, mesmo a distância. ♥

[14:34 || Indyara]
Obg, vida minha ♥

Roberto acaba ligando para Indyara, pois desejava escutar muito a voz dela. Os dois têm uma conversa de quase 20 minutos, em que ela passou todo o desejo de estar ao lado dele o mais breve possível. Mesmo sabendo que a intenção dela não era a mesma que a dele, mesmo assim ele deseja vê-la.

[14:58 || Roberto]
Desculpe se eu liguei num horário meio inconveniente.

[14:58 || Indyara]
Amo ouvir sua voz, mesmo q breve. E claro que não, já falei, vc nunca é inconveniente.

[14:59 || Roberto]
Vc ficou sem assunto. 😁 Senti que vc estava ocupada. Dá próxima vez te aviso quando eu for te ligar.

[15:07 || Indyara]
Não, só estou triste msm. Hahaha fico nervosa, já disse.

[15:09 || Roberto]
Só queria escutar sua voz. 🙂 Lembre-se, a vida tem altos e baixos. Vc vai superar, vc é forte. Tudo tem seu tempo. Eu entendo perfeitamente bem esta situação. A gente consegue superar. Estou aqui torcendo por você.

[15:15 || Roberto]
Eu sinto a sua tristeza daqui. 😔 Se cuida. ❤️ ❤️

[16:28 || Indyara]
Amo-te

[16:28 || Roberto]
☺️ Estava querendo te dizer há um tempo que te amo, mas não tinha coragem. Vou continuar dizendo que o que eu sinto por você vai além das palavras. Muito além, é algo que não sei expressar.

[16:33 || Indyara]
Pode dizer, eu gosto de ler isso. 🖤

[16:34 || Roberto]
Sinto como se já tivesse te conhecido em outro momento, em algum lugar que não dizer onde. Sensação estranha e boa.
...
Vou tomar um banho, aqui tá quente 🔥 pra caramba.

[16:58 || Indyara]
Sinto o mesmo. Parece coisa de outras vidas.

[17:17 || Roberto]
Até pouco tempo não acreditava nisso. Mas agora minha percepção sobre vidas passadas tem mudado.

[17:21 || Indyara]
A minha também.

[17:23 || Indyara]
♥ ♥ ☺

[17:23 || Roberto]
Então somos dois. ☺♥ ♥ ♥ Como que às vezes os dias demoram pra passar. ♥

[17:36 || Indyara]
Sim.

[17:37 || Roberto]
E quando eu estiver aí vai passar bem rápido. Rssssss

[17:59 || Indyara]
É sempre assim kkkk

[18:54 || Roberto]
Boa noite. Vc está melhor?

[19:34 || Indyara]
Estou sim, amor.

[19:45 || Roberto]
Ah! Que bom! Fico feliz em saber que você está bem.

[20:32 || Indyara]
Amo vc.

[20:47 || Roberto]
♥ Pela primeira vez estou descobrindo o amor a distância. A vida é cheia de surpresas. E quando menos se espera as coisas acontecem.

[20:57 || Indyara]
Estou amando a surpresa.

[21:00 || Roberto]
Só vc?!

[21:01 || Indyara]
Kkkk não sei.

[21:01 || Roberto]
Vc tem dúvidas? Kkkkkkk

[21:39 || Roberto]
Sabendo que vc dorme cedo, eu já te desejo uma boa noite de sono, durma bem. Amanhã será um novo dia, em breve vc estará empregada de novo. Estou aqui te dando apoio. *TE AMO*. Eu ainda vou ficar um pouco mais acordado. ♥ ♥

[21:48 || Indyara]
Te amo. ♥

[21:48 || Roberto]
♥

CAPÍTULO 16

29.09.2026

[07:41 || Roberto]
Bom dia! Meu amor.

[08:03 || Indyara]
Bom dia, vida. Dormiu bem?

[08:13 || Roberto]
Dormi sim e vc? Como vc está? Ontem fiquei tão preocupado contigo. Espero que esteja melhor.

[08:48 || Indyara]
Estou melhor, amor meu. Não precisava, vida.

[08:49 || Roberto]
Quem ama cuida.

[08:49 || Indyara]
Sim, meu amor.

[08:50 || Roberto]
E se preocupar é uma forma de cuidar. Não posso estar aí contigo, faço o que posso à distância. 🖤

[09:27 || Indyara]
Vc está sendo tudo para mim.

[09:29 || Roberto]
☺ Tenha uma ótima manhã, amor.

[09:43 || Indyara]
Vc também, vida.

[09:44 || Roberto]
Tá ocupada?

[09:44|| Indyara]
Um pouco, mas o q foi?

[09:45 || Roberto]
Nada. 😁 Nada demais.

[09:47 || Indyara]
Fale.

[09:47 || Roberto]
Mais tarde a gente se fala.

[09:48 || Indyara]
Então tá.

[09:48 || Roberto]
Se cuida. 😊

[09:49 || Indyara]
♥

[13:11 || Roberto]
Tenha uma ótima tarde!

[13:16 || Indyara]
Idem, amor. Pensando muito em vc.

[13:24 || Roberto]
Eu também, intercalando trabalhando e pensamento em vc. 😊

[13:27 || Indyara]
😊😊 amo demais.

[15:25 || Indyara]
Do jeito que gostamos, amore.

[15:29 || Roberto]
♥

[15:53 || Indyara]
Amo vc! ♥

[16:39 || Roberto]
♥

[19:28 || Roberto]
Boa noite 🌙! Vou jantar. Tudo bem, amor?

[19:49 || Indyara]
Tudo sim, vida. Caminhando, né. E vc, como está?

[19:51 || Roberto]
Estou bem, conversando contigo melhor ainda. É sempre bom sentir sua energia. 🖤 Não fica assim não. Dias melhores virão. Tenha esperança. Tudo nesta vida serve como aprendizado, até mesmo os problemas.

[19:56 || Indyara]
Sim, amor. 😊😊🖤 🖤

[19:57 || Roberto]
Todos nós passamos por problemas, e é nos problemas que crescemos. Você é forte e também vai superá-los. Te amo. 🖤
...
Semana que vem já posso retirar as passagens pra Altamar na companhia aérea. Um mês atrás nem imaginava que ia viajar de novo neste ano, e muito menos pro Nordeste. Como a vida é cheia de surpresas.

[20:16 || Indyara]
Cheia mesmo. Ainda n acredito.

[20:17 || Roberto]
No quê? Kkkkk Vc quem buscou. Vc não acreditou em vc mesma.

[20:20 || Indyara]
Não.

[20:20 || Roberto]
Eu só aceitei o convite. Passa acreditar mais em você.

[20:21 || Indyara]
Tento. Mas n dá.

[20:21 || Roberto]
Dá sim.

[21:50 || Roberto]
Amor, te desejo uma boa noite. 🖤

CAPÍTULO 17

30.09.2026

[07:26 || Indyara]
Bom dia, amore!

[07:27 || Indyara]
Dormi muito cedo ontem. Perdão.

[07:40 || Roberto]
Bom dia. Tá tranquilo. Tb dormi cedo, acordei de madrugada e voltei a dormir mais um pouco.

[07:43 || Indyara]
Eita! Como vc tá?

[07:45 || Roberto]
Tô bem. Tive um sono meio esquisito. Mas tô bem.

[07:50 || Indyara]
Kkkk Ô, meu amor.

[07:52 || Roberto]
?

[07:53 || Roberto]
Minha noite foi esquisita. E estou acordado desde as 7h.

[08:23 || Indyara]
Vc tem insônia?

[08:27 || Roberto]
Não. Costumo dormir sete horas diárias. Vou dormir às 2h e acordo por volta das 9h. As coisas mudaram um pouco durante a pandemia, com trabalho remoto, mas já voltaram ao normal, sem falar que já se passaram mais de três anos. Mas esta noite foi estranha. Tive sensações muito estranhas e bizarras.

[08:30 || Indyara]
Deveria ter me ligado.

[08:32 || Roberto]
Eu não iria te acordar.

[08:38 || Roberto]
Ontem por volta das 22h me deu um sono, mas não um sono de eu querer dormir. Como se tivesse alguém me chamando na minha mente (durante esse período senti como se meu espírito tivesse saído do corpo). Acordei meio atordoado por volta das 3h. Depois voltei a dormir por volta das 4h e acordei às 7h sem sono e com uma dor no corpo muito forte, como se alguém tivesse puxando e esmagando todos os meus ossos. Agora estou bem. Daqui vou trabalhar, tenho que enviar uns relatórios mensais pro meu chefe e responder alguns e-mails dos alunos do campus.

[08:45 || Roberto]
E vc como está?

[10:06 || Indyara]
Estou bem. Sei q tenho vc, n tem pq ficar mal, minha vida. Mas nossa, que pesadelo! 😣😖 Vc merece relaxar e espero que seja com meus carinhos, um dia vou te encher de carinhos.

[10:07 || Roberto]
Tá tranquilo agora. Estou trabalhando.

[10:09 || Indyara]
Que bom. Sempre q estiver assim, pode me ligar sim. Vou adorar.

[10:10 || Roberto]
Sério?! 😊

[10:10 || Indyara]
😊😊😊

[10:10 || Roberto]
😊

[10:12 || Indyara]
Um excelente dia/tarde pra vc, amor. ♥

[10:12 || Roberto]
Obrigado, meu amor. Que vc também tenha um excelente dia.

[10:17 || **Indyara**]
Amor, amo vc.

    Na verdade, Roberto teve um sonho premonitório do que aconteceria se ele continuasse com Indyara, mesmo no mundo virtual. Mais uma vez ele, com a sua descrença, ignorou um aviso vindo do universo de que as coisas poderiam não terminar da forma como ele imaginava.
    Roberto seguiu o dia trabalhando ou fingindo que fazia alguma coisa útil, pois ainda continuava meio atordoado, e assim foi o resto da tarde dele. Chegando à noite, o diálogo entre os dois continuou, como todas as noites.

[20:06 || **Indyara**]
Oi, meu amor. Desculpa a demora. Se quiser ligar antes de dormir, estou desejando tanto escutar sua voz, amore.

    Indyara pede para o Roberto ligar, mas a esposa dele está ao seu lado. Ele tem que inventar uma desculpa para terminar o diálogo o mais rápido possível. Senão teria sérios problemas, e não queria confusão com ninguém naquela noite.

[20:59 || **Roberto**]
Relaxa, amor. Amanhã te ligo com calma. Te amo.

[21:01 || **Indyara**]
Tá. Eu te amo. ♥

[21:02 || **Roberto**]
Tenha ótima noite de sono.

[21:06 || **Indyara**]
Vc também, vida minha.

[21:08 || **Roberto**]
Amanhã a gente marca um horário e eu te ligo.

[21:08 || **Indyara**]
Tá ok, amor.

[21:08 || **Roberto**]
Se cuida, amore.

[21:14 || Indyara]
Se cuida tbm, vida.

[21:23 || Roberto]
♥

[21:47 || Roberto]
Como vc está tão presente na minha vida. Penso em vc direto.

[21:49 || Indyara]
Amo tanto isso. Ler isso me deixa bem.

[21:49 || Roberto]
☺ Mesmo estando tão longe, sinto-me tão perto de ti.

[21:57 || Indyara]
Também me sinto pertinho, amor.

CAPÍTULO 18

01.10.2026

[09:02 || Roberto]
Boa dia! Acordei agora. Que vc tenha uma ótima manhã.

[09:06 || Indyara]
Vc tbm, amor. Que eu te perturbe em pensamentos. Haha ♥

[09:07 || Roberto]
Quase 24h. Kkkkk

[09:08 || Indyara]
Duvido kkkk

[09:08 || Roberto]
Duvida? Eu não duvido.

[09:09 || Indyara]
¯\o/¯ ♀

[09:10 || Roberto]
Faltam poucos dias pra gente se encontrar. Posso te ligar?

[09:11 || Indyara]
Sim.

[09:12 || Indyara]
Não estou te ouvindo.

[09:12 || Roberto]
Nem eu. Vou te ligar de novo.

[09:12 || Indyara]
Liga pelo TweederGram.

    Os dois se falam por meia hora, uma conversa tão cheia de mentiras da parte dela, e ele acreditando na doce ilusão envolvente.

[09:42 || Roberto]
É tão bom falar contigo. ♥

[10:32 || Indyara]
♥

[12:29 || Roberto]
Boa tarde, amore! Com muito calor. 🔥 Acabei de sair da cozinha derretendo.

[12:31 || Indyara]
Eitaaa! Nesse calor ficar na cozinha é horrível.

[12:31 || Roberto]
Tenha uma ótima tarde.

[12:33 || Indyara]
Vc tbm, anjo.

 Roberto estava num nível tão grande de foda-se para o trabalho que nem ligava mais para o horário de trabalhar, e Frederico, seu chefe, estava tão enrolado com assuntos extraoficiais que nem percebia o atraso de Roberto. E assim caminhava a Andrômeda; os principais funcionários estavam numa letargia tão grande que o TweederGram chegou a parar por um dia devido à falta de atenção de sua equipe de suporte.

[16:34 || Roberto]
Oi, amor. Pensando em vc.

[16:36 || Indyara]
Oi, amor meu. Penso direito em vc.

[16:37 || Roberto]
☺ Vc não sai da minha mente. ☺ Bom fim de tarde.

[16:46 || Indyara]
Vc grudou aqui, amor. ☺

[16:46 || Indyara]
Pra ti também, vida.

[16:49 || Roberto]
♥ Boa noite, amore!

[18:46 || **Indyara**]
Boa noite, vida.

[20:12 || **Roberto**]
Ufa! Consegui finalizar o trabalho de hj, a internet não ajudou muito. Daqui a pouco vou pra casa, e assim que chegar vou tomar banho. Preciso. Te amo.

[20:38 || **Indyara**]
Te amo!

[21:53 || **Roberto**]
Tenha uma ótima noite de sexta-feira. ♥

[22:46 || **Indyara**]
Vc tbm, amor.

 E assim termina a sexta-feira, ele cansado de enrolar no trabalho, e ela sem vontade de conversar.

━━━━━━━━━━━━ 02.10.2026 ━━━━━━━━━━━━

Sábado se inicia em São Pedro de Urabá com uma manhã abafada e um calor insuportável. Já em Nova Morgade está uma linda manhã de sol, o que faz Roberto acordar disposto. Mas ele sente falta dos "bom-dia" matinais de Indyara e decide iniciar a conversa.

[08:04 || **Roberto**]
Bom dia, amor!

[08:14 || **Roberto**]
Que vc tenha um ótimo sábado. ♥

[09:33 || **Indyara**]
A gente ♥

[09:34 || **Indyara**]
Bom dia, paixão!

[09:34 || **Roberto**]
♥

[09:35 || Roberto]
Se divertiu muito ontem?

[09:35 || Indyara]
Tentei.

[09:35 || Roberto]
Pq?

[09:35 || Indyara]
Pq tentei kkkk mas tô desanimada.

[09:35 || Roberto]
Eu acabei não saindo, tava cansado. Terminei de trabalhar às 20h. Cheguei, tomei banho e deitei. Bateu uma preguiça de sair.

[09:37 || Roberto]
Diversão faz bem.

[09:37 || Indyara]
Claro.

[09:39 || Roberto]
Se cuida, amor, não se deixe se levar por problemas.

[09:41 || Indyara]
Eu sei.

[09:43 || Roberto]
Desejo a você um ótimo sábado. A gente vai se falando ao longo do dia. Te amo. Vou agora no hortifrúti. Lembre-se que te amo. Vc tá sendo tão especial na minha vida. ♥

[11:04 || Roberto]
Amor, vc está bem? Estou preocupado contigo.

[11:24 || Indyara]
Oi, meu amor, bom dia. Resolvendo umas coisas, tô sem tempo. Mas logo logo falarei contigo.

[11:26 || Roberto]
Tranquilo. Vc disse que está desanimada. Isso não é bom. Fico preocupado contigo sim.

[11:27 || **Indyara**]
Não se preocupa, amor

[21:03 || **Roberto**]
Boa Noite 🌙!

[21:30 || **Indyara**]
Boa noite, vida.

[21:31 || **Roberto**]
Boa noite, sumida! Kkkkkkkk

[21:35 || **Roberto**]
Tá tudo bem? Curtindo a noite?

[21:37 || **Indyara**]
Niver da irmã kkkk Então, sim. Curtindo. Como tá sua noite?

[23:17 || **Roberto**]
Um amigo veio aqui em casa, fizemos uma pizza e comemos com uma breja bem gelada. Agora já estou deitado. Bjs, paixão. 🖤

[23:18 || **Indyara**]
Bjs meu amor. Se cuida.

[23:18 || **Roberto**]
🖤

A forma como Indyara agiu com Roberto nesse sábado foi totalmente diferente, e ele percebeu que estava acontecendo algo. No fim do dia, ela deu uma desculpa de que estava ocupada com o aniversário da meia-irmã. Agora veremos como será o domingo dos dois.

──────── **03.10.2026** ────────

[08:48 || **Roberto**]
Bom dia e um ótimo domingo, amore!

[10:12 || **Roberto**]
Oi, sumida.

[11:57 || **Indyara**]
Oi, meu amor lindo! Sumida não hahaha

[13:29 || **Roberto**]
😁 Sumida sim. Kkkkkkk

[14:39 || **Indyara**]
Tá bebendo, amor?

[14:44 || **Roberto**]
Pq a pergunta? 💀 Sim, estou.

[14:44 || **Indyara**]
Ah sim.

[14:45 || **Roberto**]
Mas, pq? Fiquei curioso. 😁

[14:51 || **Roberto**]
Como está sendo seu domingo?

[14:52 || **Indyara**]
Amor, tanta coisa pra fazer e eu morta de cansada.

[14:54 || **Roberto**]
Desculpa, estou te incomodando?

[15:04 || **Roberto**]
Rsssss

[15:08 || **Roberto**]
Vc se divertiu bastante na sexta-feira e sábado?

[15:09 || **Indyara**]
Nem tanto.

[15:10 || **Indyara**]
Humm, aproveita bastante o domingo, amor. 😊

[15:12 || **Roberto**]
O que houve amor? Fico preocupado com vc.

[15:25 || **Roberto**]
Tranquilo, à noite a gente se fala. Te amo.

[15:28 || Indyara]
Te amo!!!

[20:49 || Roberto]
Boa noite, amor!

[20:59 || Roberto]
Como vc está?

[21:00 || Roberto]
Passou bem o domingo?

[21:17 || Indyara]
Cansada demais, mal dormi.

[21:18 || Roberto]
Então vai dormir cedo?

[21:18 || Indyara]
Sempre hahaha Odeio virar noite pq fico só a merda no outro dia. Vc está bem, amor?

[21:18 || Roberto]
Estou ótimo.

[21:20 || Indyara]
Que bom, vida. Comentou algo da gente pros seus amigos?

[21:20 || Roberto]
Não.

[21:21 || Indyara]
Ah sim.

[21:21 || Roberto]
Só uma amiga que sabe.

[21:21 || Indyara]
Entendi paixão.

[21:22 || Roberto]
E vc, já falou pra alguém?

[21:24 || **Indyara**]
Só uma amiga tbm.

[21:24 || **Roberto**]
Amiga de infância, com ela eu tenho mais intimidade. Tenho mais confiança. Ela também fala de suas aventuras.

[21:26 || **Indyara**]
Sei como é.

[21:27 || **Roberto**]
E até pra saber pra onde eu vou, caso aconteça algo fora de previsto. Algum incidente. A gente nunca sabe.

[21:29 || **Indyara**]
Sim, claro

[21:29 || **Roberto**]
Fora ela, ninguém mais sabe.

[21:29 || **Indyara**]
Está ótimo, meu amor. Agora vou dormir pq tô muito cansada.

[21:30 || **Indyara**]
Dor de cabeça chata. Amanhã acho que vou ao médico fazer alguns exames.

[21:30 || **Roberto**]
Descanse, meu amor. Amanhã eu te ligo.

[21:30 || **Indyara**]
Não me sinto bem. Ok, pode ligar, vida. Amo te ouvir.

[21:30 || **Roberto**]
☺

[21:30 || **Indyara**]
♥♥♥

[21:31 || **Roberto**]
Se cuida, saúde em primeiro lugar. ♥

[21:31 || **Indyara**]
☺☺☺♥♥♥

[21:32 || **Roberto**]
Te amo. Amanhã a gente se fala melhor. Boa noite.

[21:32 || **Indyara**]
Amo vc.

CAPÍTULO 19

A semana começa agitada para ambos, muitas coisas irão acontecer, e algumas até meio estranhas.

04.10.2026

[08:00 || Roberto]
Bom dia, amor!

[08:00 || Indyara]
Bom dia, vida!

[08:01 || Roberto]
Dormiu bem?

[08:02 || Indyara]
Sim e vc?

[08:06 || Roberto]
Dormi cedo, mas dormi bem sim.

[08:07 || Indyara]
Aêêee Kkk

[08:07 || Roberto]
😁🖤

[08:08 || Roberto]
E a dor de cabeça passou?

[08:09 || Indyara]
Melhorou.

[08:17 || Indyara]
Amor, quando estou com problemas eu acabo descontando em tudo. Menos em resolver.

[08:25 || Roberto]
Então, amor, vai com calma. Sempre existe solução pros nossos problemas.

[08:28 || Indyara]
É 😔

[08:30 || Roberto]
Não fica assim, estou contigo. 😟

[08:36 || Indyara]
O que me conforta 🖤

[08:41 || Roberto]
Então, amor, relaxa, se reorganiza, tenha determinação e foco. Que vc vai conseguir superar. E se precisar de algo e estiver no meu alcance, estarei aqui. Mas, se não estiver no meu alcance, também estarei aqui torcendo por você. Te amo. 🖤

[08:54 || Roberto]
Te desejo um ótimo dia.

[08:54 || Indyara]
Te amo, vida. 🖤 Obg por tudo.

[13:24 || Roberto]
Boa tarde! Que vc tenha uma ótima tarde.

Durante o expediente, Roberto começou a sentir dor de dente do nada, e muito estranha. A dor foi aumentando a tal ponto que ele precisou marcar uma consulta com sua dentista de confiança para aquela noite. Só piorava a cada hora, e ficou tão insuportável que ele acabou não avisando para Indyara, e só lhe comunicou depois que saiu da consulta.

[19:51 || Roberto]
Boa noite. Estou saindo agora do dentista. Te ligo amanhã, estou com a boca anestesiada. Hj tive uma dor de dente insuportável que tive que procurar o dentista com urgência.

[20:04 || Indyara]
Ô meu amor. Fica bem, te amo.

[20:50 || Roberto]
Tenha uma boa noite. Amanhã a gente conversa melhor. Ainda nem jantei, até pra beber água tá complicado. Estou com o lado direito do rosto anestesiado, pegando parte da língua.

[21:21 || **Indyara**]
Se cuida, amor. Fico preocupada. 😣 Beijão ❤

[21:24 || **Roberto**]
Não fique, não. Estou bem. Só com a parte do rosto dormente. Nada de mais. Só não imaginava que a anestesia iria durar tanto. Amanhã de manhã eu te ligo. Bjs. Te amo.

05.10.2026

[07:54 || **Indyara**]
Oi, amor, bom dia! Como amanheceu?

[08:39 || **Roberto**]
Bom dia, amor! Acordei melhor. Tá tudo bem contigo?

[08:55 || **Indyara**]
Tudo sim, amor. Maravilha.

[08:56 || **Roberto**]
Que bom! 😊 Estou com uma preguiça de levantar. Rssss

[09:00 || **Indyara**]
Acredito, viu kkkkk

    No meio desse diálogo o TweederGram parou de funcionar, aparentemente do nada. Mas todos nós sabemos que a equipe de suporte da Andrômeda deixou um pouco a manutenção do sistema de mensagens e dados do programa de lado. Devido a essa pane no sistema, Roberto decide ligar para Indyara, e os dois conversam quase a manhã toda.

    Com o sistema da Andrômeda fora do ar, Roberto decide não ir para a sede da empresa. E depois de uma longa conversa com Indyara, resolve voltar a dormir, e só à noite volta a conversar com ela.

[19:12 || **Roberto**]
Boa noite, amor!

[19:39 || **Indyara**]
Boa noite, paixão.

[20:22 || Roberto]
Foi tão bom conversar contigo hj, amor, graças à queda do sistema pudemos conversar por telefone. Kkkkkk

[20:46 || Indyara]
Verdade, amore.

[22:23 || Roberto]
Tenha uma ótima noite de sono. ♥

[22:23 || Indyara]
Cochilei e acordei agora. Desculpa a demora, meu amor. Boa noite, eu amo vc. Fica bem. ♥

[22:23 || Roberto]
Tranquilo. Amanhã a gente se fala, boa noite, meu amor. ♥

[22:28 || Indyara]
😊😊😊♥ ♥ ♥

06.10.2026

[08:55 || Indyara]
Bom dia, meu amor!

[08:58 || Roberto]
Bom dia, amor! ♥

[09:03 || Indyara]
Na cama ainda?

[09:03 || Roberto]
Ainda. Rsssss

[09:07 || Indyara]
Dormiu bem?

[09:08 || Roberto]
Sim, tava frio. Perfeito pra dormir. Dormi pensando em vc.

[09:10 || **Indyara**]
Eu sempre 😌

[09:10 || **Roberto**]
Noite muito boa. E vc, amor, dormiu bem? 😌

[09:16 || **Indyara**]
Siimm

[09:17 || **Roberto**]
Que bom! ❤ Vou tomar café da manhã. Tô com fome. Te desejo um excelente dia, meu amor.

[09:20 || **Indyara**]
Pois vá, minha vida.

[09:20 || **Roberto**]
A gente vai se falando durante o dia. ❤

[11:12 || **Roberto**]
Ai, amor, vc não sai da minha mente.

[11:19 || **Indyara**]
Vc é a minha sorte ❤

[11:24 || **Roberto**]
Tem horas que é difícil de me concentrar no trabalho. Que energia! 😁😌

[11:25 || **Indyara**]
Eu amo vc, meu amor, obg por me proporcionar esse sentimento maravilhoso.

[11:31 || **Roberto**]
❤

[12:36 || **Roberto**]
Boa tarde, amore!

[13:16 || **Indyara**]
Boa tarde, amor. Como tá sendo seu dia?

[13:18 || **Roberto**]
Tentando trabalhar e pensando em vc a cada instante.

[13:31 || Roberto]
😊😊😊😊😊😊

[17:21 || Indyara]
Fazendo o q amor?

[17:31 || Roberto]
Dei uma pausa agora, estou lanchando. Ficar muito tempo sentado cansa.

[17:24 || Indyara]
Siim

[17:36 || Roberto]
E vc, como está?

[17:49 || Indyara]
Tô bem, amor.

[18:06 || Roberto]
Que bom. Tenha um bom início de noite. Vou finalizar meu expediente de hoje.

[18:08 || Indyara]
Tá ok, mais tarde nos falamos, amor.

[18:08 || Roberto]
Okay.

[18:08 || Indyara]
Acho isso frio. Kkkk

[18:08 || Roberto]
Desculpa, kkkkkkk, foi no automático. Até mais tarde, meu amor.

[18:08 || Indyara]
😂😂😂😂😂

[18:08 || Roberto]
Foi sem querer. 😳

[18:08 || Indyara]
♥ Te amo!

[18:14 || Roberto]
Vc vai dormir cedo? Posso te ligar hj por volta das 21h? Saudade da sua voz.

[18:14 || Indyara]
Pode sim. Saudade também, amor meu.

[18:14 || Roberto]
Então tá. Vou terminar o trabalho de hj, ir pra casa, tomar um banho e te ligar. Bjs.

[18:58 || Indyara]
Amanhã estou indo para uma "suposta" entrevista de emprego. Queria tanto, pq minha fatura já já chega e está um absurdo, não sei o que vou fazer, já pensei tanta besteira. Espero que dê tudo certo ☹☹☹ horrível instabilidade. Se eu demorar a te responder é pq a net está lenta. Ou é meu TweederGram que não está enviando msg.

[19:37 || Roberto]
Vc vai conseguir sim. Mas uma pergunta. Pq suposta? 😕

[19:37 || Indyara]
Se a garota for eliminada, eu fico no lugar dela. Ah! Amor, vc pode me emprestar um dinheiro. Pois me ajudaria muito amanhã, se eu ficar no lugar da eliminada.

[19:38 || Roberto]
Sim, te empresto, daqui a pouco te passo.

Roberto acaba transferindo 700$ para Indyara, com o objetivo de ajudá-la na suposta entrevista de trabalho, na qual uma das candidatas tem que ser eliminada. Ele mais uma vez não pergunta por que ela precisava desse dinheiro, já que a entrevista de emprego era próxima de sua casa e daria para ela ir a pé na ida e na volta. Roberto estava totalmente cego e não conseguia enxergar mais nada em sua volta.

Vamos voltar ao diálogo, pois há mais coisa para acontecer ainda nesta noite.

[19:40 || Roberto]
Vou te ligar.

[19:45 || **Indyara**]
Falo já contigo, estou no banho.

[19:45 || **Roberto**]
Desculpa. Posso te ligar que horas?

[20:21 || **Indyara**]
Sim, voltando o assunto, vou pedir pra vc n ligar pq minha tia tá do meu lado, não gosto q escute. O que meu amor queria falar?

[20:21 || **Roberto**]
Tá, blz.

[20:21 || **Indyara**]
Mais tarde se eu ainda tiver acordada vc liga, o tempo que vou ficar sozinha aqui. Tô muito aflita com tudo isso. Mal pego celular agora, desânimo.

[20:22 || **Roberto**]
Relaxa, amor. Caso não dê. Amanhã eu te ligo.

[20:22 || **Indyara**]
Não dá 😂😂😂 É muita coisa. Muita pressão. Estou ficando assustada. Preciso que essa garota seja eliminada. Preciso, preciso... haaaaaaaa...

[20:23 || **Roberto**]
Se vc ficar assim é pior. Tudo tem seu tempo, muita calma neste momento. Amor estou torcendo por vc.

[20:39 || **Indyara**]
Ainda vou ver isso direitinho de como vou fazer amanhã. Hahahahaha...

[20:40 || **Indyara**]
Mas tá ruim pra mim 😂😂 Minha fatura tá chegando o dia e eu n acho uma solução, quero que esse emprego dê certo urgente. Meus planos têm que dar certo.

[20:43 || **Roberto**]
Tenha confiança no seu potencial.

[20:59 || **Indyara**]
Vou dar meu jeito.

[20:59 || Roberto]
Posso te ajudar com algum valor.

[21:01 || Indyara]
Não, meu amor. Para com isso. Vou fazer um empréstimo para pagar o cartão. Não vejo outra saída, e mais na frente vejo como conseguir tudo. Vai dar certo, amor. Se preocupa comigo, não.

[21:04 || Roberto]
Me preocupo sim.

[21:06 || Indyara]
☹ vou tentar dormir aqui, amor. Gosto de passar energia negativa pra ngm não.

[21:06 || Roberto]
Vou te passar um valor, espero que te ajude.

 Mais uma vez Roberto passa um valor em dinheiro com a finalidade de ajudá-la. Essa já é a segunda transferência para a conta bancária de Indyara no mesmo dia, e Roberto, infelizmente, não percebe que tem algo de estranho acontecendo.

[21:09 || Indyara]
Para com isso, meu bem, fico é com vergonha. Não falarei mais dos meus problemas pra vc. ☹

[21:09 || Roberto]
Não precisa falar, eu sinto. Para com isso. Estou aqui pra ajudar. E ajudo no que posso. É pouco, mas ajuda. Boa noite, meu amor.

[21:12 || Indyara]
Não pode, amor. Não pode. Mesmo assim obrigada, vc já fez demais. Não comento mais sobre problemas. Só sobre a gente.

[21:12 || Roberto]
Para com isso, bb. Ajuda nunca é demais. E se tiver no meu alcance, por que não ajudar?

[21:15 || Indyara]
♀_♀_♀

[21:15 || Roberto]
O que foi?

[21:17 || Roberto]
Quero vc bem. Mês que vem estarei aí contigo e quero te ver bem. Tenha uma excelente noite. Durma na paz. E tenha fé que as coisas irão melhorar. ♥

[21:21 || Indyara]
Vc é um anjo demais. Boa noite, meu amor 😞♥

[21:21 || Roberto]
TE AMO Se cuida, amor.

[21:21 || Indyara]
Te amo. Não vejo a hora de te ver. 😞😞 Ansiedade a mil.

[21:25 || Roberto]
Vou deixar vc descansar, amanhã a gente se fala melhor. Depois me diz um horário que posso te ligar.

[21:25 || Indyara]
Ok, amor. Bjs

CAPÍTULO 20

━━━━━ 07.10.2026 ━━━━━

[09:02 || **Roberto**]
Bom dia, amor!

[09:04 || **Indyara**]
Bom dia, razão. Dormiu bem?

[09:04 || **Roberto**]
Sim. E vc como está?

[09:12 || **Indyara**]
Indo. E vc?

[09:13 || **Roberto**]
Já foi na entrevista de hj ou vai ainda? Estou preocupado contigo. Um pouco de dor de cabeça. Mas nada demais.

[09:17 || **Indyara**]
Tome logo alguma coisa. Ainda vou na entrevista.

[09:18 || **Roberto**]
Vou sim. Te desejo toda energia boa do universo.

[09:21 || **Indyara**]
Obrigada, meu amor. ♥ ♥ ♥ Para nós.

 E assim termina essa manhã, com diálogos curtos entre os dois; ao longo do dia, não será muito diferente.

[13:33 || **Roberto**]
Boa tarde!

[13:46 || **Indyara**]
Boa tarde, amor.

[14:13 || **Roberto**]
Tá tudo bem, amor?

[14:18 || Roberto]
🖤

[14:41 || Roberto]
Lembre-se que te amo.

[14:48 || Indyara]
Tudo sim, vida. E por aí? Te amo demais.

[14:55 || Roberto]
Aqui tá tudo bem. Tá ventando muito.

[14:59 || Indyara]
Delícia 😊

[18:35 || Roberto]
Olá, boa noite, amor!

[18:36 || Roberto]
É difícil te ligar.

Roberto estava tentando falar com a Indyara havia um tempo, mas ele não tinha retorno (nem por mensagens, nem ligando). Lá para as 18h50, Indyara passa uma mensagem por áudio dizendo que está ocupada e não podia atendê-lo. E como Roberto não gosta de enviar mensagens por áudio, ele responde a ela por escrito da seguinte forma:

[18:52 || Roberto]
Tá, blz, amor.

[18:53 || Roberto]
Eu também dei uma saída pra resolver algumas coisas e acabei pegando uma chuva no caminho. Aqui faz calor durante o dia e chuva no início da noite, primavera e verão são sempre assim. Mas não é uma chuvinha, é tempestade.

É óbvio que Roberto tinha saído, e não foi uma simples saída, ele tinha ido trabalhar. Ele já estava de saco cheio de tentar falar com Indyara e não ter resposta. Nesse momento, do nada, ela envia mensagens sem muito sentido.

[18:58 || Indyara]
😊😊😊😊

[19:02 || Indyara]
😊😊😊 Puta que pariu, que dia perfeito!

[19:33 || Indyara]
Que perfeição de dia. Tô apaixonada.

[19:33 || Roberto]
😊

[19:38 || Indyara]
Meu Deus, aí que fico mais apaixonada msm 😊

[19:52 || Roberto]
Ai Amor, 😊

[22:26 || Roberto]
Te desejo uma ótima noite.

[22:26 || Indyara]
Boa noite, meu amor. Dorme bem e pense em mim.

[22:29 || Roberto]
Sempre pensando em você, meu amor.

[22:33 || Indyara]
Tbm. ♥

[22:47 || Roberto]
♥

Indyara continua com o diálogo dizendo que o dia foi perfeito, mas não diz o porquê. Roberto se envolve no chamego virtual das palavras e acaba não perguntando como foi a entrevista, e muito menos por que que ela estava tão feliz. E nessa paixão cega, Roberto vai dormir.

CAPÍTULO 21

08.10.2026

[08:58 || Roberto]
Bom dia, amor!

[08:59 || Indyara]
Bom dia, meu rei!

[09:00 || Roberto]
Tudo bem aí?

[09:01 || Indyara]
Siiimmmmmm... E por aí?

[09:01 || Roberto]
Como foi ontem na entrevista?

[09:02 || Indyara]
Acho q fui muito bem nos meus objetivos, tudo indica que a vaga é minha, mas ficaram de me retornar.

[09:02 || Roberto]
Então, é aguardar.

[09:03 || Roberto]
Aqui tá parecendo noite.

[09:03 || Indyara]
😨

[09:03 || Roberto]
?

[09:03 || Indyara]
Pq, escuro?

[09:03 || Roberto]
Muito.

[09:04 || Indyara]
Massa.

[09:04 || Roberto]
Tá frio e escuro. Vai cair muita chuva. À noite choveu muito. Parece que ainda vai dar 18h. Vem pra cá. Rsssss

[09:08 || Indyara]
Indo 😊😄

[09:08 || Roberto]
😄

[09:10 || Roberto]
No alto do verão em dezembro aqui vira um inferno. Passa de 42°C.

[09:10 || Indyara]
Deus me livre kkk

[09:10 || Roberto]
E nada de chuva. Pra ir trabalhar é horrível. Transporte quente, cheio com gente fedendo. 🤢

[09:13 || Indyara]
🔥🔥

[09:13 || Roberto]
Até novembro é tranquilo. Este ano foi ótimo o inverno. Chegou a fazer 15 °C aqui na capital, e na região serrana 2 °C. Amo o frio. Me sinto muito bem.

[09:15 || Indyara]
Somos dois, viu 😊

[09:15 || Roberto]
Nas minhas férias passadas em julho fui pra Santo Alonso, SA, frio muito bom. Espero não estar tão quente aí em Altamar mês que vem. Se eu estivesse com mais tempo pra ficar mais aí, queria ir em Serra do Abismo. Quando fui em Precipitada tava quente. Mas ventava tanto que não dava pra sentir o calor. Em Goboatá passei sufoco. Muito calor, e olha que fiquei num hotel na Praia da Barra da Valiza.

[09:20 || Indyara]
Nossa mãe!

[09:31 || Roberto]
Amor, se cuida e tenha um ótimo dia. ♥

[09:45 || Indyara]
Kkkk rum, cuidado. Se cuida vida. ♥

[09:45 || Roberto]
😧 Ficou enigmática a mensagem. Rssssss

[09:49 || Indyara]
Kkkkk Digo nada.

[09:50 || Roberto]
Sério, não entendi. 😊 Vou ter que decifrar a mensagem.

[09:52 || Roberto]
Acho que é pra ter cuidado com o rum. Mas eu não bebo rum, não gosto. 😂😂😂😂😂😂

[09:53 || Roberto]
Só vc pra me fazer rir. Te amo.

[09:55 || Indyara]
Kkkkk Te amo

O dia começa com Indyara feliz por ter realizado seu objetivo na entrevista, na qual tinha uma concorrente. Roberto não se interessa muito, pois ele está mais preocupado com a chuva que vai cair em Nova Morgade. Ele começa a reclamar do calor e dos lugares quentes que já visitou, e Indyara continua a conversa um tanto quanto enigmática. E ao longo da tarde e noite será um lenga-lenga medonho.

[13:54 || Roberto]
Boa tarde!

[14:07 || Roberto]
😯

[14:12 || **Indyara**]
Boa tarde 😮

[14:20 || **Roberto**]
☺

[17:18 || **Roberto**]
Olá! Como vc está? Tá ocupada? Dei uma pausa no trabalho.

Nossa, pensei que Roberto não trabalhava mais. Essa é a vida de um pisciano, se perde fácil nas ondas da emoção e do prazer.

[17:43 || **Indyara**]
Oi, meu amor.

[17:45 || **Roberto**]
Um bom fim de tarde.

[17:49 || **Indyara**]
Pra vc tbm, amor. Vai beber?

[17:51 || **Roberto**]
Hj não. Ainda tenho que enviar uns documentos de trabalho.

[17:54 || **Indyara**]
Ahh

[17:55 || **Roberto**]
E vc, tá fazendo o q?

[17:58 || **Indyara**]
Passando pano na casa. Kkkk Triste.

[17:59 || **Roberto**]
Ai, amor, não fica assim. ☹️😕 Não me sinto bem ao te ver assim. 😕

[18:03 || **Indyara**]
Triste por passar pano na casa. Kkkkk

[18:03 || **Roberto**]
Ah tá.

[18:04 || Roberto]
Daqui a pouco vou sair do trabalho, chegar em casa, tomar um banho e me aconchegar na cama. Hj tá frio.

[18:05 || Indyara]
Pois descansa, amor.

[18:08 || Roberto]
Queria assistir alguma série ou postar umas fotos da última viagem que fiz. Na verdade, queria estar contigo hoje. Dar uma volta na cidade e dividir um vinho contigo. O clima frio tá perfeito. Ir ao cinema ou ao Theatro Municipal de Nova Morgade, assistir um musical ou uma peça. Ou simplesmente jogar conversa fora. Mas tem uma distância física que nos separa.

[18:46 || Indyara]
Não fica assim, amore, iremos nos ver em breve.

[18:48 || Roberto]
Eu espero também. 😊

[19:12 || Indyara]
😊♥

[20:04 || Roberto]
Te desejo uma boa noite de sexta-feira.

[20:13 || Indyara]
Te desejo o mesmo, amor meu.

[20:16 || Roberto]
♥ Amor, se cuida. Te amo.

[21:22 || Indyara]
♥

[22:08 || Roberto]
Vai curtir a noite de sexta-feira?

[22:28 || Indyara]
Tô quase dormindo kkk

[22:29 || Roberto]
Então, te desejo uma ótima noite de sono.

[22:30 || Indyara]
Ótima noite, amor meu. Dorme bem.

[22:31 || Roberto]
Obrigado, meu bem. Bjs. Te amo.

CAPÍTULO 22

Na noite passada, Roberto não dormiu bem, teve vários pesadelos estranhos, acordando várias vezes durante a madrugada. Ultimamente ele não se sentia muito bem, não entendia o que estava acontecendo, e nesses últimos meses Indyara estava mais presente em sua vida do de qualquer outra pessoa. Ele já não conseguia mais focar em nada, inclusive em seu trabalho, afetando profundamente o seu psicológico.

O fato mais estranho dessa noite não foi Roberto não ter dormindo (o que não é novidade), e sim Indyara também não ter dormido bem.

09.10.2026

[08:32 ||Roberto]
Bom dia, amor! Que tenha um ótimo sábado.

[08:48 || Indyara]
Bom dia, vida. Pra gente ♥

[12:43 || Roberto]
Boa tarde! Tudo bem, meu amor?

[13:02 || Indyara]
Tudo sim, e contigo vida?

[13:03 || Roberto]
Tá tudo sim. Com vc fica melhor ainda. ♥

[14:00 || Roberto]
Como está sendo seu sábado?

[14:01 || Indyara]
Muito sono, amor kkkk

[14:01 || Roberto]
Não dormiu à noite?

[14:03 || Indyara]
Dormi mal.

[14:04|| Roberto]
Eu também.

[14:05 || Indyara]
☹️

[14:06 || Roberto]
Noite foi meio angustiante, não sei pq. Acordava toda hora. Muito estranho. Acordei muito cansado.

[14:08 || Indyara]
Nossa, estranho mesmo.

[14:11 || Roberto]
E vc? Sua noite foi estranha?

[14:16 || Indyara]
Dormia e acordava direto.

[14:16 || Roberto]
Nossa! Eu também. Tentei ler algo, também não conseguia. Eu agora estou com sono, e não consigo dormir.

Minutos de silêncio, pois os dois estava sem entender o que tinha acontecido nessa noite. Passados 4 minutos, Roberto quebra o silêncio:

[14:20 || Roberto]
Esta viagem daqui a um mês tá me dando um misto de sensações. Algo que nunca fiz, dá um gelo por dentro.

[14:29 || Indyara]
Tu é doido, tô nervosa demais.

[14:30 || Roberto]
Pq eu tô indo aí? Não sei, sou doido. Rssssss... Pelo menos eu acho que não. Kkkkkk...

[14:34 || Roberto]
Eu também tô nervoso, não consigo acreditar no que estou fazendo. Em um mês as coisas mudaram de rumo. Não imaginava. Kkkkkk

[14:42 || Roberto]
Nós dois somos doidos, vc me buscou e eu aceitei. 😁😁😁😁

[15:28 || Indyara]
Sim kkkk 😊

[15:32 || Roberto]
Tá dando nervoso sim, mas um nervoso gostoso. Kkkkkkk 😊 Não esperava tantas surpresas/emoções pra 2026.

[15:56 || Indyara]
Nem eu kkkk

[15:57 || Roberto]
😁

[15:59 || Indyara]
Amo vc.

[15:59 || Roberto]
♥ Amo-te. Sua presença está sendo tão especial na minha vida.

[16:07 || Indyara]
😊 A sua então, amor.

[16:12 || Roberto]
😊

[17:45 || Indyara]
Meu amor lindo ♥

[17:45 || Roberto]
♥ "...Pro meu sonho,
Diga quem é você..." 🎼

    O perigo de nos apaixonarmos é que ela (a paixão) nos traz uma sensação prazerosa e sedutora, com a qual nos tornamos cegos, e como consequência tomamos certas atitudes que no futuro podem ser drásticas e talvez até fatais. Sendo assim, numa mesma noite, um sonho pode virar pesadelo dos mais horrendos. E como a pessoa está cega, ela não consegue acordar do sonho, torna-se refém dele; por fim, o que era apenas um sonho se transforma em pesadelo.

[18:21 || Roberto]
Te desejo uma boa noite. Te amo 🖤.

[18:32 || Indyara]
Te desejo uma noite cheia de memórias minhas. Te amo.

[18:37 || Roberto]
Amo vc, não tem como te esquecer.

[18:43 || Indyara]
Eu espero. Já tenho medo de perder vc.

[18:46 || Roberto]
Não espere, não. É real, eu te amo. 🖤 😟 🖤

[18:48 || Indyara]
😟 😟 🖤

[18:52 || Roberto]
Amor, o que eu sinto por você não tem como descrever. Vai além das palavras. 🖤

[19:12 || Roberto]
Saiu pra curtir o sábado? Resolvi ficar em casa. Aqui tá chovendo e frio.

[19:54 || Indyara]
Não, amor, não irei sair. Estou muito casa e com sono.

[19:59 || Roberto]
Amor, descansa mesmo. Dá pra perceber que vc está cansada. Quero te ver bem. 🖤

[21:15 || Indyara]
Tô sim.

[21:16 || Roberto]
Vê se dorme.

[21:16 || Indyara]
Vou dormir, amor.

[21:16 || Roberto]
Vc precisa descansar. Amanhã a gente se fala melhor. Te amo. Se cuida, amor.

[21:20 || Indyara]
Te amo, se cuida.

CAPÍTULO 23

10.10.2026

[08:33 || Indyara]
Bom dia, amor!

[09:06 || Roberto]
Bom dia, amor!

[09:07 || Roberto]
Amor, tá difícil de dormir. Kkkkkk Acordei cedo, pensando em vc. Desci pra padaria pensando em vc. Fui dormir quase 3h da manhã, vc não sai da minha mente.

[09:14 || Indyara]
Vc também não sai da minha cabeça um só segundo.

[09:15 || Roberto]
Quanto mais fica próximo da viagem, mais as emoções explodem dentro de mim. Está me dando um nervoso, um gelo na barriga. Passar este mês vai ser difícil. Mas, ao mesmo tempo, tá gostoso, tô amando tudo isso. ♥

[09:36 || Roberto]
Amor, tenha um ótimo domingo. TE AMO. ♥

[09:51 || Indyara]
Te amo demais, amor. Pensar em vc é tão bom.

[10:03 || Roberto]
♥

[14:03 || Roberto]
Boa tarde, meu amor. Espero que vc esteja bem.

[14:47 || Indyara]
Boa tarde, meu amor.

No meio da conversa, Indyara envia uma foto dela, e Roberto fica totalmente encantado.

[14:47 || **Indyara**]
Estou ótima.

[14:48 || **Roberto**]
Tá linda, amor, vai sair?

[14:48 || **Indyara**]
Não, aquele boome é antigo. Kkkkkk

[14:52 || **Indyara**]
Aqui suor pingando. Nem consigo dormir.

[14:53 || **Roberto**]
Tô vendo que vou derreter em Altamar.

[14:53 || **Indyara**]
Kkkk vai 😌😌😌

[15:12 || **Roberto**]
Amor, tem exatamente 1 mês pra viagem de Altamar. Vou sair daqui de Nova Morgade dia 10.11 às 21h40h pela Aeros Trecos.

[15:25 || **Indyara**]
1 mês de ansiedade 😌

[15:26 || **Roberto**]
Pô, nem fala. 😄😌

[15:30 || **Indyara**]
Muito nervosa, mas ansiosa 😌😌😌

[15:31 || **Roberto**]
Eu, igualmente. Tem noite que nem consigo dormir direito. 🖤

[15:42 || **Indyara**]
Pensar em vc me deixa bem.

[15:44 || **Roberto**]
🖤 Dia 12 agora faz um mês. Um mês em relacionamento pelo TweederGram. Pra mim está sendo tudo muito novo. Eu não imaginava que podia amar alguém a distância. Agora vi que é possível.

[16:01 || Indyara]
Tbm não imaginei. E vc mudou minha concepção. Amo muito.

[16:05 || Roberto]
Como já disse, o que eu sinto por você não tem como descrever. Palavras não descrevem esse sentimento. 🖤

[16:08 || Indyara]
🖤 😊😊😊😊😊

[16:11 || Roberto]
Amorzinho, te desejo um ótimo fim de tarde. Vou tomar um banho antes que esfrie mais. Já tá 17 °C. Mais tarde a gente volta a conversar. Te amo.

[16:15 || Indyara]
Te amo e volta logo.

[18:31 || Roberto]
Boa noite, meu amor.

[18:33 || Indyara]
Boa noite amor.

[19:06 || Roberto]
Fazendo o que de bom?

[19:10 || Indyara]
Só assistindo.

[19:29 || Roberto]
O quê?

[19:30 || Indyara]
Clichê 😒 😒 😒 Romântico. TPM, sabe kkkk

[19:38 || Indyara]
Aí é tão lindo. Sdd de chuva aqui. Ainda quero conhecer aí um dia.

[19:48 || Roberto]
Espero que seja comigo, mas se não for não tem problema. É a vida.

[19:52 || Indyara]
Quero muito que seja com vc.

[19:53 || Roberto]
Eu também quero que seja contigo. Mas só o futuro dirá.

[20:05 || Indyara]
Sim.

[20:09 || Roberto]
Não vejo a hora de chegar novembro.

[20:16 || Indyara]
Também, amor. 😟😟😟 Coração a mil.

[20:43 || Roberto]
Só vc?

[20:44 || Indyara]
Não sei kkkk

[20:47 || Roberto]
Poxa 😟, vc não sabe o que estou passando. Já te falei. Medo, ansiedade, nervosismo... e ao mesmo tempo tá gostoso. A vontade de te conhecer pessoalmente é muito maior. Penso em vc em todo momento.

[20:54 || Indyara]
Estou mais do que apaixonada. 😊

[20:58 || Roberto]
Eu já nem sei descrever. É um amor que nunca senti por ninguém. ❤ Algo que só via em contos, e achava que na vida real era impossível de acontecer. Agora vi que é possível. Vejo e sinto.

[21:06 || Indyara]
Sinto algo avassalador. Obg por isso. Que sentimento do caralho.

[21:08 || Roberto]
Eu sinto sua energia, sua presença. Como se vc estivesse aqui do lado.

[21:13 || Indyara]
Sinto o mesmo. É forte.

[21:14 || Roberto]
Muito. Muito forte.

[21:14 || Indyara]
☹️❤

[21:15 || Roberto]
É difícil de acreditar que é real. Mas é real.

[21:16 || Indyara]
É muito real.

[21:18 || Roberto]
O amor se manifesta de várias maneiras. Essa é uma. Meu desejo hj era estar contigo juntinho. Sentir seu abraço, seu beijo... Te amo de ❤. Um sentimento que aumenta a cada momento.

[21:25 || Indyara]
☹️ ☹️ ☹️ Já sinto sdd sem nem ter te visto. ❤

[21:27 || Roberto]
❤ Falta pouco pra gente se encontrar.

[21:32 || Indyara]
Pertinho, amor. Agora vou dormir, amor, amanhã a gente conversa. Dorme bem e sonha comigo.

[21:33 || Roberto]
Sonho dormindo e acordado contigo. Eu vou tentar dormir. Amanhã tenho que levantar cedo.

[21:34 || Indyara]
Pois se cuide também.

[21:35 || Roberto]
E vc também. Te amo.

[21:25 || Indyara]
Pois beijos. 😊❤

[21:25 || Roberto]
Boa Noite 🌙!

[21:25 || Indyara]
Amo-te

CAPÍTULO 24

11.10.2026

A semana começou com um feriadão, que se estendeu até a terça-feira, e para o casal apaixonado foi só chamego o dia inteiro.

12.10.2026

Quarta-feira, feriado nacional, dia da Padroeira do Brasil. O que seria um dia de descanso para os moradores de São Pedro de Urabá acabou sendo um dia de medo e pavor; um crime bárbaro foi noticiado pelo tabloide local *Vento Expresso da Manhã*.

A notícia foi estampada na primeira página, que dizia o seguinte: *"Garota de vinte e poucos anos desaparece durante o trajeto que fazia para uma entrevista de trabalho no último dia 7* [de outubro]. *Três dias após o sumiço, a Polícia Civil do estado de Ayamonte localiza o corpo num matagal à beira da rodovia federal BR-DWY130166, que liga à capital do estado, cidade de Altamar. O delegado Dr. Otávio Albuquerque Pelongas, que investiga o caso, disse na tarde de ontem, em reportagem exclusiva para o Vento Expresso da Manhã, que o corpo da garota foi encontrado com requintes de crueldade: ela foi espancada até a morte e teve os órgãos dilacerados e arrancados, o que dificultou a identificação do cadáver. De acordo com a perícia realizada, ela ainda sofreu abuso sexual antes de ser morta. Ainda segundo Dr. Pelongas, a polícia está em buscas dos autores do crime".*

A notícia chocou não só Urabá, mas também o Brasil todo.

O *Vento Expresso da Manhã – Onde a notícia voa que nem um vento matinal –* é um tabloide local filiado à Andrômeda Corporation Inc. (ACInc), a mesma empresa em que Roberto trabalha. Com isso, a notícia chegou rápido a Nova Morgade.

Assim que Roberto toma ciência, entra imediatamente em contato com sua amada Indyara.

[09:03 || Roberto]
Bom dia.

[09:04 || Indyara]
Bom dia, amor! Bom feriado! Aproveite!

[09:05 || Roberto]
Amor, fiquei sabendo do crime que aconteceu aí na sua cidade. Bizarro!

[09:06 || Indyara]
Fiquei sabendo sim. Mas o Brasil está todo violento, isso não é novidade.

[09:08 || Roberto]
Pensei que aí fosse mais calmo.

[09:17 || Indyara]
É sim, mas de vez enquanto acontece algo. Mas enfim, vida que segue. Vamos falar de nós dois. Te amo mt.

[09:22 || Roberto]
Ai, amor, saudades de vc. Como vc está?

[10:54 || Roberto]
Vc está tão presente em minha vida, que sinto saudades sem nunca ter te conhecido pessoalmente.

[11:55 || Roberto]
Estou arrumando a casa, e vc presente. Cada dia me sinto mais envolvido pela sua energia. ☺

[12:03 || Indyara]
Amo vc. ☺☺☺♥ ♥ ♥ Saudades.

[12:04 || Roberto]
♥

[16:21 || Indyara]
Amor me ajuda pela última vez ☹☹☹ aliás, me empresta 700$? Eu tenho quase certeza de que consegui o emprego e vou te dar tudo, mas vou te dando aos poucos, por favor ☹☹ é caso de urgência... Pessoal.

[16:22 || Roberto]
Ai, ai. Rssssss

[16:23 || Roberto]
Tranquilo, mais tarde eu te passo.

[16:24 || Roberto]
Estou ocupado agora, vou ter que entrar no banco e ver. Mas acredito que dá sim.

Roberto tem a leve impressão de que está sendo manipulado, mas a paixão cega que está vivendo não lhe permite enxergar muito além.

[17:22 || Indyara]
😟

[17:32 || Roberto]
Não fica assim, não vou te cobrar. Vc me paga quando puder. Tenho sim pra te emprestar. Mas agora vou ter que economizar um pouco, pois a viagem pra Altamar não é barata. E já estou com tudo comprado, passagens e hospedagem. Até a noite eu te passo. Estou arrumando umas bagunças aqui em casa. Aproveitar o feriado. Bjs. Te amo. ♥

[17:40 || Indyara]
Te amo muito.

[19:54 || Roberto]
<Arquivo de mídia enviado com sucesso>

Ele envia o valor, como prometido e sem questionar o motivo, para Indyara.

[20:00 || Indyara]
Amor, muito obg 😟😟😟

[20:00 || Roberto]
Faça bom uso.

[20:18 || Indyara]
😟 Vc sempre um anjo.

[21:43 || Roberto]
Boa noite, meu amor. Como vc está?

[21:44 || Indyara]
Boa noite, vida. Amor, tanta cólica q vc não imagina. Tô suando frio.

[21:44 || Roberto]
😐

[21:45 || Roberto]
Toma um Thruscopen. Serve pra cólica intestinal e cólica menstrual.

[21:48 || Indyara]
Tomei, vida.

[21:50 || Roberto]
Melhoras, meu amore.

[21:53 || Indyara]
Obg, amor. 😵😌😓

[22:29 || Roberto]
Amor, melhoras pra vc, te desejo uma boa noite. Descansa e amanhã a gente conversa melhor. Lembre-se que te amo e estou contigo. ♥

[22:43 || Indyara]
Te amo e obrigada por tudo, por ser vc. ♥

[22:45 || Roberto]
Te amo e obrigado por estar na minha vida. Fazer parte dos meus sonhos. 😊

[22:48 || Roberto]
P.S.: Hj faz um mês, não esqueço do interrogatório que vc me fez no dia 12 do mês passado. 😄😌♥

    E assim terminou o feriadão do dia 12 de outubro. Nada mais incomodava os dois, nem mesmo um crime bárbaro que chocou Urabá e o Brasil.

CAPÍTULO 25

13.10.2026

[06:32 || Roberto]
Bom Dia! Como vc está meu bem? Está melhor?

[07:50 || Indyara]
Bom dia, amor. Melhorei um pouco. Ai, que tudo 😌😣

[07:52 || Roberto]
Tenha uma ótima quarta-feira, meu amor. 😌

[07:53 || Indyara]
Pra gente, minha paixão.

[09:13 || Roberto]
🖤

[12:17 || Roberto]
Amor, boa tarde. Espero que vc esteja bem.

[12:22 || Indyara]
Boa tarde, vida. Estou sim. E vc como está?

[12:23 || Roberto]
Estou ótimo, daqui a pouco vou almoçar. O bom que esta semana será bem pequena. Ainda estou com sono, fiquei conversando com um amigo até tarde. Sem falar que aqui tá frio. Ó preguiça. 😌😊

Roberto ficou conversando com Frederico quase a noite toda. Ele estava meio encucado com algumas atitudes de Indyara e precisava conversar.

[12:38 || Indyara]
Frio combina com cama. Kkkkk

[12:39 || Roberto]
Finalmente o sol apareceu. Mas tá frio. Tá gostoso.

[13:15 || Indyara]
😊😊😊

[14:20 || Roberto]
Tudo bem? Tá ocupada?

[15:28 || Indyara]
Oi, meu amor. Estava, agora não mais.

[15:29 || Roberto]
Estudando muito?

[15:30 || Indyara]
Pior que sim.

[15:30 || Roberto]
Estou trabalhando, entre e-mails e relatórios lembro de vc. Vc sempre está presente.
Pior?! Estudar é coisa boa. Estudar também é prazeroso. Existem várias coisas prazerosas, e estudar é uma delas. A não ser que vc esteja estudando algo de que não goste.

[15:35 || Indyara]
Exatas. Pavor.

[15:37|| Roberto]
Pqp. Q 💩! Aí é chato mesmo. Concordo contigo. Até que fim que fiz Ciências Humanas e Sociais. Uso um pouco de matemática, só um pouco, nada tão complexo.

[15:40 || Indyara]
Eu não consigo nem o básico. Péssima em nível alto.

[15:41 || Roberto]
No seu curso vc usa exatas? 💀

[15:43 || Indyara]
Eu quero concurso, por isso estudo tudo.

[15:45 || Roberto]
Ah, tá. Perfeito. Já passei por isso. Bom estudo. Desculpa, pensei que estava estudando algo da faculdade.

[15:48 || **Indyara**]
Sem pró, amor.

[16:11 || **Roberto**]
Te desejo um bom estudo.

[16:14 || **Indyara**]
Te amo.

[16:32 || **Roberto**]
♥

[19:45 || **Roberto**]
Boa noite, amor.

[20:01 || **Indyara**]
Boa noite, amor.

[20:38 || **Roberto**]
E aí, como vc está?

[20:40 || **Indyara**]
Ainda com cólica, amor. Mas tô bem. E vc?

[20:40 || **Roberto**]
☹ Um pouco com dor nas costas. Fiquei muito tempo sentado na frente do computador. Fora isso, tô de boa. Estou adiantando trabalho.

[20:44 || **Roberto**]
Agora estou deitado escutando música.

[21:19 || **Roberto**]
Amor, hj o céu tá limpo. Tem até lua. Só está faltando vc aqui.

[21:26 || **Indyara**]
Meu sonho. Aí contigo agora.

[21:28 || **Roberto**]
O futuro dirá.

[21:33 || **Indyara**]
Com certeza.

[22:06 || Roberto]
Amor, que vc tenha uma noite com bons sonhos. Amo-te. 😌

[22:09 || Indyara]
Amo-te. E sonha cmg vida. Boa noite. 😌♥

[22:09 || Roberto]
Sonho com você dormindo e acordado. Boa noite, amor! ♥ 😌

14.10.2026

[07:19 || Indyara]
Bom dia, amor.

09:02 || [Roberto]
Bom dia, meu amor!

[09:08 || Indyara]
Dormiu bem?

[09:10 || Roberto]
Dormi sim. E vc?

[09:13 || Indyara]
Também, amor. Fiquei só acordando, mas dormi sim.

[09:16 || Roberto]
Vc está melhor?

[09:22 || Indyara]
Tô sim, paixão.

[09:25 || Roberto]
Que bom. Me sinto bem ao te ver bem.

[09:32 || Indyara]
😌♥

[09:34 || Roberto]
Ainda continuo com sono. Tenho que adiantar trabalho hj, não quero deixar muita coisa pra manhã.

[09:48 || **Indyara**]
Ah, sim. Coisa boa. Maravilha então.

[12:20 || **Roberto**]
Boa tarde, meu amor!

[12:23 || **Indyara**]
Boa tarde, minha paixão. Como está sendo o dia?

[12:24 || **Roberto**]
Tranquilo. E o seu? Estudando muito?

[12:31 || **Indyara**]
Estudei pela manhã um pouco.

[12:33 || **Roberto**]
Blz. Daqui a pouco vou dar uma pausa aqui pra almoçar. Hj voltou a fazer calor. 🔥

[12:37 || **Indyara**]
Aff! Pelo menos aproveitou o frio.

[12:46 || **Roberto**]
Vou aqui, meu amor. Te amo. Se cuida. Tenha uma ótima tarde. Mais tarde a gente se fala melhor. 😘😘😘😘😘

[12:51 || **Indyara**]
Te amo e se cuida também.

[14:52 || **Roberto**]
❤ Ai não consigo parar de pensar em vc. 😊 Entre um e-mail e relatórios de trabalho vem sua imagem na minha mente.

[16:08 || **Indyara**]
Penso em vc direto. Mal me concentro em algo.

[16:10 || **Roberto**]
Também estou nessa. Já cheguei a enviar e-mail pra meu chefe sem o anexo por falta de atenção. 😊 Faz parte do momento que estamos vivendo. Faltam poucos dias pra gente se encontrar.

[16:15 || **Indyara**]
😊😊😊😊😊

[16:16 || **Roberto**]
Estou me reorganizando todo para não deixar desfalques em novembro na semana que estarei fora. Desmarquei uns compromissos e outros deixei pro ano que vem. Preciso viver um pouco mais fora da rotina. A vida não é somente trabalhar e pagar contas. Rssssss

[16:22 || **Indyara**]
Com certeza. Às vezes trabalhamos tanto que esquecemos de viver.

[16:23 || **Roberto**]
Nos últimos anos minha vida tem sido assim. A vida passa rápido demais. Parece que foi ontem que entrei na faculdade, ontem que me formei, ontem que fiz 20. Parece tudo tão recente, mas não, não está. Depois que fiz 18 minha vida voou tão rápido que nem percebi. Acho que poderia ter aproveitado mais. Sempre fui deixando o melhor pro fim, mas que fim? Agora estou vendo que tenho que aproveitar, curtir... o hoje. Amanhã não sei se estarei aqui. E se eu estiver terei boas lembranças, caso contrário, pelo menos vivi o hoje. É isso.

[17:33 || **Indyara**]
❤️❤️

[17:33 || **Roberto**]
❤️❤️ Ai, amor, vc está tão presente na minha vida.

[17:38 || **Roberto**]
Tenha um bom fim de tarde.

[17:40 || **Indyara**]
Vc tbm, vida. Te sinto aqui o tempo todo.

[17:40 || **Roberto**]
❤️❤️❤️

[18:39 || **Roberto**]
Boa noite, meu amor!

[18:40 || **Indyara**]
Boa noite, neném!!! ❤️

[20:59 || **Roberto**]
Olá 👋 !

[22:01 || **Indyara**]
Oi, amor. Desculpa a demora. Fui visitar uma amiga que estava operada.

[22:02 || **Roberto**]
Tá tranquilo.

[22:02 || **Indyara**]
☺☺☺

[22:12 || **Roberto**]
Tá tudo bem contigo? Como foi seu dia?

[22:50 || **Roberto**]
Te desejo uma boa noite e bom sono. ♥

[22:51 || **Indyara**]
Boa noite, amor. Dorme bem.

[22:53 || **Roberto**]
Lembre-se que te ♥.

[23:01 || **Indyara**]
Te amo.

CAPÍTULO 26

15.10.2026

[09:04 || Roberto]
Bom dia!

[09:05 || Roberto]
Amor, tá tudo bem contigo?

[09:05 || Indyara]
Bom dia, paixão. Claro que sim. E com vc?

[09:06 || Roberto]
Tudo ótimo, falando com vc o dia fica melhor ainda.

[09:07 || Roberto]
Tá mesmo?

[09:08 || Indyara]
Tô, meu amor. Não existe segredo entre a gente.

[09:09 || Roberto]
Senti algo estranho, mas nada não. Tenha uma ótima sexta-feira.

[09:13 || Indyara]
Vc também, vida

[09:17 || Roberto]
☺ Acordei com dor de cabeça. Tá ocupada?

[09:22 || Indyara]
Tome remédio, amore. Tô no centro só.

[09:23 || Roberto]
Ok, depois a gente conversa. Tive uma noite não muito boa.

[09:34 || Indyara]
Pq?

[09:36 || Roberto]
Depois a gente conversa, vc está na rua. Vou tomar café da manhã. Bjs. Te amo e se cuida, amor. ♥

[09:37 || Indyara]
Tá. Pois se cuida viu. Fique bem.

[11:31 || Roberto]
Pode ficar despreocupada, estou me cuidando. ♥

[12:15 || Roberto]
Boa tarde, meu amor.

[12:26 || Indyara]
Boa tarde, meu amor. Pq dormiu mal?

[12:46 || Roberto]
Nada demais. Só tive um sono não muito bom. Se aproximando viagem, as emoções aumentam. Mas tô bem.

[12:48 || Roberto]
Vou te falar, estou com um pouco de medo. Mais tarde vou sair com uma amiga, ela é a única pessoa que sabe do real motivo da minha ida a Altamar.

[12:52 || Indyara]
Medo de q exatamente?

[12:53 || Roberto]
Não sei exatamente. Do novo, do inesperado. Parece que estou vivendo um sonho. Vai dizer que contigo está tudo bem?

[12:56 || Indyara]
Também tenho, mas gosto disso, o novo me atiça.

[12:57 || Indyara]
Ansiosa e pensativa.

[12:57 || Roberto]
Falta menos de um mês. É a primeira vez que estou vivendo uma aventura dessa. Gela por dentro. Não estou dizendo que é ruim. Mas é isso. Tenha uma ótima tarde, meu amor. 😮😮😮😮😮

[13:09 || **Indyara**]
😨😨😨 Que emoção!

[13:09 || **Roberto**]
O que foi? Isso foi em tom irônico? Não entendi. 💀😅

[13:15 || **Roberto**]
Por favor, não me interprete mal. Eu só disse o que estou sentindo. Te amo. ♥

Parecia que todo o universo conspirava a favor de Roberto, e pela primeira vez ele sentiu medo de encontrar Indyara em Altamar. Ele sentia que algo podia dar errado, já desconfiava que estava caindo em um golpe, mas a paixão, junto com a carência afetivo-emocional, ainda o cegava.

[15:15 || **Walkiria**]
Robertito não vamos mais sair hoje, está muito quente e estou passando muito mal. Vamos deixar para amanhã?

[15:18 || **Roberto**]
Td bem, Wal. Realmente está muito quente, amanhã à noite nos encontramos.

[15:19 || **Walkiria**]
Fechado então.

Nesse dia fazia um calor insuportável em Nova Morgade. A temperatura batia na casa dos 40 °C, mas a sensação térmica parecia de uns 50 °C. Tudo isso graças ao desequilíbrio ambiental pelo qual o planeta estava passando e que se acentuou nos últimos anos.

[16:36 || **Roberto**]
Amor, aqui tá quente pra caramba. Passou dos 40 °C. Acho que vou derreter. 🔥

[16:37 || **Indyara**]
Caralho!!! Aqui nunca chegou a 40 °C. Pelo menos não que eu lembre.

[16:38 || **Roberto**]
Nem o ar-condicionado tá dando vazão. A água do chuveiro tá pelando. Eu ia sair agora à tarde, nem vou. Talvez à noite. Da minha varanda não vejo ninguém na rua.

[16:51 || Indyara]
Vai sair mais com sua amiga não?

[16:54 || Roberto]
Ela desmarcou. A pressão dela subiu muito por causa do calor. Vc tem não noção do calor que tá fazendo aqui. Além do ar seco. Parece que tá 50 °C. Remarcamos para amanhã à noite.

[17:04 || Indyara]
Sem pró, rlx. Confio em vc. 😊❤

[17:12 || Roberto]
❤ Que vc tenha um bom fim de tarde.

[17:16 || Indyara]
Nós dois. 😊

[17:16 || Roberto]
Eu sigo aqui curtindo essa sauna natural. 🔥😅

[17:22 || Indyara]
Aqui também tá quente, mas quando vai anoitecendo melhora.

[17:23 || Roberto]
Aqui só melhora mesmo de madrugada. E às vezes. É bizarro aqui, esta semana fez frio, caiu tempestade e agora calor. Aqui o tempo é doido. Quando vc vier aqui, vai ver.

[17:26 || Indyara]
Tempo bipolar. Kkk

[17:28 || Roberto]
Muito. Rssssss

[18:10 || Roberto]
Boa noite, meu amor!

[18:23 || Indyara]
Boa noite, vida minha!

[22:43 || Roberto]
Amor, te desejo uma boa noite de sono. Espero que esteja tudo bem contigo.

[22:44 || **Indyara**]
Poxa amor. Já estava indo dormir. O q houve q não foi?

[22:45 || **Roberto**]
Ham?!

[22:52 || **Roberto**]
Tenha um bom sono. Amanhã a gente conversa. Bjs. Te amo. ♥

[22:53 || **Indyara**]
Bjs, amo-te. ☺♥ ♥ ♥

[22:53 || **Roberto**]
♥☺☺♥

CAPÍTULO 27

16.10.2026

[09:13 || Roberto]
Bom dia, amore! Um ótimo sábado pra você.

[09:18 || Indyara]
Bom dia, meu amor. Dormiu bem?

[09:19 || Roberto]
Sim, tive um sonho tão bom com vc. ♥ Amor da minha vida. Te amo.

[09:21 || Indyara]
Sério??? Me conta, vai.

[09:24 || Roberto]
Sonhei que a gente tava viajando para Finca Alenca, na Argentina, e tivemos uma noite muito envolvente e gostosa. 🔥🔥♥ Uma noite com muito amor, carinho, afeto...

[09:32 || Indyara]
Que tudo. ☺🔥

[09:34 || Roberto]
♥ Estava nevando e nós resolvemos não sair do hotel, ficamos tomando vinho e curtindo um ao outro. ¡Una noche muy calorosa! 🔥☺♥ Te amo, amor, e se cuida. Quero te ver bem.

[09:51 || Indyara]
Que sonho. ☺ Se cuida tbm, amor.

[09:53 || Roberto]
Nem fala, amor. ☺ Amor, acordei te desejando muito. Que energia forte e excitante. ♥

[10:05 || Indyara]
Nem me diga. Meu peito parece que vai explodir às vezes.

[10:07 || Roberto]
Energia que vai além do simples desejo. Sinto como se eu já estivesse contigo há muito tempo.

[10:10 || Indyara]
Siiim! Acredito em amores de outras vidas.

[10:10 || Roberto]
Sem nunca te ver, te beijar, sentir seu cheiro...

[10:11 || Indyara]
😊😊😊🔥🔥🔥

[10:13 || Roberto]
Essa noite foi muito gostosa e excitante.

[10:14 || Indyara]
Aff, muito bom sonhar.

[10:14 || Roberto]
Não vejo a hora de te ver.

[10:14 || Indyara]
Ficamos com sensações maravilhosas. Também, meu amor.

[10:15 || Roberto]
Vc está me fazendo tão bem.

[10:16 || Indyara]
Que bom que te faço bem. Fico feliz.

[10:18 || Roberto]
Amorzinho, se cuida. Tenha um excelente sábado. A gente vai se falando.
😘😘😘😘😘

[11:36 || Indyara]
Idem. 🖤

[13:52 || Roberto]
Boa tarde!

[14:09 || Indyara]
Boa tarde, amor. Muito quente aí?

[14:09 || Roberto]
Não, hj tá fresco.

[14:09 || Indyara]
Meu sonho. 😨🔥

[14:14 || Roberto]
Vem pra cá.

[14:15 || Indyara]
Indo _ ♀

[14:17 || Roberto]
Tô te esperando.

[15:59 || Indyara]
Tá certo. Bjs, amor. Depois te explico umas coisas.

[16:01 || Roberto]
😟 Fiquei curioso. Agora conta. Não vou conseguir sair hj assim. Rsssssss

[16:02 || Indyara]
Nada de mais ñ amor. Relaxa.

[16:03 || Roberto]
Vou começar a criar várias hipóteses. Começou, conta. Por favor. 🙁

[16:05 || Indyara]
Vc pensa demais. Kkkk

[16:06 || Roberto]
Minha mente é fértil. 😄😄😄 Amor, conta.

[16:07 || Indyara]
Amor, relaxe. É só perguntas sobre a viagem mesmo. Fique frio.

[16:07 || Roberto]
Ufa! Se for possível pra vc, eu quero te encontrar na quinta-feira. Mas se não ter tudo bem.

[16:10 || Indyara]
Quase impossível. Mas vou ver.

[16:12 || Roberto]
Como disse, ainda temos três semanas e alguns dias. Vamos nos planejar com calma. Lembrando que segunda-feira, dia 15, é feriado, caso vc já esteja trabalhando. Bjs amor. Se é só isso, tá tranquilo.

Roberto se arruma e vai se encontrar com sua amiga de infância. Ele precisava muito conversar e desabafar.

[21:43 || Roberto]
Boa noite, amor!

[22:20 || Indyara]
Boa noite, amor.

[22:29 || Roberto]
Chegando em casa. Como está teu sábado?

[22:30 || Indyara]
Está sendo ótimo. E o seu?

[22:30 || Roberto]
O meu também.

[23:21 || Indyara]
Resolveu sair?

[23:34 || Roberto]
Sim.

Nesse sábado Roberto se encontrou com sua amiga Walkiria, pois precisava tirar umas dúvidas que o angustiavam. Os dois conversaram por horas, e ela o alertou sobre os riscos que a viagem para Altamar poderia ter.

Walkiria Andromanchè Galeana, para os íntimos Wal, é amiga de longa data de Roberto. Os dois praticamente cresceram juntos. Ela é formada em assistência social e pedagogia, e bacharel em direto, mas hoje em dia trabalha como professora primária numa escola pública na periferia do estado de Morgade.

CAPÍTULO 28

17.10.2026

[09:13 || **Indyara**]
O q houve? Vc tá estranho.

[09:15 || **Roberto**]
Bom dia, meu amor. Não houve nada. Pq?

[09:16 || **Indyara**]
Ah, sim, só impressão minha então. Bom dia, vida. Dormiu bem?

[09:17 || **Roberto**]
Sim e vc?

[09:17 || **Indyara**]
Também.

[09:17 || **Roberto**]
Q bom.

[09:19 || **Roberto**]
Pq vc acha que estou estranho?

[09:22 || **Indyara**]
Mais frio, sei lá. Kkkk Impressão minha, amor?

[09:24 || **Roberto**]
Impressão sua, tô de boa. 😊 E contigo, tá td bem?

[09:37 || **Indyara**]
Que bom então. Tudo sim.

[11:16 || **Roberto**]
Eu não falei contigo ontem à noite direito pq cheguei todo molhado de chuva e com sono. E além disso vc estava curtindo a noite com a sua namorada. Não queria incomodar.

Roberto já não estava tão confortável com Indyara. Estava com pressentimento meio ruim, o que acabou transparecendo na forma de conversar, e ela percebeu. Como uma sagitariana não ia perceber algo de estranho em um pisciano? Mas Roberto, um pisciano esperto e com certa experiência, conseguiu contornar a situação embaraçosa de forma rápida.

[11:21 || **Indyara**]
Curti nada. Cheguei 22h. Enxaqueca.

[11:21 || **Roberto**]
Bebeu demais?

[11:22 || **Indyara**]
Nem bebi. Dieta.

[11:22 || **Roberto**]
Mas agora vc está bem?

[11:24 || **Indyara**]
Siim.

[11:25 || **Roberto**]
Q bom. Ontem do nada caiu uma tempestade. Tenha um bom domingo, amor.

[11:55 || **Indyara**]
Ótimo domingo pra vc tbm. Te amo. Valha!

[13:55 || **Indyara**]
N me faz inveja. ☹

[14:44 || **Roberto**]
Ham?!

[14:44 || **Indyara**]
Sinto saudades.

Indyara falava coisas aleatórias no mensageiro, só para puxar assunto, o que deixava Roberto meio confuso e intrigado. E às vezes parecia que não era Indyara falando, de tão aleatórias que eram as frases ditas por ela. Roberto começou a sentir algo de estranho nas falas dela. A paixão indominável já não existia como no início e já não o cegava tanto como antigamente.

[14:50 || Indyara]
Já já vou pedalar. E vc?

[14:51 || Roberto]
Acabei de almoçar, estou escutando música.

[14:55 || Indyara]
Muito bommm. 😊😊😊😊

[14:56 || Roberto]
Mais cedo minha mãe saiu da igreja e passou aqui em casa. Agora estou vendo a tempestade se formar. Gosto de tempo assim.

Para Indyara, Roberto era separado, morava sozinho em Nova Morgade e às vezes a mãe dele passava em sua casa. Essa é a imagem que Roberto passava para ela.

[14:57 || Indyara]
Sogra. ♥ Sou fascinada. Então é uma maravilha. Chique viu. Kkkk

[15:26 || Roberto]
😄😄😄

Roberto ri, mas um riso de questionamento interno, querendo entender o que ela queria dizer.

[18:46 || Roberto]
Boa noite, amor.

[18:47 || Indyara]
Boa noite, paixão.

[18:48 || Roberto]
Tá td bem?

[19:32 || Indyara]
Tudo sim e aí?

[19:33 || Indyara]
Quando não é uma coisa é outra... Tô é com sorte, agora a bike esculhambada. Kkkk Vou tomar banho de água com sal.

[19:43 || Roberto]
Aqui tá tranquilo.

[19:44 || Roberto]
É a vida. A questão é não se estressar.

[19:46 || Indyara]
Impossible.

[19:47 || Roberto]
Eu sei, é força de expressão. Rssssss Tem que rir pra não chorar. Tento não me estressar. Mas às vezes não tem como. Mas tento seguir tranquilo. De boa, na paz. ☺ Já me estressei demais no passado e vi que quem sai no prejuízo sou eu. Afeta diretamente a saúde.

[20:26 || Indyara]
Se a gente for se estressar com tudo, pira.

[20:28 || Roberto]
Amor, eu te amo. Tô contando os dias pra te ver.

[20:47 || Indyara]
Eu também, vida.

[20:48 || Roberto]
Faltam 3 semanas.

[21:19 || Indyara]
☺☺

[22:27 || Roberto]
Amor, te desejo uma boa noite de sono. Durma bem. ☺♥

[23:31 || Indyara]
☺☺

[23:56 || Roberto]
☺☺

CAPÍTULO 29

18.10.2026

[09:59 || Roberto]
Bom dia, meu bem!

[10:04 || Indyara]
Dormiu bem????

[10:04 || Roberto]
Dormi sim e vc?

[10:05 || Indyara]
Sim. Já tomou café?

[10:08 || Roberto]
Já sim. Ainda continuo com sono.

[10:08 || Indyara]
Hahaha Eu imagino, viu.

[10:08 || Roberto]
Pq? 😁 E vc, como está?

[10:11 || Indyara]
Caminhando, né kkkk E aí?

[10:11 || Roberto]
Todos nós estamos. Kkkkk

[10:12 || Roberto]
Tranquilo. Queria estar com vc agora, mas não é possível. ☹️ Aqui tá garoando. O tempo tá gostoso. Só falta vc. ☺️ Te desejo um excelente dia.☺️❤️

[10:19 || Indyara]
Excelente dia, amor da minha Life. ❤️ Também queria estar aí.

[10:21 || Roberto]
Cada dia vc está mais presente na minha vida. Te amo.

[10:22 || Indyara]
Meu amor. 😊

[10:26 || Roberto]
😊😊

[11:17 || Indyara]
Eu fico preocupada ctg, principalmente pela sua alimentação. Vc gosta de beber e comer coisas gordurosas. Isso me preocupa bastante.

[11:18 || Roberto]
Só fim de semana e às vezes. Não tem motivos.

[11:19 || Indyara]
Claro que tem. 😔😕 Mas entendo. Fico aflita.

[11:26 || Roberto]
Mas tô bem. Às vezes, pra não xingar um no trabalho, acabo descontado na comida. É f$@%.

[11:38 || Indyara]
Sei bem como é. Um caos

[11:53 || Roberto]
Amor, vou aqui, tenho algumas coisas pra resolver antes de sair. Te amo, se cuida.

[11:53 || Indyara]
Tá certo.

[11:54 || Roberto]
À noite a gente se fala melhor. ♥

[11:54 || Indyara]
Te amo viu. ♥

[15:29 || Indyara]
Saudades. Me dê notícias.

[15:30 || Roberto]
Ok, amor. Estou em trânsito. Tá chovendo muito. Mas tá tudo bem.

[15:31 || Indyara]
Ai, meu sonho de princesa. 🙈😊😊😊 Que bom amor.

[15:31 || Roberto]
Amo-te. ♥

[15:32 || Indyara]
Meu bem precioso. ♥

[15:44 || Roberto]
♥ Amorzinho, não tem motivos pra vc ficar preocupada. Estou bem. Também estou com saudades.

[15:50 || Indyara]
Mesmo assim fico. Se cuida.

[15:52 || Roberto]
Não posso falar nada, eu também fico preocupado contigo. 😄😊 Vc também, meu amor.

[19:23 || Roberto]
Boa noite, amor!

[19:28 || Indyara]
Boa noite, meu amor. Já jantou?

[19:29 || Roberto]
Ainda não.

[19:30 || Indyara]
Hmm Vou comer agora, falo já.

[19:30 || Roberto]
Estou sem fome. Tomei um suco de cupuaçu. Blz, meu amor. Boa janta.

[20:21 || Roberto]
Olá! Tá ocupada?

[20:22 || Indyara]
Já já falo, pera.

[20:23 || Roberto]
Ok. Aguardo.

[21:34 || Indyara]
Oi amor. O q queria falar?

[21:34 || Roberto]
Saudade. Como vc está?

[21:35 || Indyara]
Tô bem, meu amor. E vc?

[21:36 || Roberto]
Tô ótimo, falando com vc melhor ainda. 😊😊 Te desejo uma ótima noite.

[21:46 || Indyara]
Boa noite, meu amor. Vou indo dormir. Estou tão cansada, af. Dorme bem e sonha comigo.

[21:47 || Roberto]
Amor, sonho contigo o tempo todo. Tanto acordado quanto dormindo. 😊 Dorme bem, meu amor.

[21:48 || Indyara]
♥ 😊😊😊

[21:48 || Roberto]
Amanhã a gente conversa melhor. 😗

[21:53 || Indyara]
Pois tá, um cheiro.

[21:54 || Roberto]
😗

[21:58 || Indyara]
Kkkkkkk Pois descansa, vida.

[21:59 || Roberto]
😁

CAPÍTULO 30

19.10.2026

[06:26 || Roberto]
Bom dia!!!! ♥

[07:26 || Indyara]
Bom dia, amor meu!!! ♥ ☺☺

[07:27 || Roberto]
Tenha um ótimo dia meu amor. ☺☺♥

[07:51 || Indyara]
Vc tbm. ♥

[07:53 || Roberto]
♥

[08:04 || Roberto]
Amor, como vc está? Eu também fico preocupado contigo.

[08:10 || Indyara]
Tô bem, meu amor. Só preocupada com umas besteirinhas. Mas vai dar certo.

[08:14 || Roberto]
Então tá. Mas se cuida, amor. Eu sinto vc daqui. Te amo.

[09:20 || Indyara]
Te sinto a todo momento. Te amo muito.

[10:26 || Roberto]
Eu também. 90% das minhas roupas são pretas, 9% de escuras e 1% de claras.

[10:29 || Indyara]
Amor da minha vida mesmo. ☺☺☺

[10:30 || Roberto]
☺☺

[12:45 || Roberto]
Amor, te desejo uma boa tarde. Daqui a 1 hora tenho uma reunião e logo depois tenho outra. À noite a gente conversa. Te amo.

[12:46 || Indyara]
Te amo.

[12:48 || Roberto]
♥

[18:49 || Roberto]
Boa noite, meu amor. Tudo bem?

[19:20 || Indyara]
Boa noite, amor. Sim e vc?

[19:21 || Roberto]
Cansaço mental, as reuniões de hj foram cansativas. Vou tomar banho e jantar. Hj devo dormir mais cedo. Hj tá bem frio aqui. Agora tá 18 °C. Tá bom pra dormir cedo. De madrugada deve chegar a 15 °C. Te amo. 😊

[19:59 || Indyara]
Te amo dms. Eu já tô caindo de sono.

[20:00 || Roberto]
Eu também. Acordei cedo hj. Amor, bom sono. Pois já já irei dormir. 😊 😮♥🤍😌

    Às vezes, ou quase sempre, os diálogos dos dois eram confusos e sem nexo, a tal ponto que ficava muito aleatória a conversa.

───────────────── **20.10.2026** ─────────────────

[07:50 || Roberto]
Bom dia! ♥ Tenha uma ótima quarta-feira.

[09:28 || Roberto]
Olá!

[09:49 || Indyara]
Amor, pode me mandar pelo menos mais 100$? O resto já tô conseguindo aqui. Se não for pedir muito, claro.

[09:54 || Roberto]
Posso sim.

[09:54 || Indyara]
Obg vida. Não te incomodo mais.

[10:33 || Roberto]
Desculpe por não poder te ajudar com mais. Mas as coisas aqui também não estão muito boas.

[10:41 || Indyara]
Tá certo, amor. Vc já ajudou e muito.

[10:52 || Roberto]
Eu fico preocupado contigo. Tem apenas 20 dias pra gente se ver. Fica bem, meu amor. ♥ Aqui tá bem frio para os padrões de temperatura de Nova Morgade. Agora tá 16°C.

[11:02 || Indyara]
☺☺☺

[11:05 || Roberto]
Posso te ligar?

[11:05 || Indyara]
null

[11:06 || Roberto]
Ham?!

[11:11 || Roberto]
Nestes quase dois meses, eu só falei contigo poucas vezes por telefone. Me dá uma impressão que vc me esconde alguma coisa. Só impressão. 💀 Vc é uma pessoa enigmática e misteriosa. 😁

[12:06 || Roberto]
Tenha uma boa tarde.

[12:42 || **Indyara**]
Hahaha sou. Lembra no começo que disse que tinha alguém? Uma mulher. Kkkk

[12:44 || **Roberto**]
Sim, não esqueci.

[12:49 || **Roberto**]
Cheguei à conclusão de que estou na história mais louca que já pude imaginar. Dá um bom conto. 😊 Pelo visto em breve estarei virando escritor de contos. Transformando histórias reais em ficção, tipo Sidney Sheldon. Toda história ficcional tem uma base real. Por incrível que pareça, estou amando toda esta situação. Tô rindo de mim mesmo. Pra quem achava que 2026 seria apenas mais um ano que nem os outros. Eu estava enganado. 😊

[13:11 || **Indyara**]
😊😊😊😊 Meu amor. Vc é um anjo em formato de gente.

[13:12 || **Roberto**]
Não sei o que dizer. 😊😊

[14:49 || **Roberto**]
Amor, te desejo uma excelente tarde. Daqui a pouco vou trabalhar um pouco. Te amo e se cuida. E desculpe pela minha inconveniência. 😊 E que fico preocupado contigo.

[15:10 || **Indyara**]
Rlx, amo-te.

[17:03 || **Roberto**]
E agora os dias estão voando. Falta um pouco mais de duas semanas. Só de pensar me dá um gelo na barriga. Rsssssss

[17:24 || **Indyara**]
Nem me fale não. Meu Deus, que emoção.

[18:11 || **Roberto**]
¡Buenas noches!

[18:16 || **Indyara**]
Buenas.

[18:18 || Roberto]
Amor, aqui tá frio. Hj tive que pôr casaco. Tá caindo ainda mais. Tá muito bom.

[18:22 || Indyara]
Ai que delícia. 😊😊😊 melhor hobby.

[22:03 || Roberto]
Amor, tenha uma ótima noite sono.

[22:06 || Indyara]
Tava cochilando já. Kkkk Boa noite, amor. ♥

[22:07 || Roberto]
Boa noite, meu amor.

CAPÍTULO 31

21.10.2026

[07:40 || Roberto]
Bom Dia! 🖤

[07:58 || Indyara]
Bom dia, amor.

Os dois passaram praticamente toda a manhã em silêncio. Indyara não puxou assunto, e quando Roberto foi perceber já era a tarde.

[15:32 || Roberto]
Boa tarde, meu amor.

[15:33 || Indyara]
Boa tarde, vida.

[15:49 || Indyara]
Meu bem, houve uma coisa gravíssima e super séria. Deixei meu celular desbloqueado e minha namorada viu nossas mensagens e surtou 😣 Não sabia o q fazer na hora, só fiquei calada… Que decepção pra ela. Talvez a viagem nem dê mais certo, ela viu tudo e disse que se eu fosse estava tudo acabado. E eu não posso perdê-la 😣 Espero que um dia vc possa me perdoar. Acho imperdoável isso, mas mesmo assim perdão. Ela me pediu pra te bloquear e eu não sei o que fazer. Estou com ela há mais de 2 anos e a amo. Mas também amo vc, senti um sentimento absurdo por vc. E ninguém apagará isso nunca. Vou te levar para sempre em meu coração. Nunca pensei que isso podia vir a acontecer. Quero te agradecer por toda ajuda e por tanto carinho e compreensão. Vc iluminou a minha vida quando eu me vi na escuridão. Que Deus te abençoe infinitamente, seguirei torcendo por você na vida. Obrigada do fundo do coração. Preciso dar adeus pelo menos por enquanto, não posso estragar minha relação. Vou te pedir para não me ligar pq ela vai estar aqui comigo. Então, por favor, me ajude se puder. Beijos e se cuida. Lembre sempre, saúde em primeiro lugar. Faça isso por mim, se cuide viu. Amo-te 😣🖤

[15:51|| **Roberto**]
Isso é um adeus?! Já imaginava que algo do tipo poderia acontecer.

[15:52 || **Roberto**]
A gente não vai se encontrar mais, certo? Eu tinha quase certeza disso. Eu que fui precipitado em embarcar numa viagem louca. A gente aprende com os erros. Quando eu te perguntei sobre vc sumir do nada, parecia que já sentia que isso ia acontecer.

Roberto agora tinha 100% de certeza de que tinha caído num golpe, mas ainda continuava apaixonado por Indyara. Foi quase um ano de convivência quase diária e que nem parecia ser virtual. Ele se deixou levar pela carência afetiva e emocional, junto com uma paixão totalmente cega e doentia. Roberto estava péssimo e chorando muito, como se o arrependimento resolvesse alguma coisa. Mas a vida continua...

CAPÍTULO 32

Depois de quase dois dias sem procurar Roberto, Indyara puxa assunto do nada. Mas Roberto está se recuperando do choque emocional e financeiro que levou. Isso o faz ficar mais ríspido em suas respostas; mesmo assim, seu coração ainda tem sentimentos apaixonados por Indyara.

23.10.2026

[10:34 || Indyara]
Aqueles 300$ que vc me mandou ela estornou ou fez algo q voltasse aí p vc 😷😷 fiquei sem nada. Já estava desesperada antes, agora q tô mais. Sinto sua falta, uma pena não poder falar mais. Te amo.

[10:50 || Roberto]
Não voltou pra mim. Vc acerta com ela. Vc não pode falar comigo, pq vc não quer. Ninguém te prende. O que essa pessoa está fazendo contigo é abuso. E se ela te amasse de verdade não estaria fazendo isso contigo.

Após esse diálogo, houve um silêncio entre os dois por quase um dia.

24.10.2026

[15:58 || Indyara]
Oi. Eu vou deixar ela pra ficar com vc. Ainda me quer? Sou toda sua agora, quero sentir todos os desejos carnais ctg. Eu sei que vc pode me dar todo o prazer que nunca senti. Quero sentir seu corpo sobre o meu, me possuindo por completo. Quero que vc sinta meu orgasmo em sua boca, como uma abelha invade uma colmeia. Vc vai sentir tanta sede que da minha boca vai beber. Quero sentir sua língua me invadindo e tocando meus desejos infinitos. Tesão.

[15:59 || Roberto]
Oi. Vc me deixa confuso.

[16:00 || **Indyara**]
Responda agora se vc não me deseja nua sobre seu corpo.

[16:01 || **Indyara**]
Se a resposta for não, me retiro agora.

[16:02 || **Roberto**]
Claro que sim. Vc tem dúvidas?

[16:03 || **Indyara**]
Tenho.

[16:04 || **Roberto**]
O q eu faço pra tirar suas dúvidas?

[16:10 || **Indyara**]
Me aceite como sua única mulher. Posso ser novinha, mas sei fazer como ninguém. Sei satisfazer mulheres e homens de qualquer idade.

[16:12 || **Roberto**]
Dessa forma quem não aceitaria?

[16:27 || **Roberto**]
Você é a mulher que mora nos meus sonhos mais ocultos!

[16:28 || **Indyara**]
Então pronto. E lembre-se que quando eu estiver do seu lado irei realizar todas as suas fantasias sexuais, as mais obscuras.

[16:28 || **Roberto**]
E como vc está?

[16:28 || **Indyara**]
Estava mal né. Sentindo sua falta. E vc?

[16:31 || **Roberto**]
Nossa! Fiquei muito mal, foi um choque muito grande.

[16:42 || **Indyara**]
Tá. Escolho vc.

[16:53 || Roberto]
Fico muito feliz por voltar a falar contigo.

[17:05 || Indyara]
😊😊😊😊

[18:04 || Roberto]
😊😊

[18:06 || Indyara]
Tô feliz.

[18:07 || Roberto]
❤ Amor, que vc tenha um ótimo domingo e uma excelente semana.

[18:45 || Indyara]
Vc também, vida minha. Nossa, que saudade.

[19:46 || Roberto]
Chorei muito neste período. Por mais que a gente imagine que pode acontecer algo do tipo, nunca estamos preparados.

[20:10 || Indyara]
Sim. Nunca estamos. Está tudo bem.

[20:47 || Indyara]
Amor, aquele dinheiro não tenho mais, ela fez algo q voltasse, perdi tudo. Não tem como me ajudar mesmo? Já falei pra ela q não quero mais vê-la. Tô apaixonada por vc demais.

[20:50 || Roberto]
Não voltou pra mim. Já vi meu extrato. Ela pode ter colocado na conta dela mesma.

[20:51 || Indyara]
Não colocou, amor. Eu vi. 😅 Que maldade.

[20:52 || Roberto]
Vc deixou sua senha bancária com ela? Pois só é possível fazer qualquer transferência bancária com senha ou biometria.

[20:54 || **Indyara**]
Não deixei, amor. Ela disse que voltou para a mesma pessoa. Só que vc disse que não.

[20:54 || **Roberto**]
Amor, isso pra mim é relacionamento abusivo. Em que não se tem confiança.

[20:55 || **Indyara**]
Já acabei. Quero vc.

[20:56 || **Roberto**]
Eu estou falando a verdade. Não voltou. Não entra nada na minha conta há quase um mês.

[20:57 || **Indyara**]
Não pode me ajudar?

[20:59 || **Roberto**]
Depende do valor. É fim de mês, meio complicado.

[20:59 || **Indyara**]
Era os 300 que precisava, mas que sumiram da minha conta... Então o q vc puder ajudar serve.

[21:00 || **Roberto**]
Eu vou pra Altamar mês que vem e é uma viagem um pouco cara. Vou ver e te falo. Mas troca a senha da sua conta.

[21:01 || **Indyara**]
Vou trocar sim.

[21:03 || **Roberto**]
Uma pergunta: Vc vai me encontrar em Altamar?

[21:03 || **Indyara**]
Sim, eu quero.

[21:04 || **Roberto**]
Tem algum risco pra nós dois?

[21:04 || **Indyara**]
Não.

[21:04 || Roberto]
Certeza?

[21:04 || Indyara]
Claro. Pode mandar hj ainda?

[21:05 || Roberto]
Depois disso tudo, fico meio receoso.

[21:05 || Indyara]
Quero vc e só isso importa.

[21:05 || Roberto]
Calma. Eu tenho que pensar na minha integridade física e na sua também.

[21:08 || Roberto]
O desespero. Posso sim. Mas, se precisar mais, este mês vai ficar complicado.

[21:11 || Indyara]
Só te peço dessa vez pq sumiu... Eu te quero, não é suficiente?

[21:14 || Roberto]
<Arquivo de mídia enviado com sucesso>

[21:19 || Indyara]
Obg, amor.

[21:21 || Roberto]
D nada.

[21:40 || Indyara]
Tá fazendo o q?

[21:43 || Roberto]
Acabando de jantar. E vc?

[21:53 || Indyara]
Comi agorinha.

[21:54 || Roberto]
Depois tem a pior parte, lavar louça. 😄 Aqui tá frio.

[22:04 || **Indyara**]
Sonho.

[23:02 || **Roberto**]
Te desejo uma ótima noite de sonho.

CAPÍTULO 33

25.10.2026

[08:39 || Indyara]
Bom dia amor.

[09:27 || Roberto]
Bom dia.

[10:58 || Indyara]
Vc tá frio.

[11:27 || Roberto]
Eu não estou. Só estou pensativo.

[11:28 || Indyara]
☹

[11:32 || Roberto]
Depois de tudo que aconteceu, estou pensativo. Alguns questionamentos. Esse teu dinheiro que sumiu. Estou mais cauteloso. Não sei o que realmente estava e está acontecendo.

[11:36 || Indyara]
Tbm n entendo.

[11:37 || Roberto]
A impressão que tenho é que vc está ou estava sendo coagida.

[11:38 || Indyara]
Como assim?

[11:38 || Roberto]
Em relação ao dinheiro, vc pega o extrato da conta e vê pra onde foi. Sendo manipulada por alguém. Não estou afirmando, só achando.

[11:41 || Roberto]
Mas espero ver vc daqui a 15 dias.

[11:41 || **Indyara**]
Talvez.

[11:43 || **Roberto**]
Depois disso tudo, ainda estou tentando entender os fatos. Até fico em dúvida se é vc mesmo falando aqui. 😵😊 Mas não me interprete mal.

[12:01 || **Indyara**]
Claro que sou eu. Já verifiquei se estava sendo clonada.

[12:12 || **Roberto**]
😊 Esta noite não dormi direito, só fui dormir quase às 5h da manhã.

[12:12 || **Indyara**]
Eita, pq?

[12:13 || **Roberto**]
Devido a toda essa situação. Desculpa se fui grosso, mas não fui. Às vezes na comunicação escrita a gente pode ser mal entendido. Vc sabe disso. Quero te ver sim. E estou indo pro seu estado daqui a 15 dias. Não cancelei a viagem. Vc só não irá me ver caso não queira. Mas tenta concentrar toda a nossa conversa num só lugar. Fica atenta a sua segurança virtual. Pensei muitas coisas neste período. Foi bem difícil de aceitar que vc estaria indo embora.

[12:25 || **Indyara**]
☹️☹️

[12:26 || **Roberto**]
Eu não estava acreditando naquilo tudo. Fico feliz que vc voltou. Vou ficar muito mais quando eu te ver pessoalmente. Eu te amo, não fique assim. Estou contigo.

[12:30 || **Indyara**]
☺️❤️ ❤️ ❤️

[12:52 || **Roberto**]
Tá fazendo o quê?

[13:11 || **Roberto**]
Tenha uma ótima tarde de segunda-feira.

[13:15 || **Indyara**]
Vc tbm, amor. Estava almoçando.

[13:16 || **Roberto**]
💣😁 Saudade... 🖤

[15:20 || **Indyara**]
Saudades, amor...

[18:07 || **Roberto**]
Boa noite, meu amor. 🖤🖤🔥

[19:19 || **Indyara**]
Meu amor lindo.

[19:19 || **Roberto**]
Amo-te.

[19:20 || **Indyara**]
Amo-te

[19:39 || **Roberto**]
Se cuida, amor. Fico preocupado contigo.

[19:41 || **Indyara**]
Se cuida tbm. Me preocupo.

[19:42 || **Roberto**]
Tô rindo aqui. Voltamos a ter conversas paralelas de novo. Kkkkkkk

[**Indyara**]
Kkkkkkk sim

[19:44 || **Roberto**]
😁 Te desejo uma ótima noite. 🖤🔥

[22:01 || **Indyara**]
Boa noite paixão. 🖤 🔥🔥

[22:13 || **Roberto**]
🖤 🖤 🔥🖤

Roberto tem ciência de que está sendo manipulado e golpeado por Indyara, mas a paixão e o desejo sexual por ela cegam-no loucamente.

26.10.2026

[10:44 || Roberto]
Tive que reinstalar o TweederGram, estava com alguns bugs.

[10:46 || Indyara]
Agora tá de boa?

[10:49 || Roberto]
Acho que sim. Estou restaurando o backup dos arquivos agora. Enquanto isso vou resolvendo outras coisas.

[10:58 || Roberto]
Voltei a receber as notificações sonoras. Acredito que era pq estava usando a versão beta e na conta do trabalho. Tenho duas contas, uma pessoal e outra do trabalho.

[11:02 || Indyara]
Deve ser isso. Mas e aí, vc está bem?

[11:03 || Roberto]
Estou ótimo e tu? Saudade de tu...

[11:09 || Indyara]
Saudade, vida.

[11:10 || Roberto]
Sem ser a próxima, na outra semana estarei aí.

[11:25 || Indyara]
☺☺☺☺ Tá ansioso?

[11:25 || Roberto]
Imagina. 😄

[11:53 || Indyara]
Kkkkkk Amo tanto meu deus. ♥

[12:03 || Roberto]
♥

[12:05 || **Indyara**]
Meu amor maior.

[12:06 || **Roberto**]
♥

[12:10 || **Indyara**]
Meu coração quase pula fora do peito quando recebo mensagem sua. Fico muito excitada.

[12:11 || **Roberto**]
Ai amor. 😊 Não existem palavras para expressar o quão grande é meu ♥ por você. ♥

[13:01 || **Roberto**]
Tenha uma boa tarde. Te amo.

[13:01 || **Indyara**]
Te amo. Saudade demais vida.

[13:05 || **Indyara**]
Amor, vc pode me arrumar 150$ agora? Ginecologista, preciso ir essa semana ainda, fazer avaliação. Tenho medo de ir pra Altamar e sentir dores lá.

[13:07 || **Roberto**]
Amor, não sei se vai dar. Tem como esperar até o dia primeiro? Mais tarde te falo que vai dar. Okay?

[13:08 || **Indyara**]
Era pra hj, mas tudo bem.

[13:09 || **Indyara**]
Nem 50$ dá certo hj? Dando a entrada, eles agendam.

[13:09 || **Roberto**]
Um momento, por favor.

[13:09 || **Indyara**]
Ok.

[13:20 || **Roberto**]
Um momento. Transferido.

[13:28 || **Indyara**]
Obg, amor. Vou agendar já. Tenho problema sério com cisto.

[13:29|| **Roberto**]
Okay. Se cuida, meu amor.

[13:31 || **Indyara**]
Se cuida tbm, vida.

[16:15 || **Roberto**]
♥ Amor, como está tua tarde? Dei uma pausa no trabalho, muito tempo sentado cansa.

[19:36 || **Roberto**]
Boa noite, amor!

[19:52 || **Roberto**]
Tá td bem amor?

[20:32 || **Indyara**]
Boa noite, vida. Tudo bem sim e contigo?

[21:21 || **Roberto**]
Q bom. Tô ótimo.

[21:51 || **Indyara**]
Uma ótima noite de sono amor.

[21:52 || **Roberto**]
Pra vc tbm, meu amor.

[21:58 || **Indyara**]
Amo-te.

[22:21 || **Roberto**]
♥

CAPÍTULO 34

27.10.2026

[08:57 || Roberto]
Bom dia, meu amor!

[09:06 || Indyara]
Bom dia, vida. Como estás?

[09:07 || Roberto]
Estou bem e você?

[09:11 || Roberto]
Tenha um ótimo dia. 🖤 vc!

[09:25 || Indyara]
A gente, amor. Estou ótima. E ansiosa...

[09:34 || Roberto]
Por causa de quê?

[09:35 || Indyara]
Você! Vc me traz tantas sensações.

[09:36 || Roberto]
😌🖤 E eu tbm, amor. Sinto muitas emoções e vibrações. Sensações que não dá pra descrever, só sentir e curtir. Amo vc.

[09:48 || Indyara]
Aff, eu amo. 😌🔥🔥

[09:49 || Roberto]
🖤🔥🖤🔥🖤🔥🔥

[10:41 || Roberto]
Ai, amor, não paro de pensar em vc. 🖤🔥🖤🖤🔥

[10:47 || Indyara]
Nem eu. Me sinto queimar por dentro.

[10:52 || Roberto]
Amor vc me deixa com o coração a mil. Fico todo arrepiado, só de pensar em vc. 🔥❤️🔥 Te desejo muito. Vc faz parte dos meus desejos mais ocultos. Sinto como já te conhecesse há muito tempo. Uma intimidade muito grande. ❤️🔥❤️🔥❤️🔥 Tá difícil de me concentrar no trabalho. 😳😊

[11:03 || Indyara]
Delícia. 🔥🔥🔥

[11:13 || Roberto]
🔥🔥

[13:32 || Roberto]
Boa tarde, meu amor. 😊

[13:34 || Indyara]
Boa tarde, vida minha.

[13:35 || Roberto]
Amor, como estão seus estudos?

[13:37 || Indyara]
Uma dor de cabeça viu, mas tá dando certo.

[13:50 || Roberto]
Te compreendo perfeitamente bem. Mas nunca pense em desistir. Te dou a maior força.

[13:50 || Indyara]
Obg, vida.

[18:50 || Roberto]
Boa noite!

[18:51 || Indyara]
❤️🔥 O q está fazendo?

[18:53 || Roberto]
Estou no Shopping New Morgade Downtown, vou ao cinema.

[18:54 || Indyara]
Com alguém?

[18:54 || Roberto]
Só.

[18:56 || Indyara]
Ah, sim. Pois aproveita, meu amor.

[18:56 || Roberto]
Faltou vc aqui.

[18:56 || Indyara]
Queria.

[18:57 || Roberto]
Obrigado. E vc, o q tá fazendo?

[18:59 || Indyara]
Indo pro banho agora.

[22:45 || Roberto]
Oi, amor. Saindo do cinema. Tá tudo bem contigo? Quando eu chegar em casa te aviso. Acabei de pegar o metrô.

[23:20 || Indyara]
Hmmm Boa noite, meu amor. Tô muito cansada. Dorme bem.

[23:22 || Roberto]
Descanse, meu amor. Amanhã a gente se fala. Ainda estou a caminho de casa.

[23:21 || Indyara]
<mensagem em atraso>
☹🖤🖤

═══ 28.10.2026 ═══

[09:07 || Roberto]
Bom dia, meu amor!

[13:33 || Roberto]
Boa tarde!

[13:41 || Roberto]
Td bem contigo?

[14:02 || Indyara]
Tudo sim e ctg, vida? Ansiosa para o dia do meu niver. 😊😊 Quero texto, rsrsrs

[14:03 || Roberto]
É quando? Sim, td ótimo.

[14:14 || Indyara]
Final do mês que vem. 😊😊😊😊

[14:15 || Roberto]
Tá pertinho.

[16:21 || Roberto]
Olá! Saudade de tu...

[16:29 || Indyara]
Saudade, vida minha... Ouvindo música e pensando na gente. Aff Que amor.

[16:30 || Roberto]
😊😊 Amo-te. Senti tanto sua falta ontem no cinema.

[16:59 || Indyara]
Sinto sua falta o tempo todo.

[17:01 || Roberto]
Eu tbm, amor. Quero muito sair contigo, passear, viajar, explorar o mundo... Gosto muito de teatro, cinema, livraria... E poder dividir toda essa experiência contigo será melhor ainda.

[17:43 || Indyara]
E eu. Temos muito em comum. Amor meu!!! 😊♥

[18:12 || Roberto]
♥😊 Boa noite, meu amor!

[18:13 || Indyara]
Boa noite, paixão. Vai fazer o q hj?

[18:15 || **Roberto**]
Daqui a pouco fazer janta, tomar um banho e pôr umas leituras em dia. Hj não quero saber de nada de trabalho. E vc?

[18:16 || **Indyara**]
Muito bem. Relaxe. Tbm vou jantar e assistir um filme.

[18:17 || **Roberto**]
Bom. E ainda ficar conversando contigo. Até o sono chegar. Ou melhor, o seu sono chegar. Vc dorme cedo. Eu sou mais noturno. Gosto da noite. E hj aqui tá fresco e chovendo.

[18:36 || **Indyara**]
Sou sonolenta. Kkkk

[18:38 || **Roberto**]
Eu também sou, mas de manhã. Acordar cedo pra mim é meio complicado. A não ser se for pra viajar. Kkkkkkk

[18:57 || **Indyara**]
Kkkk quem não gosta, né?

[18:58 || **Roberto**]
😁 Te desejo uma ótima noite de sono. Durma bem, amor. 🖤

CAPÍTULO 35

29.10.2026

[08:43 || **Roberto**]
Bom dia!!!! Tenha um ótimo dia, meu amor!

[09:05 || **Indyara**]
Bom dia, minha vida. Tenha um excelente dia.

[09:11 || **Roberto**]
♥

[09:34 || **Indyara**]
Já tomou café?

[09:53 || **Roberto**]
Já sim. Hj ainda tem trabalho.

[10:18 || **Indyara**]
Eitaaaa.

[10:44 || **Indyara**]
♥♥♥

[10:44 || **Roberto**]
☺☺☺

[10:45 || **Indyara**]
Meu bem mais precioso. Amo tanto. Que nem cabe em mim.

[**Roberto**]
♥♥♥ O meu amor por vc cresce a cada dia. ♥

[10:50 || **Indyara**]
Aff, vc está sendo tudo que eu nunca tive. Que amor gigante.

[11:02 || **Roberto**]
♥ Sinto vc a todo instante. Te amo, paixão da minha vida.

[11:07 || **Indyara**]
❤ Meu amor da vida. Queria tanto estar com você agora. Te enchendo de beijos.

[11:09 || **Roberto**]
Ai, amor, assim vc me deixa todo arrepiado. ❤ 🔥

[11:10 || **Indyara**]
Queria deixar mesmo.

[11:11 || **Roberto**]
❤ 🔥 Ai amor, assim fica difícil, vc me deixa excitado. Kkkkkkkk Te amo. ❤ 🔥

[11:20 || **Indyara**]
Te amo. Delícia. 🔥🔥🔥

[11:46 || **Roberto**]
😯 ❤

[11:50 || **Indyara**]
Almoça tarde?

[11:52 || **Roberto**]
Às vezes sim.

[12:02 ||**Indyara**]
Entendi, vida.

[12:40 || **Roberto**]
E vc, tá tudo bem?

[12:43 || **Indyara**]
Tudo sim. Amor, tão calor aqui. Não queira nem saber. Tô tostando.

[12:44 || **Roberto**]
Aqui tá nublado, mas tá quente.

[12:45 || **Indyara**]
Que tempo lindo aí. 😊😊😊 Já me imagino ganhando o mundo contigo.

[12:49 || **Roberto**]
😊😊 Amor, tenha uma ótima tarde.

[13:18 || **Indyara**]
Pra vc tbm, vida. 🖤 Amor da minha vida.

[13:31 || **Roberto**]
🖤

[13:52|| **Indyara**]
Meu amor. ☺☺☺

[15:12 || **Indyara**]
Depois nos falamos. Sinto saudades suas o tempo todo.

[15:12 || **Roberto**]
Tá blz. Yo tambíen. 🖤 vc. Tá garoando legal aqui. Lembrando Santo Alonso.

[16:25 || **Indyara**]
☺☺☺ Pode acontecer com a gente, de ficarmos juntos aí. ☺ Te amo.

[16:26 || **Roberto**]
🖤 vc. O futuro dirá.

[16:26 || **Indyara**]
Amor, eu queria te pedir uma coisa de presente mas nem sei se deveria pedir isso pq vc já fez tanto por mim e está sendo meu melhor e maior presente. Mas queria muito realizar um sonho. Minha madrinha está indo passar 4 dias em Gerona e queria ir também, mas Gerona é caro e não tenho condições de arcar sozinha, ela vai um dia antes do meu aniversário e queria muito comemorar lá. Meu maior sonho é conhecer ali. Inclusive queria estar com vc neste dia tão especial pra mim. Mas já está próximo de nos encontrarmos. Tu me presentearia com isso? ☹🖤

[16:46 || **Indyara**]
Tomara que ele queira.

[Indyara mais uma vez pede dinheiro, mas dessa vez ela não está agindo sozinha; sem querer digita uma mensagem errada às 16h46 no diálogo com Roberto, e ele está tão envolvido sentimentalmente que nem percebe esse detalhe.]

[16:50 || **Roberto**]
Depende, de quanto seria?

223

[16:51 || Indyara]
Não sei ao certo, não queria te pedir pq sei que uma viagem é cara, ainda mais para Gerona. Eu que lhe pergunto. Quanto pode me oferecer?

[16:52 || Roberto]
Vc pode esperar virar o mês? Vê um valor aproximado de quanto vc precisa e me diz. Dependendo do valor eu posso te ajudar. Mas depois do dia primeiro. Pode ser?

[16:53 || Indyara]
Posso esperar até 5 de novembro. Dá certo?

[16:54 || Roberto]
Fim de mês é meio complicado.

[16:54 || Indyara]
Não vou dizer o valor, vc me diz quanto pode. Me dê uma base. Pra ver se consigo ir.

[16:55 || Roberto]
Te digo na segunda-feira, ok? Pois tenho que me planejar. Em novembro vou ter uns gastos extras, que serão as despesas de Altamar.

[16:58 || Indyara]
Eu entendo então se não der. 😣

[16:58 || Roberto]
Te dou resposta na segunda-feira, sem falta.

[16:58 || Indyara]
Só tenho vc pra contar. Eu iria ficar tão feliz e realizada. Mas entendo.

[17:00 || Roberto]
Não garanto nada agora. Deixa-me pagar minhas contas aqui e ver quanto vou gastar aí em Altamar. Segunda-feira te falo. Mas se for valor alto não terei. Mas com uma parte posso te ajudar.

[17:02 || Indyara]
Tipo? Nem 1.000$?

[17:04 || Roberto]
Infelizmente não. Como disse, não sei quanto vou gastar em Altamar. Vou ficar uma semana aí. Já gastei quase 3.000$ em passagem e hospedagem pra Altamar. Me desculpe. 😞

[17:05 || Indyara]
😞😞😞 Tudo bem.

[17:05 || Roberto]
Tenho gastos altos aqui em Nova Morgade. Morar aqui não é barato. Pode 700$?

[17:06 || Indyara]
Claro, já ajuda. Vou ver como conseguir mais 400$. Sei lá, dou um jeito. Mas quero muito ir. 😞😞😞

[17:08 || Roberto]
Só estou preocupado com minha estadia em Altamar. Não sei como será esta semana que vou passar aí. Tenho que ir preparando, pois imprevistos acontecem. Te passo 700$.

[17:08 || Indyara]
Tudo bem, amor.

[17:09 || Roberto]
Desculpe, mas as coisas estão muito caras.

[17:11 || Indyara]
Já falei que entendo, amor.

[17:11 || Roberto]
Quando vc vier aqui em Nova Morgade, vc vai ver como as coisas aqui são caras. Às vezes até mais que em Santo Alonso.

[17:12 || Indyara]
😞

[17:13 || Roberto]
Meta agora é economizar.

[17:22 || Roberto]
Amor, te passo 350$ hj e 350$ na segunda-feira. Tudo bem?

[17:35 || **Indyara**]
Tudo bem amor.

[17:51 || **Roberto**]
Já já te passo.

[18:32 || **Roberto**]
Te passei.

[18:35 || **Indyara**]
Obg, amor. Valha, não entendo. Não veio.

[18:36 || **Roberto**]
Eu te passei 350 agora.

[18:37 || **Indyara**]
Ah sim.

[18:37 || **Roberto**]
Recebeu? Os 350$?

[18:38 || **Indyara**]
Sim.

[18:38 || **Roberto**]
Ufa! Que susto.

    Como já percebemos, os diálogos dos dois são confusos, às vezes meio difíceis de entender, e Roberto raramente notava esse detalhe.

[18:40 || **Indyara**]
Segunda-feira passa o resto, amor?

[18:40 || **Roberto**]
Sim.

[18:43 || **Indyara**]
Ok, meu bem.

[18:50 || **Roberto**]
Espero que te ajude o valor que estou te passando. Amor, tudo vai dar certo. Mas infelizmente não tenho como te dar mais que isso. Segunda-feira te passo o restante.

[18:59 || Indyara]
Tá bom, vida. Mt obrigada. 🖤🖤 😒

[19:02 || Roberto]
☹️ Boa noite 🌙! Fiquei triste de não poder te ajudar. Com o valor que vc precisa.

[19:19 || Indyara]
Que nada, amor. Vc já ajudou tanto.

CAPÍTULO 36

30.10.2026

[09:15 || Indyara]
Bom dia, amor!

[09:16 || Roberto]
Bom dia, amore!

[10:25 || Roberto]
Tenha um ótimo sábado.

[10:28 || Indyara]
Vc tbm, minha vida.

[12:41 || Roberto]
Boa tarde!

[13:04 || Indyara]
Boa tarde, amor da minha vida. Saudades. Já almoçou?

[13:05 || Roberto]
Acabei de almoçar. Saudades de tu. ♥🔥☺

[13:11 || Indyara]
Quero te falar tantas coisas pessoalmente. Espero que eu não fique tímida. Kkkkk Pq o tanto que tenho pra te falar. Vc me deixa com uma explosão de sentimentos bons.

[13:12 || Roberto]
Daqui a 11 dias estou aí. ☺☺☺♥ 🔥♥ 🔥♥ 🔥 Teremos 6 dias pra conversarmos bastante.

[13:25 || Indyara]
☺☺☺🔥🔥

[13:37 || Roberto]
♥ 🔥♥ 🔥♥ 🔥 Já é semana que vem. Agora que me dei conta. Eu também estou bem nervoso. Já estamos em novembro praticamente.

[14:00 || Indyara]
Af, tô demais amor.

[14:03 || Roberto]
Tá dando um gelo no estômago. Eu nunca imaginei que um dia passaria por algo parecido. Muitas emoções ao mesmo tempo.

[15:24 || Indyara]
🔥🔥🔥😌

[15:26 || Roberto]
Amor, fiquei curioso. O que vc deseja tanto falar comigo? 🙈😁 ❤️ 🔥❤️ 🔥❤️ 🔥😌

[15:57 || Indyara]
Hahaah Fique. 🙊

[15:58 || Roberto]
Tá tranquilo. Não irei morrer de curiosidade. 😁😁😁❤️vc.

[15:59 || Indyara]
Kkkkkkk

[16:00 || Roberto]
🙈🙈🙈

[17:28 || Roberto]
Ai amor, que saudade de tu.

[17:29 || Indyara]
Saudade demais, vida minha.

[17:30 || Roberto]
Pensando em vc o dia inteiro.

[17:43 || Indyara]
Penso direto.

[17:56 || Roberto]
Aqui tá um sábado frio, tá um tempo bom. Mas tá faltando vc.

[18:28 || Indyara]
Tá faltando vc em tudo. Que saudade.

[18:29 || Roberto]
Muita saudade... Uma boa noite pra vc, meu amor. Quero tanto estar contigo. 🖤

[18:48 || Indyara]
Tá perto. 🖤

[18:50 || Roberto]
Cada dia te desejo mais. 🖤

[18:50 || Indyara]
🔥🔥🔥😌

[18:51 || Roberto]
Amor, me diz uma coisa.

[18:52 || Indyara]
Digo até duas.

[18:53 || Roberto]
Como a gente vai se ver em Altamar? Vc vai ficar em Altamar? Estarei chegando na manhã de quinta-feira do dia 11, depois de 5h de viagem. Bem provável que irei dormir a manhã toda. Vê aí e me diz. Vou tomar um banho, aqui tá esfriando bem, e jantar. Te amo. Se cuida.

[19:29 || Indyara]
Vou na sexta-feira. Só posso na sexta-feira. Vida minha.

[19:54 || Roberto]
Melhor, dá pra eu descansar na quinta-feira.

[19:55 || Indyara]
Ótimo.

[19:56 || Roberto]
5h de voo é cansativo. E eu costumo ter náuseas em voo longo. Apesar de ter uma conexão em Precipita, Santa Aranda do Norte.

[19:57 || Indyara]
Entendo.

[20:00 || Roberto]
Muitas sensações. 🖤🔥🖤

[20:11 || Roberto]
Acabei de fazer uma pizza, faltou vc aqui pra dividir.

[20:12 || Indyara]
Ótimo cozinheiro por sinal, hein. 😊😊😊😊

[20:12 || Roberto]
Nem tanto. Kkkkkkk

[20:13 || Indyara]
É sim. 😊😊😊 ♥

[21:22 || Roberto]
Te desejo uma boa noite. Durma bem meu amor. Amo-te.

[21:28 || Indyara]
Amo-te demais. Dorme bem. E sonha comigo.

[21:30 || Roberto]
Sonho contigo dia e noite. Amor da minha vida.

[21:33 || Indyara]
♥

31.10.2026

[08:19 || Roberto]
Bom dia!!!!! Tenha um ótimo domingo, meu amor.

[09:03 || Indyara]
Bom dia, meu amor. Voltou a dormir?

[09:07 || Roberto]
Não. Tomando café da manhã.

[09:08 || Indyara]
Ah, sim.

[09:15 || Roberto]
Tá td bem contigo?

[09:21 || **Indyara**]
Tudo sim e ctg?

[09:22 || **Roberto**]
Tô bem. Saudade de vc.

[09:26 || **Indyara**]
Muita saudade vida. Vai fazer o quê hj?

[09:30 || **Roberto**]
Agora de manhã, acho que vou voltar a dormir. 😑 Domingo é meio tédio. Principalmente fim de mês. Rsssss E vc vai fazer o q?

[09:41 || **Indyara**]
Lavar tanta roupa. Hahhaha Meu amor. 🖤

[09:41 || **Roberto**]
Lavar roupa levo de boa. O chato é lavar louça.

[09:43 || **Indyara**]
Kkkk os dois.

[09:44 || **Roberto**]
Kkkkkk Aqui tá com névoa e garoando.

[09:46 || **Indyara**]
😌😌😌😌

[09:48 || **Roberto**]
Amorzinho, vou tirar um cochilo. Mais tarde a gente se fala. Te amo de montão. 🖤🖤🖤🔥

[09:53 || **Indyara**]
Te amo, até mais...

[12:39 || **Roberto**]
Boa tarde, meu bem.

[12:47 || **Indyara**]
Boa tarde paixão. Amor, tu pode mandar pelo menos 400$ amanhã? Por favor, aí eu vou conseguir ir. 😣😣😣😭😌

[12:49 || Roberto]
Ok.

[13:31 || Indyara]
Obg. Tá fazendo o q?

[15:32 || Roberto]
Pensando...

[15:43 || Roberto]
E vc?

[15:43 || Indyara]
Em quê, meu amor? Lavando roupas ainda.

[15:44 || Roberto]
Várias coisas. Putz! Ainda?

[15:45 || Indyara]
Comecei agora 15:00. Kkkkk

[15:45 || Roberto]
Então tá explicado. Rsssss

[15:58 || Indyara]
Kkkk

[15:59 || Roberto]
Estou num tédio horrível. 😑

[15:59 || Indyara]
Tô ouvindo música e nas roupas... Dá nem pra ter tédio. Sempre acumulo coisas.

[16:00 || Roberto]
Aqui tá escurecendo muito. Não sou de acumular afazeres. Só quando não dá mesmo pra fazer.

[16:54 || Indyara]
Tenho meus dias de preguiça. Kkkk Acho q todo mundo.

[17:25 || Roberto]
Eu já fui mais preguiçoso. Tem afazeres domésticos que não gosto de fazer, mas tem que fazer. Lavar louça e lavar banheiro é um saco. Mas fazer

comida eu amo. Mas domingo pra mim é meio deprê. Nunca gostei de domingo. Daqui a pouco vou pra cozinha. Amigo deve passar aqui. Caso pare de chover. Aqui tá chovendo todo fim de tarde há mais de uma semana. A não ser se for pra viajar. 😊 Amor, que saudade de você.

[17:49 || **Indyara**]
Saudade demais, vida

[17:51 || **Roberto**]
Kkkkkkkk O chato é que não esfria.

[18:00 || **Roberto**]
😳😊 Boa noite ☂🌧 !

[18:36 || **Indyara**]
Boa noite, meu rei.

[20:39 || **Roberto**]
Amor, sinto tanto sua falta.

[21:05 || **Indyara**]
Sinto a sua direto. Mas isso tá perto de acabar.

[22:39 || **Roberto**]
Boa noite, meu amor! Durma bem. 🖤 Amo-te.

[00:02 || **Roberto**]
<Arquivo de mídia enviado comprovante de depósito>

[00:05 || **Roberto**]
Espero que te adiante. Infelizmente não tem como te ajudar com mais. Este novembro será bem apertado pra mim.

[00:05 || **Indyara**]
Obg vida. 😞😞😞 Ajudou muito.

[00:15 || **Indyara**]
Amo-te e boa noite. Tô morrendo de dor na cabeça. Que negócio ruim.

[00:16 || **Roberto**]
Boa noite. Se cuida, amor. Melhoras.

[00:19 || Indyara]
Obg vida.

[00:21 || Roberto]
Quero te ver bem, se cuida. Tenha uma ótima noite.

[00:21 || Indyara]
Idem. ♥

[00:21 || Roberto]
Bjs mô.

═══════════ 01.11.2026 ═══════════

[06:57 || Roberto]
Bom dia, meu bem. Como vc está?

[07:00 || Indyara]
Acordado a essa hora? Nossa!!! Bom dia amor meu. Estou bem e vc?

[07:01 || Roberto]
Rinite alérgica não me deixou dormir direito. A dor de cabeça passou?

[07:02 || Indyara]
Sim, vida.

[07:15 || Roberto]
Te desejo uma ótima segunda-feira. Amo-te.

[07:16 || Indyara]
Idem, amor.

[08:15 || Roberto]
Nossa, aqui não para de chover.

[08:18 || Indyara]
Meu sonho.

[08:28 || Roberto]
Vem pra cá amor. Rssssss

[08:32 || Indyara]
Indo. Kkkk _ ♀

[08:32 || Roberto]
Tô te esperando. 😊 Traz guarda-chuva.

[08:36 || Indyara]
Kkkk Tá. Tô aqui, abre a porta.

[08:37 || Roberto]
Chegou rápido? 😄

[08:39 || Indyara]
Foi. Kkkkk

[08:40 || Roberto]
Saudade de vc. Fiquei preocupado contigo.

[08:45 || Indyara]
Tbm, amor.

[08:47 || Roberto]
Que bom que vc está bem. ♥

[08:52 || Indyara]
♥

[12:41 || Roberto]
Boa tarde!

[12:44 || Indyara]
Boa tarde, amor.

[12:54 || Roberto]
Tudo bem contigo, amor?

[12:55 || Indyara]
Sim, amor, e contigo?

[12:56 || Roberto]
Tudo ótimo, falando com vc melhor ainda. ♥ vc.

[12:59 || Indyara]
♥

[13:00 || Roberto]
🖤

[15:58 || Roberto]
Oi, amor.

[16:12 || Indyara]
Oi, vida.

[16:14 || Roberto]
Saudades....

[16:17 || Indyara]
Demais...

[19:12 || Roberto]
Boa noite 🌙! 🖤

[19:19 || Indyara]
Boa noite, amor.

[19:30 || Roberto]
Aqui tá uma noite fria.

[19:36 || Indyara]
Até q tá frio tbm hj.

[19:36 || Roberto]
Nossa, milagre! Kkkkkkk

[19:36 || Indyara]
Sim. Kkkkkk

[19:37 || Roberto]
Tomara que esteja assim na semana que vem em Altamar.

[19:42 || Indyara]
É.

[19:42 || Roberto]
Que é frio. Kkkkkkkk

[19:43 || Indyara]
🔥🔥

[19:43 || **Roberto**]
Tá quente ou tá frio? 😨

[19:44 || **Indyara**]
Altamar é sempre quente. Só n no inverno.

[19:44 || **Roberto**]
Vai que não esteja semana que vem.

[19:45 || **Indyara**]
É, né.

[19:45 || **Roberto**]
Tá ocupada?

[19:46 || **Indyara**]
Passando pano hora dessa kkkk pq??

[19:46 || **Roberto**]
Nada.

[19:46 || **Indyara**]
😨

[19:48 || **Roberto**]
Pelas respostas monossilábicas deu pra perceber que vc está ocupada. Vou jantar.

[20:14 || **Indyara**]
N entendi. Kkkk Resposta curta? Que nada.

[20:14 || **Roberto**]
Sim. Tá tranquilo. 😅

[21:40 || **Roberto**]
Como já sei que vc dorme cedo, te desejo uma ótima noite de sono.

[22:18 || **Roberto**]
Durma bem, meu amor. Te amo. ♥

CAPÍTULO 37

02.11.2026

[09:50 || Roberto]
Bom dia, sumida! Tá tudo bem?

[09:52 || Indyara]
Bom dia, amor. Acordando agora. Tudo bem sim e vc?

[09:57 || Roberto]
Tá sim. Senti sua falta. Normalmente é vc que me acorda com bom dia. Saudades de tu...

[10:35 || Roberto]
Fiquei preocupado contigo.

[10:54 || Roberto]
Tenha um ótimo dia, meu bem.

[11:03 || Indyara]
Excelente dia pra vc, vida. Sinto a sua falta.

[11:06 || Roberto]
Se cuida, amor. ♥

[12:50 || Roberto]
Boa tarde, meu amor! Ocupada?

[13:02 || Indyara]
Um pouco. Visitando a minha vó...

[13:02 || Roberto]
Desculpe.

[13:02 || Indyara]
Sem pró.

[15:56 || Roberto]
Saudade de vc. Como está seu dia?

[15:58 || **Indyara**]
Até que legal. E o seu, amor?

[16:00 || **Roberto**]
Que bom! Bom também. Chovendo, frio, descansando... Tá ótimo. Mas poderia ficar melhor contigo. Te amo.

[19:23 || **Roberto**]
Boa noite. Espero que esteja tudo bem contigo.

[19:30 || **Indyara**]
Meu vô indo pra upa. Tá tudo dando tão errado amor. Algo de errado cmg. Tudo que faço dá errado. Não consigo emprego. Saúde não ta lá essas coisas. Aff.

[19:31 || **Roberto**]
☹ Nem sei o que dizer. Posso sentir sua tristeza. Mas tenha muita calma e tenha fé. Estou indo pra casa da minha mãe. Me sinto incapaz, não sei em que posso te ajudar. ☹

[19:44 || **Indyara**]
Só me apoiar, amor. ☹ Tô muito triste.

[19:45 || **Roberto**]
Estou contigo. ☹

[19:47 || **Indyara**]
Te amo.

[19:48 || **Roberto**]
Que nesta noite a força consoladora do Universo possa trazer paz ao seu coração. Estou contigo na alegria e na dor.

[19:51 || **Indyara**]
Tem 50$ aí não, amor? ☹☹

[19:53 || **Roberto**]
Tem sim. Quando eu chegar em casa eu te passo.

[19:54 || [**Indyara**]
Ok, era com urgência amor, mas tá. 😬

[19:55 || Roberto]
Daqui a 15 minutos eu te passo.

[19:57 || Indyara]
Ok.

[20:03 || Roberto]
Transferido o valor pra sua conta.

[20:04 || Indyara]
Obg vida. Me salvou mais uma vez. Não sei o q seria de mim.

[20:05 || Roberto]
Amor, agora sério. Caso vc precise mais este mês não terei como te ajudar. Vou viajar semana que vem e sem falar que ainda tenho que pagar umas contas. As coisas estão fugindo um pouco do controle. Desculpe mesmo, se pudesse eu te ajudaria mais. Mas não tenho como. Não me interpreta mal, por favor. 😔 Semana que vem estou aí, a gente conversa. Conversa e se conhece melhor.

[21:13 || Indyara]
😔😔 Ok.

[21:15 || Roberto]
Te desejo uma noite de paz e conforto. 😌 Amor, hj vou deitar mais cedo. Estou com dor de cabeça.

[21:24 || Indyara]
Ô meu amor. Pois dorme e me diz qualquer coisa amanhã. Melhoras. 😔😔 Espero q amanheça melhor, amor.

[21:31 || Roberto]
Boa noite, meu amor. Te amo.

[21:32 || Indyara]
Boa noite, amor, fica bem logo 😔

03.11.2026

[11:37 || Roberto]
Bom dia/boa tarde.

[11:49 || **Indyara**]
Boa tarde, amor.

[11:52 || **Roberto**]
Como vc está?

[12:13 || **Indyara**]
Indo né. 😔 E vc, amor?

[12:14 || **Roberto**]
Mais ou menos. Cheio de coisas pra fazer e organizar. E não estou muito bem. Mas é a vida. Tenho uma reunião online às 16h. Estou preocupado com toda esta situação.

[12:17 || **Indyara**]
Melhorou, amor?

[12:18 || **Roberto**]
Daqui a uma semana eu viajo. Está me deixando um pouco nervoso. Melhorei. Consegui levantar ainda há pouco. Vou almoçar e ir pro trabalho. Hj a tarde vai ser cansativa. Muitas coisas acontecendo ao mesmo tempo. 💣

[12:22 || **Indyara**]
Pois tá. Sim. Tô é mal, aff.

[12:22 || **Roberto**]
E fico preocupado com vc. Queria te ajudar mais, mas não tenho como. 😔 Mas a vida continua. E tenho certeza de que as coisas irão melhorar. Tenha uma boa tarde. E a gente vai se falando. Te amo. 🖤

[12:29 || **Indyara**]
Te amo, amore. 🖤

[15:48 || **Roberto**]
Saudade...

[15:48 || **Indyara**]
Também vida. Tá fazendo o q?

[15:49 || **Roberto**]
Me preparando pra uma reunião que começa em 10 minutos.

[15:49 || Indyara]
Ahh.

[15:50 || Roberto]
É um saco.

[15:52 || Indyara]
Acredito viu.

[15:53 || Roberto]
Tem hora pra começar e não tem hora pra acabar. Hj o sol apareceu. Tá clima bom. E vc fazendo o q?

[15:57 || Indyara]
Estudando. 😌😌

[15:57 || Roberto]
Bom estudo. Desculpa por incomodar.

[15:59 || Indyara]
Vc n incomoda.

[16:00 || Roberto]
Tá um sol gostoso. Vou aqui. A reunião começou. Bjs, te amo.

[16:08 || Indyara]
Beijão, amor, amo-te

[18:51 || Roberto]
Boa noite! 🖤

[19:49 || Indyara]
Boa noite, amor. 😌😌😌

[21:00 || Roberto]
😌😌 Vc sabia que amo pôr do sol?

[21:03 || Indyara]
TB

[21:04 || Roberto]
Hj finalmente o sol apareceu, depois de outubro todo chovendo. Ai amor, que saudade... Também estou preocupado contigo. Te desejo uma boa noite. Durma bem.

[22:14 || Indyara]
Boa noite, amor meu. Dorme bem.

[22:14 || Roberto]
Espero que vc esteja bem. ♥ vc.

CAPÍTULO 38

04.11.2026

[08:13 || **Indyara**]
Bom dia, amor meu.

[09:04 || **Roberto**]
Bom dia! ♥ Tenha um ótimo dia, meu amor.

[09:35 || **Indyara**]
Vc tb, vida.

[10:30 || **Indyara**]
Amor, vou te perturbar pela última vez se vc puder, em relação à viagem, queria comprar uma bolsa e umas coisinhas básicas, tu pode me mandar 150$? Ou pelo menos 100$? Só pra eu comprar umas coisas pra levar, que estou sem. Mas só se puder, vc já me ajudou demais. Mas é a última vez que te peço, pq sei que vc não tá podendo.

Indyara mais uma vez pede dinheiro. E mesmo tendo noção de que se trata de uma extorsão, ele nem pensa duas vezes e envia o valor que ela pediu. Roberto tem plena convicção de que caiu num golpe, tem quase certeza de que não irá encontrar Indyara em Altamar, e mesmo assim não consegue se libertar e enxergar que está correndo perigo caso se encontre com ela.

[10:33 || **Roberto**]
Já enviei o valor que vc pediu.

[10:39 || **Indyara**]
Obg, amor. Vou no centro agora

[12:34 || **Roberto**]
Boa tarde, meu amor.

[16:16 || **Roberto**]
Tá td bem? Como está sendo seu dia?

[16:17 || Indyara]
Bem conturbado. Massss...

[16:17 || Roberto]
Mas?

[16:17 || Indyara]
E o seu?

[16:18 || Indyara]
Dá pra ir.

[16:19 || Roberto]
Então à noite a gente conversa melhor. Se cuida, amor. Fico preocupado contigo.

[16:37 || Indyara]
😔🖤

[18:49 || Roberto]
Boa noite. Saudade e preocupação. Sinto que vc não está bem.

[18:50 || Indyara]
E não estou mesmo. Mas não se preocupa, amor.

[18:51 || Roberto]
Como não se preocupar quando a gente ama? Me diz como?

[18:51 || Indyara]
Vou ficar bem. Pense nisso.

[18:52 || Roberto]
Lembre-se que estou contigo. Daqui a 6 dias estou aí. Te amo.

[18:57 || Indyara]
Não tô muito bem tbm pq minha ex (recente) hj foi encher a cabeça da minha mãe e falou da gente, falou do dinheiro, falou de tudo. Minha mãe ficou putaça e disse que eu não iria a lugar nenhum. Ela fez a minha mãe interpretar de outro jeito, e vc deve imaginar como... Então, agora sim é uma despedida de verdade, ela me ameaçou e eu não vou mais vir bagunçar sua vida. Vc merece alguém sem problemas e que te faça muito feliz. Não

te mereço e já tenho consciência disso. Obg por tudo, jamais esquecerei o que fez por mim. Vc sempre será meu anjo na terra, mas vc n merece passar por nada disso. Minha vida é complicada. Desculpas, e não me manda mais msg por lugar nenhum, vou tentar superar, te amo e desculpa. Não vou mais aparecer. Se cuida meu amor.

Essa mensagem de Indyara em tom de despedida pegou o Roberto desprevenido, e logo após ela o bloqueou no TweederGram. Na verdade era uma forma de chantageá-lo, e, como Roberto estava tão envolvido com Indyara, ele começou a enviar dinheiro para a conta dela com valores variados, entre 5$ e 20$, com mensagens anexas a esses valores, na noite do dia 4 até a tarde do dia 5, na esperança de algum retorno de sua amada. Após várias insistências da parte de Roberto, Indyara volta a falar pelo TweederGram.

05.11.2026

[12:14 || **Indyara**]
Não faz isso. Dói em mim. Para. Se cuida aí. ☹️🖤

[13:29 ||**Indyara**]
Me prova que me ama de verdade, quero somente essa prova. Não quero te assustar, mas descobri uma coisa desagradável há uns dias, e não queria te encontrar assim, talvez vc imagine, estou com um problema de saúde péssimo. Tenho vergonha de dizer. E jamais iria te ver assim, e não queria mais te perturbar, pq vc já me ajudou mais do q deveria. Esse meu tratamento custa 460$. Mas deixei pra lá pq não tenho essa grana agora. Mas isso não vem ao caso. Minha ex já fez todo inferno, e vc jamais me amaria com problemas familiares e de saúde. Te amo muito. Nunca vou esquecer de vc. N manda mais msg ☹️☹️💔

[15:01 || **Indyara**]
Minha mãe vai ficar com meu celular, por FV para de mandar.

Depois dessas mensagens, Indyara o bloqueia de novo. Roberto desiste de transferir dinheiro para a conta dela e agora passa a concentrar-se na viagem que irá fazer para Altamar em cinco dias. Mesmo tendo certeza de que não encontraria Indyara, ele tem amigos que moram lá, já faz anos que não os encontra, e essa seria uma oportunidade de revê-los e conhecer Altamar.

CAPÍTULO 39

07.11.2026

Mais uma notícia-crime abala a pacata cidade de Urabá, noticiada pelo tabloide Vento Expresso da Manhã:

"A Polícia Civil, na tarde de ontem (6/11), encontrou um corpo de uma senhora aparentando ter uns 70 anos. Segundo a perícia, o corpo estava com várias perfurações, e tudo indica que seja esposa do senhor que chegou sem vida à UPA da cidade no último dia 2, com os mesmos tipos de perfurações.

O delegado Dr. Otávio A. Pelongas, que investiga o caso, pede para a população não entrar em pânico, pois em breve a polícia solucionará o caso."

Roberto nesse dia decide tomar seu café matinal na melhor padaria do bairro, a Panetteria Buono'Giorno. A televisão do estabelecimento está ligada e sintonizada no canal mais sensacionalista. E, entre uma notícia e outra, é informado um crime que ocorreu no interior de Ayamonte, na cidade de São Pedro de Urabá. Mas, como Roberto mora numa cidade muito mais violenta, onde ocorrem crimes bizarros o tempo todo, acaba ignorando e continua tomando seu café.

Os dias vão passando, e nada de Indyara dar sinal de comunicação para Roberto. Ele tenta levar a vida normalmente, indo para o trabalho e se planejando para a viagem. Mas seu coração continua pensando em Indyara, mesmo sabendo que havia caído num golpe.

CAPÍTULO 40

10.11.2026

Finalmente chega o dia da viagem de Roberto, que está num misto de ansiedade e nervosismo. Seu voo está marcado para as 20h no Aeroporto Internacional da Ilha de Ponteaneiras, e ele precisa chegar com uma hora de antecedência, para o check-in.

Por volta das 10h, a companhia área, a Aeros Trecos, entra em contato com Roberto por telefone informando que seu voo iria atrasar em torno de duas horas. Ao tomar ciência, ele entra em contato com um amigo para levá-lo ao aeroporto de carro por volta das 20h, pois a partida agora seria às 22h.

Às 21h Roberto chega ao aeroporto e, ao fazer o check-in, é informado de que o voo iria atrasar mais, saindo somente às 23h30. Nesse momento bate um ódio tão grande em Roberto que ele pergunta para si mesmo: *O que estou fazendo aqui? Se arrependimento matasse, eu já estaria morto. Que ódio de mim mesmo.* E assim, a mente de Roberto vai borbulhando, com várias perguntas que aparentemente não tinham respostas, e o tempo passa, chegando a hora do embarque.

Ao entrar no avião, Roberto se depara com mais um problema. A falta de espaço entre as poltronas e o aperto entre elas fazem com que Roberto fique mais emputecido. Aí ele lembra que o voo era na categoria classe econômica, com descontos, por isso o preço baixo da passagem.

Por volta das 23h40, com certo atraso, o voo parte, e Roberto lembra que, depois de três horas de voo, terá uma escala em Precipitada, cidade do estado de Santa Aranda do Norte. Nesse momento ele se distrai um pouco, imaginando que não seria o estado de Santa Aranda do Sul, o que traz risadas involuntárias à sua mente.

11.11.2026

O voo faz escala em Santa Aranda do Norte às 2h40. O que seria apenas um desembarque e embarque de passageiros acabou virando uma via dolorosa. O comodante do voo comunicou que todos precisavam sair da aeronave, pois a Polícia Federal iria fazer uma varredura. Roberto e os demais passageiros acharam isso muito estranho. Depois de uma hora de espera, todos já estavam em seus assentos e do nada começou a cair uma chuva torrencial, atrasando ainda mais o voo, que partiu com mais atraso do que o previsto. Finalmente, às 5h30, Roberto chega a Altamar. Seu único desejo era pegar um táxi com destino à hospedagem e descansar. Assim que chega à hospedagem, ele cai na cama igual pedra e dorme. Até esquece que tem fome.

Por volta do meio-dia, Roberto acorda e vai procurar um restaurante para almoçar. Retorna logo ao aposento e volta a dormir. Nesse momento seu smartphone começa a notificar de forma sonora que tem uma mensagem no TweederGram, ele acorda meio atordoado e vai ver quem é.

[14:14 || Indyara]
Oi.☺☹

[14:14 || Roberto]
Oi.

[14:22 || Roberto]
Oi.

[14:24 || Indyara]
Tudo bem?

[14:24 || Roberto]
Caminhando.

[14:30 || Indyara]
Ahhh Pois fica bem, viu. Um beijo.

[14:31 || Roberto]
O que foi?

[14:31 || Indyara]
Nada.

[14:31 || Roberto]
Como nada?

[14:32 || Roberto]
Realmente, nunca vou entender vc. Vc vem me dá um oi, e some de novo. Isso é pra machucar mais?

[14:38 || Indyara]
Saí de casa, estou sozinha no mundo, enfim, só queria te dizer isso. Tá tudo difícil, fica bem aí, vc já tem muitos problemas, te amo e obrigada por tudo!

Após essa mensagem, Indyara o bloqueia novamente. Confuso e sem entender nada, Roberto volta a dormir. Ele precisa descansar, pois à noite tem um compromisso com seu amigo Malakias Medeiros, que não vê há mais de seis anos.

Chegando a noite, Malakias passa de carro na hospedagem onde Roberto se encontra e os dois partem para a Praia Palmarejo.

CAPÍTULO 41

12.11.2026

Sexta-feira amanhece com um calor insuportável em Altamar, fazendo com que Roberto continue deitado curtindo o ar-condicionado da hospedagem. Na noite anterior ele havia ficado conversando e bebendo com seu amigo na orla de Palmarejo até altas horas da madrugada. Juntando o calor e a ressaca, ficou na cama até o início da tarde.

Por volta das 15h, Roberto começa a preparar algo para comer e percebe que seu smartphone havia recebido uma notificação de mensagem nova. No início ele pensa que é Malakias, mas, ao verificar, percebe que não é seu amigo.

[15:10 || Indyara]
Como falei, aluguei uma casa, saí de casa por motivos grandes, e que dói falar, queria te pedir 300$ pra fazer umas compras, mas sei que não devo mais te pedir nada, vc não tem pq me ajudar em nada mais, desculpa por tudo, mas ao entrar na sua vida só fiz te machucar, queria tanto um dia dar certo com vc😊🖤

Roberto vê a mensagem de Indyara, mas não responde.

[15:25 || Indyara]
Me envia e eu vou te encontrar. Primeiro obrigações de casa, tô passando por perrengues, se não for enviar, não precisa responder mais. Ah, e manda a localização em tempo real.

[16:35 || Roberto]
<Mensagem apagada>

Mais de uma hora depois da última mensagem de Indyara, Roberto responde, mas uma voz interior diz para Roberto apagar, e imediatamente ele apaga. Talvez nunca saberemos o que Roberto escreveu, muito menos que voz era essa.

A tarde de sexta-feira vai avançando para o início da noite, o que faz Roberto entrar numa tristeza profunda. Sua cabeça entra em ebulição, com vários autoquestionamentos: *O que estou fazendo aqui? Será que era para eu estar aqui mesmo? Não estou me sentindo bem? O que está realmente está acontecendo? Eu não estou entendendo mais nada!*

No meio de tanto questionamento, Roberto decide ligar para Milena, uma amiga de confiança bem íntima que ele tem em grande consideração. Os dois conversam por horas, e assim termina a sexta-feira.

Milena Agnes Hänfelds foi estagiária na Andrômeda Corporation Inc., na qual os dois criaram grande vínculo de amizade. Hoje, além de amigos, são colegas de profissão.

CAPÍTULO 42

13.11.2026

O sábado amanhece abafado, com um forte calor e o céu bem carregado de nuvens escuras, indicando que a qualquer momento iria cair chuva. Que não demorou muito: por volta das 8h, começou a chover muito forte, uma tempestade que nem mesmo a previsão do tempo anunciada na noite anterior na televisão foi capaz de indicar. Raios cegavam os desavisados que insistiam em sair, e os estrondos dos trovões mutavam qualquer outro som que tentasse se propagar por aí.

Entre ventos fortes e trovões, Roberto acordou meio assustado, com uma estranha sensação de que havia alguém o observando no canto da porta do quarto. O ambiente estava tomado por uma penumbra que fazia os olhos de Roberto terem dificuldades de enxergar em sua volta. Nem parecia que era de manhã; dava a impressão de que a noite estava se iniciando, com muita chuva, ventania, raios e trovões. Roberto, deitado, continuava olhando em direção à porta tentando entender o que estava acontecendo, se realmente havia alguém ali, se ainda estava dormindo e tendo um pesadelo, ou se era mesmo um vulto. Ele não sentia medo, sua descrença em paranormalidade e em aparições não o deixava sentir. Sentia medo de coisas reais, tipo ser assaltado, levar um tiro e ficar com sequelas, de alguém o torturar...

Nesse momento Roberto começou a ter certo receio de Indyara, pois não sabia o que ela era capaz de fazer. Estava meio temeroso com ela, depois de tudo que havia acontecido nos últimos meses. Não podia confiar, muito menos na sua companheira ou ex-companheira. Ele não sabia ao certo o que realmente acontecera e se o que Indyara lhe contara era verdade ou não. Nessa confusão de pensamentos, Roberto nem percebe que o tempo passa, o vulto no canto da porta some e a tempestade cessa. Já eram quase 11h quando ele dá por si e percebe que precisa levantar, pois o estômago lhe pede comida.

Roberto levanta da cama e caminha em direção à cozinha. Antes de chegar à porta do quarto, escuta passos apressados vindos do corredor, indo de um lado para o outro, próximo à porta da cozinha. Ao olhar para o corredor, vê somente um movimento rápido em direção à cozinha, o que lhe causa a impressão de que alguém procurava algo ali.

Ele continua a caminhada pelo corredor. Tinha a impressão de que alguém havia invadido a residência, ou a proprietária da hospedagem entrara sem lhe avisar. Esta última opção lhe daria uma boa causa na Justiça por invasão de privacidade, o que renderia um bom dinheiro. Mas, ao chegar próximo à porta da cozinha, ele escutou uns gemidos femininos. Gemidos que lhe remetiam a um orgasmo intenso. Sua mente fica mais confusa, e nesse momento ele fica com certo medo de abrir a porta da cozinha. Nessa confusão de sentimentos e barulhos, Roberto pensa: *Quem estaria fazendo sexo ou se masturbando na cozinha dos outros? Quem entrou aqui sem eu perceber? Eu tranquei tudo antes de dormir, inclusive com a trava de segurança. Indyara não pode estar aqui, ou pode?*

Com a cabeça cheia de interrogações, ele toma coragem, abre a porta da cozinha e se depara com ninguém. Absolutamente ninguém, não havia ninguém e nem vestígio de que alguém passara por ali. Somente as louças sujas da sua última refeição, feita depois da ligação para sua amiga Milena.

Roberto começa a perceber que coisas estranhas estão acontecendo ali, e tem certeza de que não são fruto de sua imaginação. Pela primeira vez, sente medo de coisas não reais, um arrepio tomando o corpo de tal forma que o deixava gelado. Mas a fome é maior que o medo, e ele começa a preparar seu café da manhã com almoço.

Ao sentar à mesa para iniciar a refeição, ele ouve algo batendo contra a parede do apartamento vizinho, vindo do quarto exatamente ao lado do seu. Os impactos eram ritmados e constantes, e logo outros conjuntos de impactos uniram-se ao primeiro, formando uma estranha manifestação de batuques acompanhados com gemidos de prazer, cada um no seu próprio ritmo.

Inicialmente, Roberto pensou que poderia ser um hóspede reajustando os móveis, mas logo descartou essa possibilidade. Sentiu (mais uma vez) medo e concluiu que tinha que antecipar sua volta para Nova Morgade. No meio daquela profusão de batidas e gemidos vinda do apartamento ao lado, sentiu algo de estranho no corpo, como se sua mente navegasse em um oceano infinito e regressasse no tempo. Um passado longínquo tomou sua mente, e seu corpo passou a sentir múltiplas sensações entre o êxtase e o prazer.

CAPÍTULO 43

04.12.2013

— Roberto, meu amor querido. Hoje teremos uma tarde só nossa e com mais ninguém. Só eu e você, você e eu.

— Com certeza, minha linda.

— Roberto, lembre-se de que, depois desse nosso encontro entre quatro paredes, independentemente do acontecer, seja lá o que for, eu te amarei por toda a minha vida. Mesmo se você não estiver mais comigo, estarei contigo. Mesmo se você, um dia, estiver com outra pessoa, eu lá estarei nos pensamentos mais íntimos.

— Que isso, amor...

E antes que Roberto continuasse falando, ela lhe dá um beijo na boca. Um beijo de tirar o fôlego, e os dois se envolvem nos desejos mais carnais naquela tarde de sábado. Ele tirava dela os mais intensos gemidos e se lambuzava todo como um urso se lambuza num pote de mel. Os dois emitiam sons intensos no quarto, que ressoavam pelos apartamentos vizinhos, e assim foi, do início daquela tarde até o início da noite.

Roberto tinha acabado de sair do divórcio de seu primeiro casamento e logo em seguida se envolveu com uma garota misteriosa, que às vezes era possuída por uma entidade enviada por Baco (o Deus do Vinho, dos desejos sexuais e das orgias [orgias que eram conhecidas como bacanais, onde só os bacanas podiam entrar]). O ponto mais fraco de Roberto era o sexual, e ela sabia disso. Roberto, por mais tímido que parecesse ser, sabia dar prazer a uma mulher como ninguém. Ela tinha certeza de que esse relacionamento com Roberto seria passageiro, mas tempo necessário para ele lembrar-se dela por décadas. E assim, como ela previa, o relacionamento ardente e cheio de desejos carnais só durou duas semanas.

Roberto já estava se relacionando havia mais de dois meses com outra pessoa, que se tornaria sua atual esposa, e mesmo após treze anos desse encontro ainda se lembraria de Emmanuelle.

13.11.2026

As batidas vindas do apartamento ao lado foram parando lentamente. Roberto desperta envolvido em um prazer sexual tão grande que o deixa muito excitado e com a mente meio atordoada. E ele se dá conta de que já era início da noite de sábado.

O medo repentinamente tomou seu corpo, ainda mais quando o silêncio se instaurou naquela noite. Aquela foi uma noite conturbada, e os pesadelos trevosos o assombraram durante muitas horas. Quando pegou no sono de forma confortável, o céu negro da noite já se transformava em azul-escuro nas primeiras horas de domingo.

CAPÍTULO 44

14.11.2026

Roberto acorda já desejando ir embora, não aguenta mais ficar naquela cidade, e no meio de seus pensamentos angustiantes decide ir ao guichê da Voe Aeros Trecos no aeroporto, na esperança de antecipar sua volta.

Por volta das 10h, sai da hospedagem rumo ao Aeroporto Internacional de Altamar. Durante o trajeto até o ponto de ônibus, tem uma leve impressão de que tem alguém o seguindo. Sente medo, e seu corpo começa a ficar muito gelado; apressa o passo até o ponto, logo avista o ônibus com sentido ao aeroporto e finalmente consegue embarcar. Roberto suspira mais aliviado.

Após meia hora no trânsito, chega ao aeroporto e logo procura o guichê de atendimento da Aeros Trecos, pois não tem tempo a perder.

[Roberto]
Boa dia!

[Atendente]
Bom dia, senhor! O que deseja?

[Roberto]
Tenho um voo agendado para Nova Morgade no dia 17 próximo, às 3h. Existe a possibilidade de antecipação desse voo?

[Atendente]
Não temos como antecipar seu voo, senhor.

[Roberto]
Não?! Como assim?! [diz Roberto já desesperado e quase chorando.]

[Atendente]
Senhor, infelizmente tenho que lhe informar que a companhia decretou falência, e esse seu voo será o último. O senhor tem de agradecer muito a Deus, pois há passageiros que estão voltando de ônibus. E olha que são mais de 48 horas de ônibus.

[Roberto]
Obrigado [Roberto agradece o atendimento quase em lágrimas.]

    Não tendo o que fazer, retorna para a hospedagem. Nesse domingo, decide não sair mais, e assim termina seu dia dormindo cedo, depois de tanto chorar.

    Segunda-feira amanhece quente, é 15 de novembro, feriado da República, que para Roberto está mais para Dia de Finados. Ele se tranca na hospedagem e passa a manhã e a tarde chorando; chegando a noite, decide comer algo, pois está muito fraco, e logo depois vai dormir.

CAPÍTULO 45

━━ 16.11.2026 ━━

Finalmente, terça-feira, último dia da estadia de Roberto em Altamar. Ele não vê a hora de ir embora, a ansiedade começa a dominar seu corpo. Mesmo não se sentindo muito bem, começa a se preparar para o retorno arrumando as malas e adiantando o check-in de forma online. No meio de sua preocupação com a volta, recebe uma mensagem no TweederGram e, ao conferir, percebe que é alguém que não está em sua agenda telefônica.

[10:10 || Desconhecida]
Olá, td bem? Vc é o bibliotecário da Andrômeda?

[10:05 || Roberto]
Bom dia. Sim, sou.

[10:07 || Desconhecida]
Eu estive hj na biblioteca, precisava formatar um documento e não te encontrei. Me disseram que vc estava viajando. Mas cá estou. Preciso muito falar com vc. Como faço pra te encontrar?

    Até então, ele não fazia a mínima ideia de com quem estava falando. Tentar relacionar com alguma usuária da biblioteca ou do setor de documentação da Andrômeda. Nesse momento repara que o número de identificação da suposta usuária não é da região metropolitana de Nova Morgade, e sim do interior de Ayamonte. Por coincidência, o mesmo código de área da cidade de Indyara.
    Roberto começa a vasculhar antigas mensagens de Indyara no TweederGram. E chega a um dia em que Indyara diz que é aniversário da irmã e envia uma foto com ela. Ao dar zoom na imagem e comparar o rosto da irmã com a foto do perfil da suposta usuária da biblioteca, percebe que é a irmã da Indyara. Ele continua vasculhando mensagens antigas e descobre o nome dela. A desconhecida até o momento passa a ter nome, e se chama Raphaela Lorhan Gianniko.

[10:20 || Raphaela]
Vc não vai me responder? Preciso muito te encontrar, preciso conversar ctg.

[10:22 || Roberto]
Pare de mentir, já sei com quem estou falando. Vc é a Raphaela, irmã da Indyara. Correto?

[10:25 || Roberto]
Me responda. O que vc deseja?

Roberto ao questioná-la, percebe que ela o bloqueou. Fica furioso com a atitude, ele odeia mentira. A raiva e o ódio vão tomando conta de seu corpo, o tempo voa, e ele percebe que se passou mais de uma hora. Não pode dar bobeira, pois tem que sair antes da meia-noite para o aeroporto; seu voo de retorno está marcado para as 3h da madrugada de quarta-feira.

Roberto tenta se acalmar tomando um banho gelado. Com esse banho, relaxa e consegue finalizar a bagagem junto com o check-in online, o que faz sobrar um tempo para tirar uma soneca.

Enquanto descansa, seu smartphone notifica que alguém enviou uma mensagem. É sua amiga Daphne Sambarely Sorras, que ele não via desde 2019.

[15:00 || Daphne]
Oi migoooo... Tá td bem ctg? Vc ainda tá aqui em Altamar?

[15:03 || Roberto]
Estou bem, sim, e ainda estou aqui. Só viajo de madrugada.

[15:04 || Daphne]
Que maravilha. Vamos sair? Te pego agora aí?

[15:05 || Roberto]
Bora. Estou te esperado.

[15:06 || Daphne]
Em meia hora te pego.

[15:06 || Roberto]
Blz.

Os dois foram conversar e ver o pôr do sol na Praia de Palmarejo. Por volta das 22h, Roberto se despede de sua amiga, retorna à hospedagem para pegar a bagagem e partir para o aeroporto. Dando 2h da madrugada, começa o embarque de volta, e às 3h o voo da Aeros Trecos parte rumo a Nova Morgade — o último voo da companhia aérea.

17.11.2026

07:00
Roberto finalmente desembarca em Nova Morgade, pega a bagagem e chama um táxi rumo a sua residência. Por volta das 8h, ele chega em casa, dá um beijo em sua esposa e vai dormir. Ele está tão cansado que dorme praticamente até o dia seguinte.

CAPÍTULO 46

18.11.2026

Roberto acorda meio atordoado e percebe que se passou um dia. Ele sente saudade de Indyara e vontade muito grande de falar com ela. Era uma sensação estranha; mesmo sabendo que se tratava de uma golpista, sentia-se atraído por ela.

Ele se levanta e pega o smartphone, entra no TweederGram, a desbloqueia e envia uma menagem para ela.

[12:19 || Roberto]
<Você desbloqueou esse contato.>

[12:24 || Roberto]
Olá.

[12:25 || Indyara]
Oi.

[12:25 || Roberto]
Oi.

[12:26 || Roberto]
Sua irmã entrou em contato comigo. Podemos conversar de boa?

[12:26 || Indyara]
Podemos. Sinto sua falta. Não vou mais bloquear. Já chega de fugir.

[12:27 || Indyara]
Eu preciso te contar uma novidade.

[12:27 || Roberto]
Diz. O que é?

[12:28 || Indyara]
Estarei indo pra sua cidade no fim de ano.

[12:29 || Roberto]
Ok.

[12:29 || Indyara]
Ficou nada feliz? 😌

[12:29 || Roberto]
Sim, viajar é sempre bom.

[12:29 || Indyara]
😐

[12:30 || Roberto]
Fiquei sim.

[12:31 || Roberto]
Vc usou o telefone da sua irmã, foi ela mesma que entrou em contato?

[12:32 || Roberto]
Oi?

[12:33 || Indyara]
N estou sabendo. Me manda isso.

[12:33 || Roberto]
Como ela descobriu meu telefone? Qual o nome dela?

[12:34 || Indyara]
Raphaela Lorhan Gianniko, somos de pai diferente, mas temos a mesma mãe.

 Estranhamente, Raphaela entra em contato com Roberto enquanto ele conversava com Indyara.

[12:34 || Raphaela]
Olá, Roberto. Td bem? Desculpe naquele dia, queria muito falar ctg e não sabia como começar uma conversa.

[12:35 || Roberto]
Tá tranquilo.

[12:36|| Raphaela]
Vi que vc e minha irmã se desentenderam. Mas relaxa, minha irmã é assim mesmo.

[12:37 || **Roberto**]
Ah tá, fazer o quê?

[12:38 || **Raphaela**]
Gostaria de saber de você? Do que vc gosta e do que faz, além de ser bibliotecário.

[12:39 || **Roberto**]
Tô rindo muito.

[12:39 || **Indyara**]
😲

[12:40 || **Roberto**]
Tua irmã quer saber quem eu sou. As mesmas perguntas que vc fez no início.

[12:41 || **Indyara**]
Estou com ciúme. 😊 Vc tá interessado?

[12:41 || **Roberto**]
Não, claro que não. Estou rindo muito.

[12:42 || **Indyara**]
Sei. Seu amor por mim acabou?

[12:43 || **Roberto**]
Vc me magoou muito. Não sei te dizer. 🙁

[12:43 || **Indyara**]
Nossa. 😊 Ok. Vou te deixar em paz.

[12:43 || **Roberto**]
Para com isso. Me reconquista. A forma como vc falou comigo não me fez bem.

[12:46 || **Indyara**]
Posso tentar?

[12:46 || **Roberto**]
Pode.

[12:46 || **Indyara**]
Bloqueia minha irmã, sou insegura.

[12:48 || **Indyara**]
Vai fazer isso?

[12:48 || **Roberto**]
Para com isso. Não vou ficar com ela. Não gosto de mentira. Ela começou a conversar mentindo.

[12:48 || **Indyara**]
☹️☹️ Sou insegura.

[12:49 || **Roberto**]
Deixa ela lá. Não vou me envolver com ela. Pode confiar. Não sou esse tipo de pessoa.

[12:49 || **Indyara**]
Ok, vou confiar.

[12:53 || **Roberto**]
Se eu confiei em vc sem te conhecer, vc pode confiar em mim. Creio que fui ingênuo até demais. Kkkkkk Tô rindo de mim mesmo.

[12:57 || **Indyara**]
Não, vc foi vulnerável, somos humanos. Ainda amo vc, nada acabou.

[12:58 || **Indyara**]
Isso quer dizer o q? Não me quer mais? Pode ser direto.

[12:58 || **Roberto**]
Quer parar, eu não disse nada.

[12:59 || **Roberto**]
Uma pergunta. Tudo que vc me contou até agora é verdade?

[12:59 || **Indyara**]
Tô tão feliz e ansiosa q vou praí. 😊 Não minto. Estou morando só. E tá tudo bem complicado. Mas vai se resolver. Consegui um emprego de meio período que não é lá essas coisas, mas é o q tem. :(Enfim. Vou pra Nova Morgade. 😊

[13:01 || **Roberto**]
Vc vai conseguir emprego melhor. Pode ter certeza. Fico feliz também. São três horas e meia de voo direto. Na quinta-feira eu gastei oito horas pra chegar em Altamar pq o voo atrasou e teve escala.

[13:02 || **Indyara**]
Vish. Vc vai querer me ver?

[13:03 || **Roberto**]
Sim, vou. Pq não queria?

[13:03 || **Indyara**]
Sei lá.

[13:04 || **Roberto**]
Pq vc agiu daquela forma na segunda-feira passada? Olha, graças a sua irmã a gente voltou a se falar.

[13:04 || **Indyara**]
Não sei, não quero lembrar. Episódio ruim. Vamos viver o agora. Chega de passado. Pelos menos isso. Já posso chamar de amor novamente? 😊 Sdds.

[13:05 || **Roberto**]
Temos que olhar pro passado pra não cometermos os mesmos erros.

[13:06 || **Indyara**]
Nossa. Já entendi.

[**Roberto**]
Quer parar com essa insegurança. Estou aqui. Estou me recuperando da viagem. ♥

[13:17 || **Indyara**]
Eu te amo. Muito.

[13:18 || **Roberto**]
Todo nós erramos. Reconhecer os nossos erros nos engrandece.

[13:19 || **Indyara**]
Eu reconheço. Não me deixa mais. 😊

[13:21 || **Roberto**]
Eu estive sempre aqui. Desde que fui aí te conhecer. Não fui eu que fugi.

[13:26 || **Indyara**]
Te amo, meu amor.

[13:26 || Roberto]
♥ Vc pediu pra sua irmã falar comigo?

[13:28 || Indyara]
Sim.

[13:28 || Roberto]
Ela me pediu desculpa pela mentira no início. Não gosto de mentiras. Chega e fala a verdade. Por mais que doa. Espero que vc não fuja mais.

[13:31 || Indyara]
Não, amor.

[13:32 || Roberto]
Fugir não resolve problemas, na verdade cria mais.

[13:39 || Indyara]
Eu sei que não, amor. Me perdoa.

[13:45 || Roberto]
Tá perdoada. Perdoar faz parte da evolução humana.

[13:45 || Indyara]
Sim. Obg por isso. 😊 Não queria te causar isso. 😣😣 Desculpa, amor, não quis causar tudo isso.

[13:50 || Roberto]
Tá desculpada, mas é bom vc saber das coisas. Pensa antes de tomar qualquer atitude.

[13:51 || Indyara]
Tá ok... Te amo... Vc merece o melhor. Nunca é pedido quando somos felizes sozinhos. Se cuida tbm, vida.

[14:07 || Indyara]
Ei amor, pode mandar uma grana pro meu aluguel desse mês? Próximo mês já vou ter pagado o cartão e vou conseguir ficar mantendo.

[14:10 || Roberto]
Vc vai ficar triste comigo? Infelizmente não vai dar, tenho que pagar as parcelas dessa viagem. As coisas também não estão muito boas aqui. De se-

tembro pra cá já passei mais 5.000$ pra vc. Me desculpe, não tenho esse poder aquisitivo todo. Por favor, me entenda.

[14:11 || **Indyara**]
Ok. Não ia precisar de muito. Mas se vc n pode. ☹

[14:12 || **Roberto**]
Desculpa mesmo, já te passei mais do que o meu salário. Por favor me entenda.

[14:13 || **Indyara**]
Não pode passar só 200$? O valor q preciso. N perturbo mais. Por favor. ☹

[14:16 || **Roberto**]
Vou ver aqui. Se vc pedir mais, não tenho. E estou falando sério. Vou tirar do meu cartão de crédito. Só pra vc ter noção, esta viagem me custou 3.000$, que parcelei.

[14:23 || **Roberto**]
Vou te passar agora. Desculpa por não poder te ajudar com mais.

[14:36 || **Indyara**]
Obg. ☹ E desculpa ser inconveniente.

[14:36 || **Roberto**]
Q nada. Só quero q vc entenda meu lado. Tenha uma boa tarde.

[15:14 || **Indyara**]
Pra nós dois.

[15:17 || **Roberto**]
Tá fazendo o quê?

[15:21 || **Indyara**]
Preparando algo p comer. E vc?

[15:21 || **Roberto**]
Eu também. Vc tá trabalhando em quê?

[15:21 || **Indyara**]
Loja de móveis.

[15:23 || Roberto]
Legal. Mas não pare de estudar. A sua irmã disse que vc é muito apaixonada por mim.

[15:28 || Indyara]
Sou. 😊

[18:06 || Roberto]
Boa noite. Preciso que vc me tire umas dúvidas. Enquanto fiquei em Altamar, estas questões me vieram à mente. O que vc viu em mim e espera de mim? Só ajuda financeira? Durante a minha estadia em Ayamonte, me vieram várias coisas em meu pensamentos. Da forma que vc agiu, parecia que vc só estava a fim de me usar.

[19:15 || Indyara]
N quero só lhe usar. Se fosse isso, buscaria em outro alguém que não fosse interessante e só tivesse isso a me oferecer. Vc é parecido comigo, é interessante, um ser humano incrível, não lhe peço mais nada. Já entendi que pra vc já deu. Nem voltarei a incomodar vc. Apesar de te amar, vou indo. Vc já criou uma imagem ruim sobre mim. Infelizmente.

[19:16 || Roberto]
Engano seu.

[19:16 || Indyara]
Tudo, menos usar as pessoas. N sou assim.

[19:17 || Roberto]
Vc que agiu dessa forma, nesta semana.

[19:18 || Indyara]
_ ♀ _ ♀ _ ♀

[19:18 || Roberto]
Foi o que passou na minha mente durante o tempo que estive em Altamar.

[19:18 || Indyara]
Pois pensou errado. O q te peço não é pra te usar, pq eu tenho sentimentos por vc, peço pq preciso e vc sempre me estende a mão. E se não dá mais, ok, entendo.

[19:20 || Roberto]
Fiquei tão chateado contigo. Te ajudo e sou tratado assim. Mas passou. Só te falei o que eu passei nestes dias.

[19:21 || Indyara]
Não te incomodo mais, ok? Eu só te perturbando. Perturbo. Vou me pôr no meu lugar. Vc n tem pq me ajudar, sou muito ruim com vc.

[19:22 || Roberto]
Quer parar com isso? Só disse que eu pensei durante a viagem. Então não posso lhe dizer o que eu senti durante a viagem? Obrigado.

[19:23 || Indyara]
Fiquei foi mal.

[19:23 || Roberto]
Tenho que sentir as coisas e ficar quieto.

[19:23 || Indyara]
Com esse seu pensamento.

[19:23 || Roberto]
Passou. Vc sabe que eu me envolvi. Rolou sentimento. Esperando ainda te ver. Desculpa se te interpretei mal. Não te falo mais o que sinto contigo.

[19:26 || Indyara]
Pode falar. É importante. Só disse que vc pensou errado. Eu jamais te usaria. Vc é alguém que me interessei real.

[19:27 || Roberto]
Mas durante a viagem vc só fugiu. E do nada quis ir pra Altamar.

[19:27 || Indyara]
Vamos falar em passado mais n, só atrapalha.

[19:27 || Roberto]
Ok. Tá bom. Desculpa. Retiro aqui minhas palavras. Espero que vc pare de fugir. Ainda sonho em te conhecer.

[19:30 || Indyara]
Tbm.

[19:31 || **Roberto**]
Não sei quando volto pra Altamar. É uma viagem cara. E cansativa. Vc me faz bem.

[19:32 || **Indyara**]
Mas eu vou aí. 😟♥ ♥ ♥

[19:34 || **Roberto**]
Não sei se no Réveillon estarei aqui, pois já estava vendo viagem com amigos meus. Vou fazer de tudo pra ficar aqui na capital. Preciso ver quem é essa pessoa, que apesar de todos os contratempos, me faz tão bem. Te amo. ♥♥ Mais tarde a gente se fala. Vou pra cozinha. Se cuida, amore.

[19:45 || **Indyara**]
Se cuida, amor. Nunca duvide do q sinto por vc, pq é mais que real.

[21:04 || **Roberto**]
Tá dormindo cedo ainda?

[21:14 || **Indyara**]
Sim.

[21:14 || **Roberto**]
Então te desejo uma boa noite. Se cuida. ♥

[21:57 || **Indyara**]
Boa noite, amor meu. Se cuida.

CAPÍTULO 47

19.11.2026

A carência afetiva do Roberto era tão grande que ele acabou retornando os diálogos com Indyara, e ela se aproveitou para manipulá-lo.

[09:39 || Roberto]
Bom dia!

[09:57 || Indyara]
Bom dia, meu amor.

[16:34 || Roberto]
Boa tarde, tá td bem? 🖤

Roberto começa a desconfiar de que algo está acontecendo com Indyara, pois ela não o procurou durante o dia inteiro; já era noite e nada de ela aparecer.

[19:04 || Roberto]
Boa noite, amor!

[19:18 || Indyara]
Amor, desculpa não ter respondido antes, aconteceu tanta coisa horrível hj. Amor, por favor, vou te explicar, mas me ajuda urgente, me manda 130$ com urgência, preciso sair de uma enrascada q entrei. Pfv. Pfv. Juro que te explico. Por favor. 😭😭😭😭😭

[19:19 || Roberto]
O que foi dessa vez?

[19:19 || Indyara]
Amor, me ajuda. Me ajuda. Vou contar. Preciso sair dessa. Por favor. Tô numa enrascada grande.

[19:19 || Roberto]
Me diz o que houve. O q aconteceu? Pra que este dinheiro?

[19:20 || **Indyara**]
Eu conto tudo eu juro.

[19:20 || **Roberto**]
Conta.

[19:21 || **Indyara**]
Mas me manda agora pra eu sair dessa. Por favor.

[19:21 || **Roberto**]
💀

[19:21 || **Indyara**]
Tô chorando. Vou contar. Por isso passei o dia sumida. Vai me ajudar? É urgente. Por favor, Roberto.

[19:22 || **Roberto**]
Vou, mas se vc não me contar, não conte mais comigo. Um momento.

[19:22 || **Indyara**]
Prometo contar, mas me tira dessa rápido. Conto, eu juro.

[19:23 ||**Roberto**]
Já te passei. Espero que me conte. Com que ou com quem vc se envolveu?

[19:28 || **Indyara**]
Vou te explicar, calma.

[19:29 || **Roberto**]
Ok. Estou no aguardo.

[19:32 || **Roberto**]
Posso saber o que está acontecendo?

[19:35 || **Roberto**]
Indyara, vc está me deixando preocupado.

[19:37 || **Indyara**]
Vou explicar amor. 😓

[19:38 || **Roberto**]
Diz. Estou esperando.

[19:43 || Roberto]
Nossa! O q está acontecendo? Alguém te fez alguma ameaça? Posso te ligar?

[19:58 || Roberto]
Indyara, o que está acontecendo? 😖 Tá difícil, amor. Vc está me tirando do sério. Em que vc se envolveu?

[20:01 || Roberto]
Vc sempre fugindo e me escondendo algo. Obrigado por vc me tratar assim.

[20:15 || Indyara]
Calma amor. Já disse que vou explicar. Tô resolvendo.

[20:16 || Roberto]
Ok.

[20:46 || Roberto]
Podemos conversar?

[21:31 || Roberto]
Eu sempre te socorrendo às pressas. E vc sempre fugindo. Custa me dizer o que houve? Da minha parte tudo tem que ser urgente, rápido. Quando eu te peço explicações, tenho que esperar. Essa sua atitude me incomoda.

[22:07 || Roberto]
Ok. Boa noite. Estou indo aqui. Espero que vc esteja bem. Quando quiser falar, me chama.

    Como Roberto deixou de enviar dinheiro para Indyara nos últimos dias, ela se endividou muito. Os credores foram em sua casa cobrar, mas eles não eram muito amigáveis na cobrança e agiam com certa violência.

CAPÍTULO 48

20.11.2026

[06:38 || Roberto]
Bom dia. Espero que esteja bem.

[09:01|| Roberto]
Nossa! É assim que vc me trata. Obrigado.

[09:04 || Roberto]
Estou preocupado contigo. Pq vc não quer falar comigo? Vc está me deixando triste. Por favor, me dê um oi. Eu te amo. 🖤😖

[09:46 || Indyara]
Oi, acabei de acordar. N estou bem. Eu te amo.

[09:47 || Roberto]
Amor, o que está acontecendo? Me diz. Estou muito preocupado contigo. Amor, eu te amo. Quando puder, converse comigo. Tive uma noite péssima, sem saber o que está acontecendo contigo. Amor, fale comigo.

Após várias insistências sem retorno, Roberto desiste de falar com Indyara. Ela não dá nem um oi durante o dia, o que faz Roberto procurá-la só à noite.

[18:52 || Roberto]
Vc me deixa muito triste ao agir dessa forma. Deixo nosso relacionamento na sua mão. Só te peço, por favor, não brinque. Essa sua atitude dói muito.

[18:55 || Indyara]
Eu te amo, não quero te deixar não. Está tudo bem já! Relaxe.

[18:58 || Roberto]
Vou tentar. Não estou me sentindo bem. Estou com muita dor de cabeça.

[19:03 || Indyara]
Tbm n estou bem. 😔 Quero muito vc. N vou deixar que nada mais atrapalhe. Te amo.

[19:06 || **Roberto**]
Te amo. 😩❤ Hj estou muito mal.

[19:08 || **Indyara**]
Não fica. A gente se tem. Melhoras. Vc me tem. Não esqueça do quanto eu te amo.

[19:20 || **Indyara**]
Amor, me manda 250$ pra eu fazer umas comprinhas aqui pra casa? 😔 Mas teria q ser hj enquanto o mercantil está aberto. Pode fazer isso?

[19:22 || **Roberto**]
Não sei se posso, tenho que ver. Vc ainda não me explicou o que aconteceu ontem.

[19:23 || **Indyara**]
Vou explicar amor, tá tudo tão complicado, tô morando sozinha. Cheiro pó [cocaína] quase todo dia. Minha família nem olha mais pra mim. Só tenho vc. Eu acho né.

[19:23 || **Roberto**]
Indyara, estou muito mal. É sério. Essas suas atitudes não estão me fazendo bem. Estou te ajudando às cegas.

[19:23 || **Indyara**]
Tenho?

[19:24 || **Roberto**]
Também tá muito difícil pra mim. Tenho várias contas pra pagar, não tenho aumento no salário há anos.

[19:24 || **Indyara**]
Só hoje. Por favor. Estou pedindo só hj. Está próximo do dia q vou receber dinheiro. Me ajude só hj. Por favor amor. 😔 Só hj.

[19:27 || **Roberto**]
É pra fazer compras no supermercado mesmo?

[19:27 || **Indyara**]
Juro.

[19:27 || Roberto]
Posso confiar em vc? Vou te ajudar, mesmo sem poder.

[19:28 || Indyara]
Sempre pode.

[19:28 || Roberto]
Lembre-se, suas atitudes ultimamente têm me feito muito mal. Não estou brincando.

[19:29 || Indyara]
Vou mudar. E melhorar.

[19:31 || Roberto]
Eu acabei de te passar. Esse mês não tenho mais. Estou te falando sério. Cuidado com vícios e exageros. A vida vale muito mais. Dificuldades todos nós temos. Cuidado onde vc busca solução. Fico muito preocupado com vc. Para de agir sem pensar. Boa noite. Se cuida. Vou aqui, não estou me sentindo bem. Estou com uma dor dentro do peito muito forte.

[19:47 || Indyara]
Não queria q estivesse sentindo essa dor. Só quero o seu bem. Obg eu te amo mt.

[19:54 || Roberto]
Antes de vc me amar, se ame primeiro. Esteja bem com vc mesma. Só te peço isso. Tenha fé, vc vai superar tudo isso. Não busque saída em qualquer lugar. Vc ainda é muito nova. Vc tem muito pra viver. Já passei por sua idade, sei como é difícil. Volte a estudar, se junte a grupos de apoio. Tudo isso vai passar. Vc vai conseguir superar. Se eu pudesse te tirava daí, mas não tenho condições financeiras pra isso. Queria te ver pessoalmente, queria te abraçar agora. Quero te conhecer melhor. Quero olhar pra vc. Quero te sentir. Estou triste.

[20:17 || Indyara]
Amor. Quero te sentir mais que nunca. Queria muito estar contigo agora. Te abraçar. Boa noite.

[20:20 || Roberto]
Boa noite.

No dia anterior, traficantes tinham ido à casa de Indyara cobrar a dívida que ela tinha feito ao comprar papelotes de cocaína. Como ela não tinha dinheiro para pagar, eles a torturam e abusaram sexualmente até a noite, quando Roberto lhe passou parte do dinheiro.

CAPÍTULO 49

21.11.2026

[10:07 || Roberto]
Bom dia.

[11:43 || Indyara]
Bom dia, meu amor. Para com isso. N quero vc triste.

[12:17 || Roberto]
☹️

[13:13 || Indyara]
Já almoçou, amor?

[13:14 ||Roberto]
Não. Estou preparando.

[13:14 || Indyara]
Ah.

[14:18 || Roberto]
Te desejo uma boa tarde.

[14:32 || Indyara]
Para a gente, amor.

[19:10 || Indyara]
Oi, vida. Ta fazendo o q?

[19:11 || Roberto]
Oi, estou lanchando.

[19:17 || Indyara]
Ah sim. Saudades.

[19:19 || Roberto]
Eu tbm, mas estou muito triste.

[19:41 || Indyara]
Pq, vida?

[19:42 || Roberto]
Vc pergunta pq. Nos últimos dias como vc tem me tratado?

[19:46 || Indyara]
Aff. Me sinto tão insuficiente.

[19:47 || Roberto]
As atitudes que vc vem tomando desde quando eu estive em Ayamonte não estão me fazendo bem. Vc só me procura quando está precisando de dinheiro. 😟

[19:48 || Indyara]
Nossa, amor!

[19:48 || Roberto]
Estou muito triste.

[19:48 || Indyara]
Vivo preocupada com seu bem-estar. Como vc tá?

[19:48 || Roberto]
Muito triste mesmo.

[19:48 || Indyara]
Se não está bem, é sério. Não tem mais pq eu ficar. Achei que estivesse feliz.

[19:49 || Roberto]
Parece que de setembro pra cá só teve caos na sua vida e parece que eu que provoquei tudo.

[19:49 || Indyara]
Tá ok. Não te incomodo mais. Tô fazendo mal demais pra vc. Já chega. Triste direto. É pq não tem que ser comigo.

[19:50 || Roberto]
Calma. Vc some do nada. Me deixa preocupado.

[19:51 || **Indyara**]
Estou indo.

[19:51 || **Roberto**]
Assim vc me deixa pior. Não posso ficar triste? Só estou triste, mas vou ficar bem.

[19:53 || **Indyara**]
Encontre alguém que te faça feliz. Já q só lhe causo tristeza.

[19:54 || **Roberto**]
Não disse isso. Disse que os fatos que aconteceram me deixaram triste.

[19:54 || **Indyara**]
Ok. Boa noite e fique bem.

[19:55 || **Roberto**]
Eu te amo. É uma fase que não estou bem. Sou muito sentimental. Desculpa. Não quero que vc vá. Quero que vc me entenda. Só isso. ♥ Se vc quer ir, vá. Quem sou eu pra não deixar. Bjs. Te amo.

[19:58 || **Indyara**]
Eu te amo. 😢 😢 😢

[20:34 || **Roberto**]
♥ Boa noite, meu amor! Se cuida. Te amo.

[21:19 || **Indyara**]
Boa noite, vida. Se cuida.

[21:25 || **Roberto**]
Lembre-se que te amo. ♥ Fico preocupado contigo.

[21:38 || **Roberto**]
Vc vem mesmo para Nova Morgade no fim de ano? Vou cancelar minha viagem com amigos.

[21:39|| **Indyara**]
Ainda n é certeza. Então n cancele nada.

[21:40 || Roberto]
Okay. Não tenho previsão nenhuma de voltar aí. Nossa, que viagem cansativa pra Altamar. Cheguei morto de cansaço aí. Foi a viagem mais longa que já fiz de avião. Que calor aí, tomava açaí todos os dias.

[21:50 || Indyara]
Kkkkkk Lhe disse. Muito quente aqui.

CAPÍTULO 50

22.11.2026

[06:36 || Indyara]
Bom dia, amor!

[07:53 || Roberto]
Bom dia, amor!

[07:54 || Indyara]
Está bem?

[07:55 || Roberto]
Estou sim, acabei de acordar. E vc, como está?

[07:57 || Indyara]
Tô legal, amor.

[07:58 || Roberto]
Que bom, amor. 🖤

[08:07 || Indyara]
Meu amor lindo.

[08:12 || Roberto]
🖤 Te amo.

[08:18 || Indyara]
😊🖤🖤🖤🖤

[10:05 || Roberto]
🖤 Desejo um ótimo dia.

[10:41 || Indyara]
Pra gente, amor. Já almoçou, vida?

[12:24 || Roberto]
Ainda não. Estou terminando um relatório, pois tenho que enviá-lo até 13h.

[12:28 || **Indyara**]
Ah sim.

[12:43 || **Roberto**]
Estou com muito sono. Vou almoçar. Tenho uma reunião pedagógica hj às 17h. De volta à realidade.

[12:54 || **Indyara**]
Realidade é braba kkkkk Pois descansa, amor.

[13:23 || **Roberto**]
Amor, se cuida. Vc chega no trabalho que horas?

[13:24 || **Indyara**]
Já estou. 13h às 17h30.

[13:25 || **Roberto**]
Bom trabalho pra tu. Vai ser pesado o retorno. Duas horas no trânsito pra voltar. Mas é a vida. Bom trabalho, à noite a gente conversa melhor. Te amo. Bjs.

[14:15 || **Indyara**]
Te amo. Estou com saudade.

[14:16 ||**Roberto**]
¡Yo también!

[14:16 || **Indyara**]
Lindo da minha vida. ♥

[14:17 || **Roberto**]
Linda, maravilhosa, exuberante, amor da minha vida. ♥

[14:17 || **Indyara**]
Amor maior. ♥♥

[14:49 || **Indyara**]
Imagina vc morando pertinho de mim. ♥

[14:50 || **Roberto**]
Pertinho ou contigo? Kkkkkkkk

[14:54 || Indyara]
Kkkkk imagina msm. Comigo, bom que a gente casava logo.

[14:54 || Roberto]
E iríamos pro sul.

[14:54 || Indyara]
😊😊😊😊😊😊😊😊 Hahaah Suadinho meu deus. Como sou malvada, deixo o garoto louco.

[14:54 || Roberto]
Hahahaha

[14:54 || Indyara]
😊♥

[15:10 || Roberto]
Fiquei vermelho.

[15:15 || Indyara]
Kkkkk Pimentinha pequenina com formato de cogumelo cabeçudo. Kkkkk

[15:15 || Roberto]
Faltou vc aqui. Pra me deixar mais feliz. Mas fica pra próxima. Teremos outras oportunidades. Assim espero. E se a vida nos permitir.

[15:20 || Indyara]
Vai permitir. ♥

[15:20 || Roberto]
Amor, tenho que ir aqui. Tenha um bom fim de tarde. À noite a gente conversa melhor. Um bom trabalho pra vc, e se cuida. Quero te ver bem. Cuidado com excessos nesta vida. A vida vale muito. E não desista dos estudos. Te amo.

[15:26 || Indyara]
Te amo muito, meu anjo na terra.

[15:30 || Roberto]
♥

 Roberto precisou cortar o assunto, senão não conseguiria trabalhar. E, como já reparamos, Indyara tinha umas falas meio sem nexo.

[17:26 || **Indyara**]
Fazendo o q amor?

[18:22 || **Roberto**]
Trabalhando. E vc?

[18:22 || **Indyara**]
Aqui com saudade de vc.

[20:32 || **Roberto**]
♥ Boa noite ☾! Td bem meu amor? Hj estive bem enrolado com trabalho. Mas já terminei. Desculpe pela falta de atenção. E vc, como está?

[21:23 || **Indyara**]
Desculpa a demora, tava dormindo. Te amo e boa noite.

[21:23 || **Roberto**]
Desculpe. Bom sono, amore.

[21:23 || **Indyara**]
♥

CAPÍTULO 51

23.11.2026

[05:52 || Indyara]
Amor, bom dia.

[05:57 || Roberto]
Bom dia, meu bem. ♥

[06:41 || Indyara]
Dormiu bem?

[07:43 || Roberto]
Sim, com frio de 16. E vc?

[07:45 || Indyara]
Ai que delícia.

[07:49 || Roberto]
Fui dormir cedo e acordei cedo. Tenha um excelente dia. Estou torcendo muito por vc. Td q vc está passando é uma fase. E vc vai superar. Te amo.

[08:29 || Indyara]
Te amo, amor. Obg por tudo.

[08:44 || Roberto]
☺♥

[09:47 || Indyara]
Tomou café, amor?

[10:31 || Indyara]
Cadê vc, sdd?

[10:33 || Roberto]
Estou na rua resolvendo umas coisas. Saudade, amor.

[10:34 || Indyara]
Minha vida.

[10:40 || Roberto]
Minha linda. Desejo vc com nunca.

[10:44 || Indyara]
Te desejo demais, meu amor.

[10:44 || Roberto]
Só de pensar em vc me deixa todo arrepiado. Minha paixão.

[10:45 || Indyara]
Tudo que sinto por vc é muito intenso. Que coisa louca. Te amo tanto.

[10:45 || Roberto]
❤ 🔥 Quero tanto te beijar, te abraçar, te dar muito carinho... Espero que este dia não demore muito.

[10:59 || Indyara]
Não vai demorar. Meu amor. Está tão perto que vc nem imagina.

[11:05 || Roberto]
Espero esteja mesmo.

[11:11 || Indyara]
Me sinto tão pertinho, meu amor. Obg por existir.

[11:14 || Roberto]
☺ Tivemos uma oportunidade pra nos encontrar, mas não ocorreu. Creio que não era este o momento. Nada acontece por acaso. Acredito que teremos outra oportunidade. Te amo.

[11:25 || Indyara]
Teremos, meu amor. Acredito nisso. Vc veio pra ficar. Chega de brigas, só quero te amar.

[11:53 || Indyara]
<arquivo de foto> [Indyara envia uma foto dela nua]

[11:56 || Roberto]
Vc é linda e maravilhosa. Vc tem olhos claros?

[11:58 || Indyara]
É castanho clarinho, no sol então. Seus olhos, meu amor 😊😊😊😊 Sou muito apaixonada.

[12:10 || Roberto]
😊😊😊

[12:12 || Indyara]
♥ 😊😊😊 Almoçou?

[12:14 || Roberto]
Ainda não. Raramente almoço meio-dia.

[12:15 || Indyara]
Ah sim. Estou feliz pq tenho você, amor da minha vida.

[12:49 || Roberto]
Eu também estou feliz por estar contigo. Por vc fazer da minha vida. Vc me faz tão bem. Te desejo uma ótima tarde, um bom trabalho. E a gente vai conversando. ♥

[12:51 || Indyara]
Idem, amor meu. ♥

[14:19 || Indyara]
Ei, amor, tá aí?

[14:20 || Roberto]
Oi. Almoçando.

[14:27 || Indyara]
Te perturbar mais uma vez, e espero que a última, se vc puder me ajudar. Como te falei, estou morando só, estava comprando comida feita todos os dias e n tava dando, pq não recebo tanto. Não tenho fogão ainda, e aqui na minha cidade está tendo Black Friday, vi um aqui à vista por 749$. Não dá mais pra comprar marmita todo dia, ou só comer besteira. Se vc puder me ajudar pela última vez, juro que seria a última vez, pq vou conseguir me estabilizar um pouco agora e não iria mais te perturbar. Nunca mais acho uma promoção dessa e tô sem dinheiro no momento 😊😊 me ajuda, por favor, juro por tudo que seria a última vez que te perturbo. Daria um jeito por mim?

[14:33 || Roberto]
Eu sei que vc vai ficar triste comigo, tenho certeza. Não tenho condição nenhuma de te ajudar financeiramente esse mês. Estou falando sério. Já cheguei a te passar mais do que eu ganho por mês. Estou com uma situação bem apertada. Seu falar vc talvez não vai acreditar. Desde que cheguei de Altamar, não fui na casa da minha mãe por falta de dinheiro de passagem. Essa viagem foi bem pesada pro meu bolso. Estou com dívidas pelos próximos meses no cartão de crédito. E o valor que ainda tinha eu te passei. 😕

[14:35 || Indyara]
Tá ok. 😕 N tem nenhum jeito, amor? Nem pedir emprestado a alguém? Eu posso te pagar aos poucos quando for recebendo dinheiro. A promoção acaba quinta. 😕

[14:39 || Roberto]
Eu já peguei emprestado, estou com um empréstimo até 2033. Estou no cheque especial e sem limite no cartão de crédito. Com a pandemia minha renda caiu muito.

[14:40 || Indyara]
😕😕😕 Tá bom. Acho q vou vender meu celular. Fogão é mais necessário. N vejo outro jeito.

[14:44 || Roberto]
Amor, não sei o que te dizer. Estou triste de não poder te ajudar. 😟

[14:45 || Indyara]
Sem problemas. Vou ter q vender o cel, infelizmente. 😟 Vai ser difícil para conversarmos agora, mas vou dar um jeito de entrar em contato ctg de vez em quando. Já tô com sdd. 🥺😕😕😕

[16:49 || Indyara]
Amor, não tem nenhum jeito mesmo? Nem um amigo que te arrume? Não queria ficar sem o celular 🥺😕 dá um jeito, por favor amor. Sempre há uma saída.

[16:59 || Roberto]
Fim de mês, acho difícil que algum amigo possa me ajudar. E além de que, como irei pagá-lo depois? Indyara, as coisas estão ficando difíceis pra todo mundo. Já te passei em torno de 5.600$, bem além do que eu ganho. Eu

também estou com dívidas que não sei como irei pagar. Não posso perder meu apartamento, são parcelas que pesam no meu bolso. Como disse, nesta pandemia minha renda caiu bastante. Infelizmente não tenho como te ajudar no momento. ☹

[17:00 || Indyara]
Eu te pagaria os 700$. Mas aos poucos. Quando for recebendo. Consegue com alguém. ☹☹ Acaba quinta, amor. Pede pra alguém hj. Eu pago.

[17:09 || Roberto]
Vc me põe em cada situação.

[17:10 || Indyara]
Por favor. ☹☹☹

[17:13 || Roberto]
Se eu não conseguir, o que vai acontecer? Vc vai me bloquear, vai ficar chateada comigo, vai dizer que eu não te amo...? Nada garante que vou conseguir. Vou tentar conseguir até amanhã, caso eu não consiga não sei o que vai acontecer. Qual será sua atitude em relação a minha pessoa.

[17:17 || Indyara]
Vai tentar ao menos? Queria pra hj. ☹

[17:18 || Roberto]
Vou, mas não garanto. Mas não é até quinta-feira? Não me faça desconfiar de vc. Por favor.

[17:20 || Indyara]
Quinta acaba, amor. Amanhã é quarta.

[17:22 || Roberto]
E outra, eu sinto que vc vai precisar de mais até o fim do ano. Só estou imaginando caso eu não consiga este valor. O que vc vai fazer?

[17:27 || Indyara]
N vou fazer nada. E não vou pedir mais nada.

[17:29 || Roberto]
Indyara, me diz uma coisa. Parece que depois que a gente começou a se relacionar mais intensamente (de setembro pra cá), a sua situação finan-

ceira piorou. O q me parece, que a sua ex te ajudava bastante. Pois vc saiu de casa pra morar com ela. Tem algumas coisas que pra mim não estão muito claras. Ainda não te conheço direito. Relacionamento é muito mais que dizer eu te amo diariamente. Relacionamento é um conjunto de fatores. Eu sinto que vc ainda me esconde algumas coisas. Eu sinto, posso estar enganado, que vc gasta muito. Sem um controle, planejamento. Se vc perder esse emprego atual, como vai me pagar? Não irei me sacrificar para te passar esse valor. Pois vai chegar uma hora que quem vai precisar será eu. E quem irá me ajudar?

[17:44 || Indyara]
Não vou perder o emprego, amor, vira essa boca pra lá. É contrato. Não vou sair tão cedo. Confia em mim. Por favor, confia em mim.

[17:51 || Roberto]
O que me deixa chateado é que sempre que vc me pede é com pressa, pra agora, rápido.

[17:51 || Indyara]
Por causa da promoção, amor, só por isso a pressa.

[17:51 || Roberto]
Me parece que vc está devendo a alguém, e este alguém sempre está te ameaçando.

[17:54 || Indyara]
Nossa, olha o q tu vai pensar kkkk Eu realmente quero comprar meu fogão. Estou só.

[18:00 || Roberto]
Tem algumas coisas que até agora vc não me deu explicação. Eu não ajudo às cegas.

[18:00 || Indyara]
Que isso, amor. ☹ Ok. Confie.

[18:07 || Roberto]
E já vou avisando, se vc precisar de mais algum valor este ano, NÃO adianta me pedir, NÃO vou ter. E APRENDA A ECONOMIZAR. NÃO SEJA TÃO CONSUMISTA. E cuidado com os excessos. Cuidado com quem vc faz amizade.

[18:14 || **Indyara**]
Ta ok, amor. Vou seguir seus conselhos. Eu te quero. Já falei. Entendo, vida. 😖😖😖😖😖

Roberto tenta não cair no golpe, enrola ao máximo, dá mil desculpas e por fim acaba passando o valor que ela havia pedido.

[18:33 || **Roberto**]
Te passei. Dia 10 próximo vc me paga 100$. O que não faço por vc.

[18:36 || **Indyara**]
Te amo, nunca vou esquecer o q fez por mim.

[18:39 || **Roberto**]
Já está em casa?

[18:43 || **Indyara**]
Tô na minha tia. Vim jantar.

[18:44 || **Roberto**]
Boa janta. Vou aqui. Bjs. Manda um abraço pra ela. Em breve vou conhecer a família. 😊😊😊😊 Agora vou tomar um banho. Nossa, que tarde tensa. Vc me deixa desesperado.

[18:51 || **Indyara**]
Nossa, amor. Vc é tão grosso comigo às vezes. Me sinto intrusa.

[18:51 || **Roberto**]
😊😊😊😊💐

[19:08 || **Indyara**]
Tenho milhares de planos ctg, amor meu gostoso. Boa noite, amor meu.

[21:11 || **Roberto**]
Estou pensando em vc. Vc me envolve de uma maneira tão diferente. O que vc tem?

[21:14 || **Indyara**]
Eu que te pergunto, o q vc tem?

[21:14 || Roberto]
Eu?! Sou uma pessoa normal, pelo menos eu acho. Rssssss Desejo tanto te conhecer pessoalmente. Surgem tantos imprevistos.

[21:18 || Indyara]
Vc não é nada comum. 😊♥🔥 Te desejo. Boa noite.

CAPÍTULO 52

24.11.2026

[07:06 || Roberto]
Bom dia!

[07:19 || Indyara]
Bom dia, amor.

[07:21 || Roberto]
Já comprou o fogão?

[07:22 || Indyara]
Acabei de acordar.

[07:23 || Roberto]
Desculpa, perguntei pq ontem vc me fez passar o dinheiro pra vc com tanta urgência. Pensei que iria comprar ontem mesmo.

Passam-se quase quatro horas e nada de Indyara dar satisfação. Roberto, já cuspindo fogo, insiste.

[11:03 || Roberto]
Boa dia! Espero que vc esteja bem.

E nada de ela responder. Passam-se mais de duas horas e repentinamente Indyara aparece com alguma desculpa pelo sumiço.

[13:23 || Indyara]
Amor. Tô aqui no Centro. Com ódio nas veias... 😒 Odeio propaganda enganosa, quando chego aqui a mulher diz que não é 749$, sendo q tinha na foto, é 799$. Pode mandar mais 50$? Sabendo que vou pagar, então nem venha ser bruto.

[13:25 || Indyara]
Rápidooooooo... Tá muito quente aqui.

Agora quem dá uma de sumido e não responde é Roberto.

[13:27 || Indyara]
Cadê vc amor???

[13:48 || Indyara]
Amor.
Amor.
Amor.
Amor.
Amor.
Amor.
Amor.
Amor.
Cadê vc?

[13:52 || Indyara]
Amor aqui tá quente. Tu anda por onde?

[14:01 || Indyara]
Vim pro trabalho, vc não respondeu. Disse à moça que passava lá às 17h30, quando saísse do trabalho. Mas vc não quer aparecer. 😏

14:26

    Indyara liga para Roberto e nada de ele atender ou responder as mensagens dela. Ela espera mais 25 minutos e liga de novo, e mais uma vez Roberto não atende. Só depois de quase uma hora e meia Roberto responde a Indyara.

[15:23 || Roberto]
Indyara, me desculpe, pede pra outra pessoa. Agora não tenho como fazer mais nada. Minha parte já foi feita. Fiz um sacrifício pra vc. Agora não mais.

[15:47 || Indyara]
Vc começou e não quer terminar, só tá faltando 50$ e já já recebo dinheiro e já dou a primeira parcela. 😊😊 Por favor, tenho que passar lá e comprar daqui a pouco.

[15:48 || Roberto]
Como é difícil de vc entender as coisas.

[15:49 || **Indyara**]
Vc concordou em fazer isso comigo e eu ir te dando todo mês. Nem eu imaginava que ia ser mais caro quando eu fosse na loja. E agora? Tudo perdido?

[15:49 || **Roberto**]
Vc vai pagar quanto agora em dezembro?

[15:49 || **Indyara**]
Por 50$ só? 200$, mas nos próximos meses vou pagando de 100$ e 150$.

[15:50 || **Roberto**]
200$ até o dia 10 de dezembro. Senão, vou ficar mais puto contigo.

[15:50 || **Indyara**]
Ok. Eu sei. ☺

[15:51 || **Roberto**]
Vou me sacrificar aqui de novo.

[15:51 || **Indyara**]
Ei, meu TweederGram apareceu algo estranho, tipo como se tivesse visualizando primeiro que eu as mensagens. Pode ser bug, não sei, mas apaga as conversas aí por precaução, por favor. E me manda print, por favor, meu bem.

[15:52 || **Roberto**]
Indyara, posso te dizer uma verdade?

[15:53 || **Indyara**]
Faça isso logo, tô pirando o juízo já. Pense como fiquei puta. Com a mulher da loja.

[15:54 || **Roberto**]
Eu já não estou acreditando que este dinheiro é pra isso. Tá ficando difícil de acreditar. Algumas coisas não estão batendo.

[15:54 || **Indyara**]
Vou te provar, Grrr... Quem era vc comigo no início né. As coisas realmente mudam. Tenho pq mentir não, tantas vezes já te pedi pra qualquer coisa e vc deu. Se tô dizendo que é o fogão, é pq é.

[15:55 || Roberto]
Não posso desconfiar de alguém que nunca vi? Das formas como vc agiu comigo? Vou te passar.

[15:55 || Indyara]
😱

[15:57 || Roberto]
Eu quero 200$ até o dia 10 de dezembro.

[15:57 || Indyara]
Tá ok.

[15:57 || Roberto]
Se não me esquece.

[15:58 || Indyara]
Não quero te perder nunca.

[15:59 || Roberto]
Te passei 800$. Eu espero vc me pagar em breve. Nem que seja parcelado, mas me paga. Não estou brincando. Sem falar que vou ficar com muito ódio de vc.

[16:04 || Indyara]
Eu hein. Vc mudou pra porra, até em ódio fala.

[16:04 || Roberto]
Vc está tirando um pouco minha paciência, desculpa. Vc é muito apressada com as coisas.

[16:05 || Indyara]
Olha, não quero mais contato, pra mim já deu, eu só te faço mal, te deixo triste, te perturbo, enfim... Nosso contato será somente para eu te pagar. Até lá, juro não lhe mandar nem um oi mais. Quem saiu magoada da história foi eu. Me sinto humilhada.

[16:05 || Roberto]
É assim. Te empresto dinheiro sem poder e vc age assim.

[16:06 || **Indyara**]
Só me diz coisas pesadas vc. Dói, viu. Tudo que eu mais queria era aquele Roberto da primeira semana que conversei. Pelo qual me apaixonei. Enfim, tudo mudou.

[16:07 || **Roberto**]
Vc agiu de forma horrível comigo em Altamar.

[16:08 || **Indyara**]
Mas tudo bem, não mando mais mensagem já que estou deixando vc sem paciência. Em dezembro a gente se fala. Bjs.

[16:08 || **Roberto**]
Para de ser criança.

[16:09 || **Indyara**]
Tô é cansada mesmo. Faz muito tempo que só recebo palavras pesadas, me sinto um lixo.

[16:10 || **Roberto**]
Indyara, se vc não está bem eu também não estou. Desculpa por tudo.

[16:18 || **Indyara**]
Tudo bem. Tbm lhe devo desculpas. E como devo. Te amo.

[17:22 || **Indyara**]
Pretendo um dia ter filho com alguém que eu ame, talvez. E vc quer? Te amo, meu amor. Obg por tanta paciência. Boa tarde!

Despois dessa mensagem estranha, Roberto não responde, e assim termina o dia.

CAPÍTULO 53

25.11.2026

[06:28 ||Roberto]
Bom dia.

[08:06 || Roberto]
Amor, como você está?

[09:04 || Indyara]
Oi, amor. Tô bem e vc?

[09:09 || Roberto]
Caminhando.

[11:05 || Indyara]
Fazendo o q?

[11:05 || Roberto]
Reorganizando uns planos.

[11:06 || Indyara]
Ahh.

[11:10 || Roberto]
Preciso me planejar.

[11:13 || Indyara]
Entendi.

[12:20 || Indyara]
Almoçou, amor?

[12:21 || Roberto]
Na cozinha preparando.

[12:24 || Indyara]
😊😊

[12:27 || Roberto]
☺️

[12:29 || Roberto]
Conseguiu comprar?

[12:30 || Indyara]
Sim.

[12:31 || Roberto]
Q bom! Eu estou meio enrolado hj. Fim de mês, estou reorganizando as contas que vão vencer no início do mês. Acho que este mês gastei demais. Pra piorar, meu condomínio aumentou. Recebi hj de manhã a comunicação da síndica.

[12:37 || Indyara]
Poxa. 😟

[12:37 || Roberto]
Saiu de 500$ pra 650$.

[12:37 || Indyara]
Caralho.

[12:37 || Roberto]
Foda. Meu salário nada de aumento. Ódio desse governo. 😡 Estou meio preocupado de como vai ficar dezembro.

[12:40 || Indyara]
Eu entendo, meu amor. Saudades.

[12:41 || Roberto]
Vou sair à tarde pra resolver umas coisas.

[18:34 || Indyara]
Boa noite, meu rei.

[20:16 || Roberto]
Tenha uma ótima noite. Estou indo deitar. Tive um dia cansativo.

[22:05 || Indyara]
Boa noite, meu amor lindo. Tem 20$ pra transferir? Comprar alguma coisa para jantar. Acordei agora com tanta dor de cabeça.

Roberto mais uma vez passa dinheiro para ela, e, por ser um valor baixo, nem questiona.

[22:12 || Indyara]
Obg, vida.

[22:14 || Roberto]
D nada.

[22:16 || Indyara]
Vai dormir já?

[22:22 || Roberto]
Oi, desculpa. Estava no banheiro. Vou sim, boa noite.

CAPÍTULO 54

26.11.2026

[00:01 || **Indyara**]
Ô meu amor, acordei de novo agora, que dor de cabeça chata.

[00:03 || **Roberto**]
Melhoras pra vc.

[10:09 || **Indyara**]
Bom dia, meu amor.

[10:09 || **Roberto**]
Bom dia.

[13:52 || **Indyara**]
Boa tarde! Te amo, meu amor.

[16:08 || **Indyara**]
Tem 60$ na transferência? Inteirar o gás, tá muito caro amor. 😊

[16:08 || **Roberto**]
Não tenho. Desculpa, dessa vez não tenho.

[16:12 || **Indyara**]
Nada nada?

[16:12 || **Roberto**]
Nada. Tô falando sério.

[16:12 || **Indyara**]
😊

[16:14 || **Roberto**]
Sei que vc vai conseguir com alguém aí. Sempre tem alguém pra ajudar.

[16:15 || **Indyara**]
Tenho não. Enfim.

[16:16|| **Roberto**]
Dessa vez vou ficar devendo essa.

[16:16 || **Indyara**]
Ok. Mesmo eu sabendo q vc tem.

[16:17 || **Roberto**]
Nossa, como vc pode afirmar? Eu gostaria de saber onde? Pois nem eu sei onde tem.

[16:19 || **Indyara**]
Ok. Ok.

[16:19 || **Roberto**]
Me diz onde tem, que eu também estou precisando.

[16:20 || **Indyara**]
Deixa pra lá. 60$ eu sei q vc tem, mas se não dá, não dá e pronto. Tá tudo bem.

Logo após a essa fala de Indyara, Roberto se sente pressionado e a bloqueia no TweederGram.

CAPÍTULO 55

Roberto não consegue se libertar, mesmo sabendo que caiu num golpe e está sendo extorquido por Indyara. Ele percebe estar tão envolvido que não consegue a deixar por muito tempo bloqueada. Precisa de ajuda para sair desse enrolo.

Passados seis dias, ele a desbloqueou, mas não enviou mensagem nenhuma, e só depois de dois dias que Indyara percebeu que ele a tinha desbloqueado no TweederGram.

04.12.2026

[10:25 || Indyara]
Tinha me bloqueado pq?

[10:26 || Indyara]
Nossa! Sempre soube desse "amor" seu que nunca existiu.

[11:42 || Roberto]
Bom dia. Eu te bloqueei pq vc só estava me pedindo dinheiro, e vc não estava entendendo que eu não podia te ajudar mais com dinheiro.

[11:43 || Indyara]
Entendi.

[11:48 || Indyara]
Vou te pagar dia 12 de dezembro. Quanto no total?

[11:50 || Roberto]
Qual total?

[11:50 || Indyara]
Q te pedi.

[11:51 || Roberto]
Pro fogão foi 800$. Vc me pediu 750$ e depois mais 50$.

[11:52 || Indyara]
Ok. Espere até esse dia.

[11:52 || Roberto]
Okay.

[11:57 || Indyara]
Me odeia?

[12:01 || Roberto]
Não.

[12:05 || Indyara]
Sei.

[12:11 || Roberto]
Ué. Se vc sabe, pq perguntou? 😃

[12:12 || Indyara]
Vc entendeu a ironia.

[12:12 || Roberto]
😃

[12:12 || Indyara]
Nossa, como as coisas mudam.

[12:13 || Roberto]
Que coisas? Se tivesse com ódio de vc, não estaria falando contigo agora.

[12:14 || Indyara]
Tá ok. Tenha uma boa tarde.

[12:15 || Roberto]
Pra vc também.

[16:45 || Indyara]
Queria te dizer uma coisa. Mas acho q vc nem quer mais saber.

[17:30 || Roberto]
Pq não ia querer?

[17:31 || **Indyara**]
Pq n se importa mais.

[17:31 || **Roberto**]
Vc tá afirmando algo que não tem certeza. Mas diz o q foi?

[17:34 || **Indyara**]
É certeza pra eu ir fim de ano. Meu irmão vai mandar as passagens dia 17. Pq vai eu e minha tia.

[17:35 || **Roberto**]
Que notícia ótima. Fico feliz por vc estar vindo. Mas vc gostaria ainda de se encontrar comigo?

[17:49 || **Indyara**]
Sem dúvidas, meu amor. Ainda te amo muito, até mais que no começo.

[18:31 || **Indyara**]
Pq tá tão frio?

[18:36 || **Roberto**]
Estou no Centro de Nova Morgade, na rua. Meio receoso de pegar o celular.

[18:37 || **Indyara**]
Só isso?

[18:37 || **Roberto**]
Sim. Quando entrar no ônibus falo contigo melhor.

[18:40 || **Indyara**]
Tá bom, meu bem.

[18:42 || **Roberto**]
Acabei de pegar o ônibus, podemos conversar melhor. Centro no sábado é perigoso.

[18:43 || **Indyara**]
Entendo. Vc tá bem?

[18:45 || **Roberto**]
Tô bem sim. Muito feliz que chegou a hora de nos conhecermos pessoalmente.

[18:46 || **Indyara**]
😊😊😊😊 E eu.

[18:47 || **Roberto**]
Vc vem q dia mesmo?

[18:47 || **Indyara**]
30

[18:48 || **Roberto**]
Vai ficar em qual bairro? Vai ficar até q dia?

[18:52 || **Indyara**]
3 de janeiro.

[18:53 || **Roberto**]
Vai ser bem rápido. Uma pergunta? Sua tia sabe da minha existência? Alguém da sua família, além de sua irmã, sabe de mim?

[18:56 || **Indyara**]
Siiim... Minha tia que vai cmg, contei.

[18:57 || **Roberto**]
Ótimo. Ela tem comentado alguma coisa?

[18:59 || **Indyara**]
N

[19:01 || **Roberto**]
Nossa! Estou feliz e ao mesmo com um frio no estômago. 😊

[**Indyara**]
E eu, vida? 😊😊

[19:03 || **Roberto**]
Amor, estou chegando em casa. Vou tomar um banho e jantar. Mais tarde a gente se fala, caso vc esteja acordada. Estou cansado, tive resolver algumas coisas hj na rua.

[19:07 || **Indyara**]
Tá ok meu amor. Pois descansa.

[21:02 || **Indyara**]
Amor. Tô com saudades.

[21:19 || **Roberto**]
Amor, vou me deitar. Tenha uma boa noite. ♥

[21:19 || **Indyara**]
Não me ama mais, é notório. ☺Boa noite. 💔💔

[21:20 || **Roberto**]
Amor, vai começar com este teu achismo. Pq não te amaria mais? Estou com dor e quero descansar. ♥

[21:23 || **Indyara**]
Vc tá diferente. Tá ok, melhoras, te amo. Boa noite!

CAPÍTULO 56

05.12.2026

[06:43 || Indyara]
Bom dia, meu amor. Melhorou?

[07:19 || Roberto]
Bom dia. Estou melhor.

[07:44 || Indyara]
Que bom, meu amor. Já levantou?

[07:51 || Roberto]
Sim, levantei. Estou acordado desde cedo. Dormi pouco.

[07:56 || Indyara]
Tomou café?

[07:57 || Roberto]
Já. E vc, como está?

[07:58 || Indyara]
Tô legal, amor.

[08:02 || Roberto]
Que bom. Preciso conversar contigo. Tem algumas coisas me deixando pensativo. Foi o que me tirou o sono. De setembro pra cá percebi que às vezes vc age de forma que eu não entendo. Sempre que eu não posso te ajudar ou digo não pra vc, vc foge ou me bloqueia. Gostaria de saber pq vc age dessa forma? Outra coisa, eu sinto que vc me esconde algumas coisas de sua vida. Vc sabe mais de mim do que eu de vc. Pq vc faz isso? Essas suas atitudes me deixam triste. Fazem entender que eu não sei com quem estou convivendo. Indyara, me diz quem é vc. Por favor.

[08:12 || Indyara]
Eu sou alguém que te ama e que vai ficar do seu lado pra sempre.

[08:12 || Roberto]
Vc não me respondeu. Como posso ficar com alguém que não sei quem é esse alguém.

[08:13 || Indyara]
Vamos nos conhecer pessoalmente.

[08:13 || Roberto]
Vc me esconde muita coisa. Disso tenho certeza. Espero que este dia chegue logo. Pra sempre não é muita coisa? Vai prolongar pra próxima? Vc é muito enigmática. Vc guarda muito segredos. Tenha um ótimo dia.

[12:24 || Indyara]
Só que não. É só saber me ler.

[12:33 || Roberto]
A questão é a interpretação. 😊

[13:29 || Indyara]
Boa tarde, amor meu.

[13:30 || Roberto]
Tá td bem aí?

[13:30 || Indyara]
Tá indo, meu amor. E aí??? Saudades sua.

[13:33 || Roberto]
Saudade de tu.

[13:41 || Indyara]
Não vejo a hora de passar todos os meus domingos ao seu lado.

[13:43 || Roberto]
Será que sou uma boa companhia de todos domingos?

[13:47 || Indyara]
Não tenho dúvidas.

[13:50 || Roberto]
Até hj não consigo entender o que vc viu em mim. Tudo ainda é meio confuso na minha mente. De como vc chegou até a mim. Vc entrou no

meu TweederGram no fim de 2024 e só depois de quase dois anos viemos a nos falar.

[13:51 || Indyara]
Não sei se acredito em destino, mas com vc parece q foi.

[13:53 || Roberto]
E vc tem tanta certeza que sou a melhor pessoa pra viver junto contigo. Essa certeza tua às vezes me assusta. De onde vem essa certeza?

[13:53 || Indyara]
Eu sinto que vc me ama pq nunca desistiu, vc é paciente. O amor é paciente.

[13:54 || Roberto]
Viver junto não é algo fácil. Tem que ter compreensão de ambas as partes. Confiança, diálogo...

[13:55 || Indyara]
E terá...

[13:56 || Roberto]
Assim vc me faz chorar. ☺ ♥

[13:57 || Indyara]
☹ Eu sei que é amor.

[14:00 || Indyara]
Te amo, meu amor.

[14:02 || Roberto]
♥ Mas a gente tem que se conhecer melhor.

[14:02 || Indyara]
Só acho que no começo vc sentia mais. Mas eu vou te reconquistar. Garanto.

[14:03 || Roberto]
Vc me deixou um pouco triste, pelos fatos que ocorreram. Não vou esconder isso de vc.

[14:04 || Indyara]
Perdão. Vou fazer vc se apaixonar por mim dnv. E ser a minha melhor versão pra vc. Ser a mulher que vc tanto sonhou um dia. Quero ser pra vc o q ninguém nunca foi. Quero ser a sua pessoa.

[14:06 || Roberto]
Calma, amor, temos um caminho a percorrer.

[14:07 || Indyara]
Sim, temos. Mas quero recuperar tudo isso que te magoei. Quero ser tudo pra vc.

[14:09 || Roberto]
Nossa! Nem sei o que dizer. Assim vc me tira todas as palavras.

[14:10 || Indyara]
Vc vai ver. Vou fazer vc me ver como antes.

[14:13 || Roberto]
Te amo.

[14:14 || Indyara]
Te amo mais, meu amor.

[14:14 || Roberto]
Espero ser uma boa pessoa contigo. E que nosso amor possa crescer cada dia mais.

[14:15 || Indyara]
Vou fazer de tudo.

[14:17 || Roberto]
Nós iremos fazer de tudo. São duas pessoas, as duas caminham juntas.

[14:17 || Indyara]
Quero caminhar ctg.

[14:18 || Roberto]
No futuro podem ser três. Eu desejo ter um filho no futuro. Espero que seja o teu também.

[14:22 || Indyara]
Com vc sim.

[14:23 || Roberto]
♥ Meu coração foi a mil agora.

[14:25 || **Indyara**]
Nunca pensei em filhos. Mas vc me despertou essa vontade. Porque sei que é amor. Quero tudo diferente com vc. Só sei que quero tudo com vc. Vai dar certo.

[15:57 || **Indyara**]
Ei, amor. Tá aí?

[15:58 || **Roberto**]
Oi. Fala, amor.

[16:00 || **Indyara**]
Me manda tua conta bancária. Vou pedir pro meu patrão te transferir depois de amanhã, só que queria te pedir pra me ajudar com a fatura do meu cartão, pq vou te pagar praticamente meu dinheiro todo do mês, me ajudaria?

[16:02 || **Roberto**]
Não precisa me passar os 800$ de uma vez.

[16:03 || **Indyara**]
Mas eu vou, quero fazer assim. Vc precisa também. Mas aí queria liberar meu limite. Me ajuda, te imploro. Vou pagando de 100$. Tu entendeu como quero fazer né? Minha fatura fechou hj, amor. Por isso queria fazer assim com vc, se eu deixar pra mais 3 dias, vem um juros absurdo. Te pago até quinta os 800$ de uma vez, prometo. Aí o dinheiro da fatura, vou te dando de 100$. Por favor me ajuda. Não quero ter que pagar juros. Me ajuda. Nem que seja a última vez que me ajude, vou te devolver, prometo. Dou minha palavra.

[16:08 || **Roberto**]
Vc me entende que eu não tenho este valor? Estou negativo no banco. Não tenho de onde tirar este valor. Vc não precisa me pagar agora. Só te peço que não me bloqueie de novo por causa disso. 😟 Já estou pagando juros muito altos. Por favor, me entenda. Só isso que te peço.

[16:09 || **Indyara**]
😩😩😩😩😩 O q faço?

[16:10 || **Roberto**]
Não precisa me pagar agora, não tenha pressa. Eu fiz umas dívidas aqui, não tenho como. Estou sendo sincero e verdadeiro.

[16:10 || Indyara]
Pede pra alguém, amor, diz que dá antes de sexta, aí te passo os 800$ e vc devolve. A questão é que os juros já estão altíssimos.

[16:11 || Roberto]
Amor, de novo não.

[16:11 || Indyara]
Até quinta vai ficar pior.

[16:17 || Roberto]
Vc vai ficar me devendo 2x.

[16:18 || Indyara]
Eu sei. Pago 800$ e o valor de agora aos poucos.

[16:18 || Roberto]
Vou confiar. Faça honrar sua palavra. Gosto de pessoas que honram suas palavras. Caso contrário, vc vai perder toda a minha confiança. Me dê um momento. Já te passo.

[16:22 || Indyara]
Ok. Sei disso

[16:25 || Roberto]
Te passei o valor.

[16:29 || Indyara]
Eu sei, amor. Tu nunca confia em mim, aff.

[16:31 || Roberto]
Pq será? Lembra de um passado não muito distante? Espero que não se repita. Espero que vc tenha mudado.

[16:49 || Indyara]
Oi, vida. Tava no banho.

[21:03 || Roberto]
Te desejo uma ótima noite de sono.

[21:04 || Indyara]
Pra gente, amor. Kkkk 🖤

CAPÍTULO 57

06.12.2026

[08:29 || Roberto]
Bom dia! 🖤

[09:04 || Roberto]
Acordou?

[10:11 || Roberto]
Kd vc?

[11:29 || Indyara]
Bom dia, vida. Estava ocupada.

[11:29 || Roberto]
Pensei que tinha sumido de novo.

[11:29 || Indyara]
Não, né.

[11:30 || Roberto]
Então tá. Tenha um ótimo dia. Estou saindo pro trabalho.

[11:53 || Indyara]
Pra gente, vida.

[11:53 || Roberto]
Vc está bem?

[11:54 || Indyara]
Tô sim e vc?

[11:54 || Roberto]
Sei lá, estou com uma sensação estranha.

Roberto continua com sensações premonitórias, como se fossem vozes ao vento, mas não dá muita importância para isso.

[11:55 || Indyara]
Estou bem, amor.

[11:55 || Roberto]
Já vai pro trabalho?

[11:55 || Indyara]
Ainda n.

[11:56 || Roberto]
Se cuida, estou indo aqui. Vamos nos falando.

[11:56 || Indyara]
♥

    Passou a tarde toda, e Indyara não o procurou como sempre. Chegando à noite Roberto dá um boa-noite, aí ela retorna com um igual boa-noite e fica por aí.

[20:33 || Roberto]
Boa noite 🌙!

[20:35 || Indyara]
Boa noite, vida.

CAPÍTULO 58

07.12.2026

[07:00 || Indyara]
Bom dia, meu amor. Dormi cedo ontem. Tava com dor de cabeça.

[08:07 || Indyara]
Cadê vc, saudades...

[08:11 || Roberto]
Acabei de acordar. Bom dia.

[08:45 || Indyara]
Frio.

[08:46 || Roberto]
O quê?

[08:47 || Indyara]
Vc.

[08:47 || Roberto]
Pq vc acha? Engano seu. Estou tomando café. E vc tá fazendo o quê? Daqui a pouco vou sair, vou ao Centro renegociar uma dívida.

[08:53 || Indyara]
Estou deitada, meu amor. Ansiosa demais p fim de ano. Finalmente conhecer o meu amor. ♥

[09:07 || Roberto]
Imagino, amor. Amor, vou aqui. Vou me arrumar pra sair. Tenha um ótimo dia.

[09:08 || Indyara]
Pra vc tb, vida. Te amo.

[10:35 || Indyara]
Vida, pode me arrumar 100$ pra eu inteirar minha mala, que vou pra Nova Morgade, mas tô te pedindo esses 100$. Só isso. Seu dinheiro na quinta-feira.

[10:44 || Roberto]
Amor, infelizmente não vai dar neste momento. Eu preciso pagar o condomínio até sexta-feira e não tenho dinheiro nem no cartão de crédito. Agora quem precisa de ajuda sou eu. Por favor, tenta me passar estes 800$ até sexta-feira. Estou indo negociar agora no Centro meu plano de saúde, que aumentou muito. E vence também dia 10.

[10:44 || Indyara]
Ok. Mas te pago os 800$ quinta. Não pode me dar só 100$ não? Tô precisando tanto de uma mala, está na promoção.

[10:51 || Roberto]
Deixa eu voltar pra casa. Mais tarde eu vejo, estou no ônibus. Mas não dou certeza agora.

[10:52 || Indyara]
Tá ok, amor.

[10:55 || Roberto]
Depois vc vai ter condições de me pagar os outros 800$? Sinto que vc está se enrolando muito com dívidas. Tá chegando uma hora que não terei como te ajudar com nada.

[10:57 || Indyara]
Vou te dar de uma vez né. Tô com cartão liberado. Só tô te pedindo isso pra mala. Me acho uma inútil por n ter como te ajudar, ao invés de pedir.

[11:03 || Roberto]
O que me deixa triste é que vc já me pediu muito. E não me deu nenhuma explicação. Tá muito recente a forma de como vc me pedia. Ainda não esqueci da forma que vc agiu comigo. Chegou uma hora que vc achou que eu tinha a obrigação de te ajudar. Que eu tinha dinheiro e estava te escondendo.

[11:07 || Indyara]
Ué. Do nada trazendo coisas passadas de novo. A gente nunca fica bem. Nunca recomeça. Incrível isso. Como vc traz à tona.

[11:07 || Roberto]
Vc esquece fácil. Eu não. Vou te passar os 100$.

[11:08 || **Indyara**]
O q eu faço pra me redimir?

[11:09 || **Roberto**]
Essa pergunta vc faz pra vc mesma. A tua consciência irá te responder. Quando eu chegar em casa eu te passo os 100$.

[11:13 || **Indyara**]
Quero muito.

[11:16 || **Roberto**]
Amor, só te peço um favor. Tenta economizar mais, sei que tá difícil, mas tenta. Eu abri mão de várias coisas neste fim de ano. Eu cortei minhas saídas de fds, cortei viagens, cortei gastos...

[11:18 || **Indyara**]
Tô tentando, amor. Demais. Caro, né. Te amo, se cuida amor.

[11:55 || **Indyara**]
O q houve? Vc sumiu? Tá em casa já?

[12:10 || **Roberto**]
Voltando. Esperando o ônibus.

[12:11 || **Indyara**]
Ok, amor. Já almoçou?

[12:18 || **Roberto**]
No ônibus. Comer no Centro é caro. Preciso economizar.

[12:20 || **Indyara**]
Sim.

[12:25 || **Roberto**]
Vou almoçar em casa. Daqui mais ou menos 40 minutos estou em casa. Vc já tá indo pro trabalho? Tu trabalha perto de casa? Nunca trabalhei perto de casa.

[12:33 || **Indyara**]
É sim, 20 minutos.

[12:34 || **Roberto**]
Em gasto em média de 1h30 a 2h.

[12:39 || Indyara]
Cidade grande é ruim por isso. Mas tem mais partes boas.

[12:41 || Roberto]
Vc vai ficar onde aqui?

[12:42 || Indyara]
Nem perguntei ainda onde q fica.

[12:43 || Roberto]
Quando souber me diz. Pra planejar onde vou te encontrar e o dia.

[12:51 || Indyara]
Tá ok. Vou me informar.

[12:59 || Indyara]
Ô meu amor. Vem morar comigo. Aqui é tudo tão pertinho.

[13:00 || Roberto]
Vou pensar no convite. Kkkkkk

[13:02 || Indyara]
Kkkkkkk

[16:40 || Roberto]
Passei o dinheiro pra vc. Pq tento te ligar e não consigo?

[16:56 || Roberto]
Oiiiii... Me dê um retorno.

[17:01 || Indyara]
Oiiii, amor. Chegou aqui. Muito obg vida.

[17:05 || Roberto]
Agora vou aqui, estou cheio de coisas pra resolver.

[17:06|| Indyara]
Tá certo. Obg novamente. 🖤

[18:06 || Roberto]
Boa noite 🌙!

[18:32 || Indyara]
Boa noite, amor.

[18:37 || Roberto]
Espero ter te ajudado.

[18:37 || Indyara]
E muito, vida. Tô tão ansiosa

[18:38 || Roberto]
Agora preciso economizar pra sair contigo. Vc vai ficar pouco tempo aqui.

[18:39 || Indyara]
Mas dá pra gente conversar bastante e outras coisas mais. Kkkkk

[18:39 || Roberto]
Vai ser um encontro bem corrido. Vc chega dia 30 que horas? E põe muito. Tem tanta coisa pra conversarmos.

[18:46 || Indyara]
Pela tarde, acho que por volta das 16h.

[18:47 || Roberto]
Tu vai chegar cansada.

[18:48 || Indyara]
Talvez. Kkkk

[18:48 || Roberto]
Dependendo da distância do lugar q vc vai ficar, podemos sair à noite.

[18:48 || Indyara]
Sim. 😊

[18:50 || Roberto]
Se vc tiver próximo da Ilha da Ponteaneiras, poderemos ir na orla à noite. Estou tão feliz de ter surgido outra oportunidade de te conhecer.

[19:02 || Indyara]
😊 e eu.

[19:04 || Roberto]
Depois de tudo que passou, eu cheguei a pensar que já era. Foi mais uma pessoa que surgiu e foi embora. Agora tô vendo que não. Quero te ver, estou cansado de falar pelo TweederGram. Quero saber mais de vc. Vc me disse

que tem algumas coisas pra falar comigo e agora terá esta oportunidade. Há momentos na vida em que sentimos tanto a falta de alguém, que o que mais queremos é tirar essa pessoa de nossos sonhos e abraçá-la!! Amor, só te peço um favor. Não me magoa mais, tento te ajudar com o que posso. Mas às vezes não dá. Se não vc pode me perder de vez. Cuida de quem te ama de verdade.

Mesmo depois de tudo que Roberto havia passado, ainda tinha o desejo de conhecer Indyara. Pelo menos é isso que parece, mas a história pode mudar de rumo, e esse encontro não acontecer. Nem sempre o que Indyara planeja acontece. Vamos continuar acompanhando os próximos dias, a qualquer momento tudo pode mudar.

CAPÍTULO 59

08.12.2026

[05:59 || Roberto]
Bom dia!

[06:17 || Indyara]
Bom dia, meu amor. Meu celular não tá prestando mesmo. 😓 Não consegui responder ninguém ontem no TweederGram.

[06:18 || Roberto]
Instala o original. Essa que vc usa é cheio de falhas de segurança.

[06:32 || Roberto]
Indyara, tá certo mesmo sua vinda?

[06:41 || Indyara]
Esse meu celular já já pifa.

[06:42 || Roberto]
Vc vem mesmo?

[06:42 || Indyara]
Vou.

[06:43 || Roberto]
Pq preciso me planejar aqui. Conseguiu comprar a mala ontem?

[06:52 || Indyara]
Sim, amor.

[06:52 || Roberto]
Que bom. Vc acorda bem cedo. O q vc costuma fazer de manhã?

[06:56 || Indyara]
Pra academia às vezes, quando tenho coragem. Kkkk

[06:56 || Roberto]
E vc estuda que horas?

[06:57 || Indyara]
Manhã também, mas não todos os dias.

[07:28 || Roberto]
Te desejo um ótimo dia.

[07:32 || Indyara]
Pra vc tb.

[07:32 || Roberto]
A gente vai se falando ao longo do dia.

[12:10 || Roberto]
Boa tarde.

[12:15 || Indyara]
Agora que consegui mexer. Vai pifar essa porra.

[12:18 || Roberto]
Não vai não, usa com cuidado. E se acontecer algo com seu telefone até quinta-feira, pede pra alguém me passar o valor pra minha conta. Estou precisando muito desse dinheiro.

[18:43 || Roberto]
Boa noite.

[18:59 || Indyara]
Boa noite.

[19:02 || Roberto]
Tá td bem?

[19:15 || Indyara]
Tudo sim, amor. E por aí?

[19:17 || Roberto]
Tá sim.

    Nos últimos dias os diálogos têm terminado de forma muito vaga. Roberto já não está mais naquela empolgação do início, e Indyara já não está com muita vontade de conversar. Agora ela está dando a desculpa de que o smartphone está ruim, uma forma de tirar mais dinheiro de Roberto e manter ainda menos o diálogo.

CAPÍTULO 60

09.12.2026

[08:23 || Roberto]
Bom dia.

[08:30 || Indyara]
Bom dia, amor. Te passo hj viu. Os 800$.

[08:32 || Roberto]
Vai me ajudar bastante, pois tenho contas que vencem. Tenha um ótimo dia.

[08:36 || Indyara]
Vc tbm, amor meu. Espero q esteja bem. Te amo.

[10:15 || Indyara]
E aí, amor?

[10:15 || Roberto]
Estou no ônibus.

[10:15 || Indyara]
Ah sim. Tô falando ctg pelo note, o problema n era o celular, acho q é o carregador. Não liga mais de jeito nenhum. Vc pode me transferir 50$ agora? Só isso e mais nada. Comprar meu carregador agora, nesse exato segundo. Entro no trabalho às 13h e já te envio teu valor.

[10:23 || Roberto]
Indyara, não dá. Estou sem limite no cartão de crédito e na conta. Estou esperando vc me pagar pra pagar as contas que faltam. E não vou me sacrificar pra conseguir pra vc. Desculpa.

[10:25 || Indyara]
Um carregador q estou te pedindo, mds. Tudo bem.

[10:27 || Roberto]
Indyara, não me faça me aborrecer hj contigo. Estou precisando de dinheiro pra hj.

[10:29 || **Indyara**]
Ok. Porém, vou ficar sem TweederGram, não consigo mais ligar o celular. E não vou ficar usando notebook de ninguém emprestado. Então, será uma raridade a gente se comunicar. Se cuida e bjs.

[10:31 || **Roberto**]
Td bem. Espero que vc me pague hj.

[10:32 || **Indyara**]
Bjs.

 Indyara bloqueia Roberto mais uma vez no TweederGram. Ele, já cansado desse jogo sujo, vai procurar ajuda no Consultório de Transtornos Mentais e Cognitivos Mythos, famosíssimo em Nova Morgade, fundado pela psicóloga de corrente junguiana Dr. Rayella Larazzoto.

CAPÍTULO 61

Indyara deixa de procurá-lo, e Roberto inicia terapia com a psicóloga. Passa-se o resto de novembro e começa dezembro, entra ano novo e nada de Indyara aparecer, o que faz Roberto ficar aliviado.

Roberto passa o Réveillon no interior do estado de Morgade com sua esposa, e os dois têm dias maravilhosos e paz reinando de volta em sua vida. Ele não consegue recuperar o dinheiro perdido no golpe, mas recupera sua saúde, e isso é muito importante.

Como não existe perfeição nesta Terra, acontece o inimaginável no terceiro dia de 2027: Indyara reaparece do nada e tenta atormentar a vida de Roberto.

=== 03.01.2027 ===

[08:00 || Indyara]
Queira ter te contando, mas sei que jamais iria entender. Dois dias depois daquela mensagem que lhe mandei dizendo que ia ficar sem celular, minha mãezinha se foi. Vc foi a pessoa que eu queria ter corrido pra contar, queria te abraçar, chorar nos seus braços… Mas sei que não ia entender por eu estar lhe devendo. Peço perdão de todo meu coração, o dinheiro que eu ia lhe pagar foi todo para vc sabe o q… Dói muito falar nisso, estou vindo só agora te falar pq não me recuperei ainda, dói como nunca. Espero um dia ser perdoada por você, meu luto é eterno. 💔

[08:04 || Indyara]
Não precisa me responder.

Roberto olha para a mensagem sem entender nada e não responde. Indyara continua…

[08:06 || Indyara]
E também não peço que me compreenda. Já estou morta por dentro desde aquele dia. Nada mais faz sentido, pra mim também já deu, perdi o meu grande amor.

[08:08 || **Indyara**]
Eu espero te encontrar daqui 10 anos e me casar com você, ter filhos, construir uma família. Te amar por toda a vida, queria muito o seu perdão. Não tenho mais ninguém na vida, só tinha vc e minha mãe de importante. Desculpa não ter contado tudo isso antes. Eu sonhava em ver vocês se conhecendo um dia. Eu nunca quis te fazer mal, só não te devolvi aquilo por esse motivo, que acredito não ser pequeno.

[08:10 || **Indyara**]
Mas se não tenho seu perdão, estou indo. Mas um dia vou encontrar vc e vamos viver uma grande história. Eu acredito no universo. Um beijo. Me bloqueia não, me ajuda. Não me deixa. PELO AMOR DE DEUS. Não me deixa. Não me larga assim. Me ajuda uma última vez. Não tenho nada na vida. Tenha piedade de mim. E agora estou sem nada. Estou te implorando ajuda.

[08:12 || **Indyara**]
Roberto. Por favor. Tá doendo tanto. Eu só te peço isso, por favor. Eu não posso te recompensar, mas Deus vai. Me ajuda uma última vez. Roberto. Me ajuda. Eu tô te implorando. Roberto. Por favor. Tenha compaixão. Por favor, Roberto. Que Deus toque seu coração e vc possa me ajudar. Estou te pedindo compaixão. Roberto. Por favor, tenha piedade. Roberto. Me responde. Por favor. Estou desesperada.

Indyara enviava mensagens confusas e Roberto não respondia. Por volta do meio-dia, Indyara continuava enviando mensagens confusas; Roberto, já sem paciência, respondeu.

[12:08 || **Indyara**]
Quero que me responda aqui.

[12:11 || **Roberto**]
Não tenho nada pra te responder.

[12:11 || **Indyara**]
Deixa eu ir morar contigo, eu consigo um emprego aí, meu irmão conseguiria pra mim, ele conhece muita gente. Vamos morar juntos, não tenho mais ninguém, Roberto, e eu sei dos meus sentimentos por você. Quero viver contigo.

[12:12 || **Roberto**]
Calma, não é bem assim.

[12:12 || Indyara]
Quero morar contigo, por favor.

[12:12 || Roberto]
Sem condições.

[12:13 || Indyara]
☹ Só queria um abraço seu. Meu mundo está cinza.

[12:14 || Roberto]
Estou com problemas financeiros, além de que não te conheço. Não vou entrar nessa loucura.

[12:15 || Indyara]
Já eu tenho certeza que te conheço.

[12:16 || Roberto]
Não conhece, não.

[12:16 || Indyara]
Conheço. Sei que é uma pessoa do bem, já é muita coisa. Talvez vc nunca tenha tido sentimentos reais por mim. Mas eu sim. Sabe o q é não ter ninguém na vida? Só queria você. Único sentido é vc. Não tem mais nada que me mantenha aqui.

[12:18 || Roberto]
Vc nem sempre fala as verdades como elas são. Vc me usou.

[12:18 || Indyara]
Não usei, eu juro. Vc acha que eu estava esperando coisa ruim acontecer? Talvez, mas não que fosse de tão imediato. Tu é muito desconfiado de tudo. Me dá mais uma chance. Eu iria embora te encontrar hj msm. Me vejo só, mas sei que tenho sentimentos por vc, isso me mantém viva.

[12:19 || Roberto]
Me enrolei por sua causa. Eu confiei em vc. Vc usou da minha confiança.

[12:22 || Indyara]
Eu te falei que minha mãe se foi, cara, isso foi o auge pra mim, como eu ia te pagar? ☹ O q mais tá me doendo é que vc não tá nem aí pra minha dor nem entende a situação. Tu sabe o q é passar duas semanas sem comer

direito? Presa dentro de um quarto. Na escuridão. Sem ter ninguém por mim. Eu não tinha forças nem pra respirar direito. Ainda me sinto morta.

[12:23 || Roberto]
Como posso saber se estou falando com vc mesmo?

[12:23 || Indyara]
Mas quando tô falando contigo me alegro. Você, SÓ VOCÊ, me alegra.

[12:25 || Roberto]
Não, eu disse não. Indyara, pra mim chega.

[12:26 || Indyara]
Não vai me perdoar? Queria tanto uma vida ao seu lado. ☹

[12:27 || Roberto]
Hj não consigo confiar em vc. Desculpa.

[12:27 || Indyara]
Deixa eu te provar. Vc n sente mais nada por mim? Me dá uma última chance.

[12:29 || Roberto]
Difícil.

[12:29 || Indyara]
Eu jamais te usaria. Eu amo vc, de vdd. O q aconteceu foi o q lhe expliquei. ☹ Vai me deixar sozinha no mundo? Dói tanto.

[12:30 || Roberto]
Não existe só eu no mundo.

[12:30 || Indyara]
Que eu quero, sim.

[12:32 || Roberto]
Fico triste pelo falecimento de sua mãe. Mas, antes, não esqueci de suas promessas que nunca cumpriu. Se não pode honrar, não prometa.

[12:32 || Indyara]
Me dá uma última chance, te suplico. Quero te amar por toda vida. Não quero outra pessoa. É VOCÊ. Por favor. ☹

[12:34 || Roberto]
Amor não paga dívidas, estou com dívidas que não sei como eu vou fazer. Eu confiei em vc. Estou indo aqui.

[12:34 || Indyara]
Tudo bem. 😞 Eu mereço passar por isso. Então vou passar. Felicidades pra você. 😞

[12:35 || Roberto]
Existem pessoas melhores pra vc.

[12:35 || Indyara]
Não. Não e pronto. Já entendi que vc n me quer. Vou seguir. Só. Triste e vazia. Fique bem.

[12:36 || Roberto]
Vc vai superar. Tenha fé.

[12:38 ||Indyara]
Tudo bem, Roberto. 😞 Nunca esqueça o quão valioso é o perdão. Todos nós precisaremos um dia.

[12:40 || Roberto]
Eu te perdoo por tudo. Não irei te cobrar nada. Tua consciência vai te lembrar de tudo que vc fez.

[12:41 || Indyara]
😞 Ok.

[12:42 || Roberto]
No futuro vc irá colher tudo que plantou agora. A vida ainda vai te ensinar muitas coisas.

[12:43 || Indyara]
Tudo bem. Já pode ir.

[12:44 || Roberto]
Seja feliz.

[12:44 || Indyara]
Idem. Vou te deixar em paz.

[12:49 || **Indyara**]
Se tiver compaixão me mande. 🙂 Roberto, te peço até pelo amor de Deus, tenha compaixão de mim nem que seja a última vez. Não tenho comida, nem gás, e agora minha água vai cortar 🙂😭 Que desespero, meu deus, nunca me encontrei assim antes, me ajuda, te imploro, te suplico me ajuda.

[12:57 || **Roberto**]
Vc disse que eu poderia ir. Agora precisa de ajuda. Não posso te ajudar.

[12:58 || **Indyara**]
Por favor. Eu tô pedindo seu lado humano agora, hoje nem comi pq não tinha nada, agora ficar sem água 😭😭😭 Roberto, seja misericordioso, por favor. Estou te implorando ajuda. Meu estômago dói. Não tenho nada.

[13:02]
[Roberto bloqueou esse contato. Não será mais possível receber nem enviar mensagens para Indyara.]

FONTE Adobe Garamond Pro
PAPEL Pólen natural 80g
IMPRESSÃO Gráfica Paym